LEAH à CONTRETEMPS

Becky Albertalli

LEAH à CONTRETEMPS

Traduit de l'anglais (États-Unis)
par Mathilde Tamae-Bouhon

hachette
ROMANS

L'édition originale de cet ouvrage a paru chez Balzer + Bray,
an imprint of HarperCollins Publishers, sous le titre :

LEAH ON THE OFFBEAT

Traduit de l'anglais (États-Unis)
par Mathilde Tamae-Bouhon.

Couverture : Chris Bilheimer.

Hachette Livre, 58 rue Jean-Bleuzen, CS 70007, 92178 Vanves Cedex.

Pour mes lecteurs qui « savaient »,
même avant moi

CHAPITRE PREMIER

Passez-moi l'exagération mais, Dieu du ciel, ne laissez pas Morgan en charge de notre *setlist*. Sous ses dehors de lycéenne, cette meuf cache un père banlieusard en pleine crise de la cinquantaine.

Qu'est-ce que je vous disais : la voilà qui s'agenouille, son tabouret lui servant de bureau, pour énumérer un assortiment de classiques médiocres du rock. J'ai beau être tolérante, en tant qu'Américaine, musicienne, et humaine qui se respecte, il est de mon devoir et de mon privilège d'opposer mon veto à un tel déluge de merde.

Je me penche pour jeter un œil par-dessus son épaule.

— Non à Bon Jovi. Et à Journey.

— Sérieux ? s'étonne Morgan. Mais le public adore *Don't Stop Believin'* !

— Le public adore le crystal meth. Est-ce qu'on doit se droguer pour autant ?

Anna arque les sourcils.

— Leah, je rêve ou tu viens de…

— De comparer *Don't Stop Believin'* à de la méthamphétamine ? (Haussement d'épaules.) Figure-toi que oui. Tout juste.

Anna et Morgan échangent un Regard avec un grand r. Un Regard qui veut dire *et c'est reparti, elle ne va pas lâcher le morceau.*

— Tout ce que j'en dis, c'est que cette chanson ne ressemble à rien. Les paroles sont débiles.

Petit coup de caisse claire pour ponctuer mon propos.

— J'aime bien les paroles, moi, objecte Anna. Elles sont pleines d'espoir.

— Ce n'est pas la question. Mais cette histoire de « train de minuit » qui va, je cite, « n'importe où », c'est complètement improbable.

Nouvel échange de Regards, cette fois assorti de minuscules haussements d'épaules. Traduction : *Elle n'a pas tort.*

Traduction de la traduction : *Leah Catherine Burke est un authentique génie, et nous ne devrions jamais mettre en doute ses goûts musicaux.*

— On ferait mieux d'en rester là en attendant le retour de Taylor et de Nora, concède Morgan.

Elle a raison. Taylor et Nora sont retenues par les répétitions du spectacle annuel du lycée depuis le mois de janvier. On a bien essayé de se retrouver quand même deux ou trois fois par semaine, mais répéter sans chanteuse ni guitariste solo, c'est nul.

— OK, confirme Anna. Dans ce cas, on a fini ?

— Fini la répète, tu veux dire ?

Et merde. J'aurais dû la fermer au sujet de Journey. Non, sérieux, je comprends. Je suis blanche. Je devrais adorer le vieux rock à la con. Je croyais pourtant qu'on s'amusait bien, là, à débattre des mérites de la musique et de la drogue. Sauf que ça a dû dérailler quelque part, car Morgan est en train de ranger son synthé et Anna textote avec sa mère pour qu'elle vienne la chercher. *Game over*, je suppose.

Comme la mienne, de mère, n'arrivera pas avant une vingtaine de minutes, je reste à traîner un peu dans la salle de musique. Ça ne me dérange pas. J'aime bien jouer de la batterie toute seule. Je me laisse guider par mes baguettes, grosse caisse puis caisse claire, encore et encore. Quelques *fills* sur les toms. Un peu de *chhh chhh chhh* sur la charleston, puis la crash.

Crash.

Crash.

Et encore un coup.

Je n'entends même pas mon téléphone vibrer. L'écran s'allume : message vocal. Ma mère, forcément. Elle ne textote qu'en dernier recours. À croire qu'elle a cinquante ans, voire un million d'années. Mais elle n'en a que trente-cinq. J'en ai dix-huit. Allez-y, faites le calcul. Ça fait de moi la Rory Gilmore des Serpentard, version grosse.

Je n'écoute pas le message, parce qu'elle va le faire suivre d'un texto, à tous les coups. Qu'est-ce que je vous disais :

Désolée pour le lapin, chérie. Je suis débordée... Tu veux bien prendre le bus ?

Pas de souci.

T'es la meilleure. Emoji bisou.

J'ai l'habitude : maman bosse pour un avocat-robot accro au travail. Et quand ce n'est pas le boulot, c'est un rendez-vous galant. Ma mère s'éclate plus que moi. Même pas drôle. Ces derniers temps, elle voit un mec nommé Wells. Chauve et riche, avec des oreilles minuscules, il doit avoir la cinquantaine. Je l'ai rencontré une fois : en trente minutes, il a aligné six blagues et dit deux fois « oh purée ».

Enfin bref. Ce n'était pas gênant tant que j'avais mon propre véhicule – quand je rentrais avant elle, il me suffisait de passer par le garage. Mais la voiture maternelle a lâché l'été dernier, si bien que ma caisse est devenue la sienne. Autrement dit, je me retrouve à faire le trajet du retour avec une trentaine de gamins de seconde. Aigrie, moi ? Si peu.

Comme on est censés avoir vidé la salle de musique à 17 heures, je démonte ma batterie pour la ranger dans le placard, pièce par pièce. Je suis la seule à me servir de ce *set*. Tous les autres batteurs du bahut disposent de leur propre matériel, installé dans les sous-sols parfaitement aménagés de leurs résidences familiales. Mon pote Nick possède une Yamaha DTX450K, un modèle électronique programmable, alors qu'il ne joue même pas de batterie. Jamais je ne pourrais m'offrir un luxe pareil. C'est comme ça, à Shady Creek.

Encore une demi-heure à attendre pour le bus. Autant aller jouer les fans de théâtre. Personne ne fait attention si je pénètre dans la salle pendant la répète, alors même que la première a lieu vendredi. J'y vais si souvent que la plupart oublient, je crois, que je ne fais pas partie de la troupe. Presque tous mes potes en sont, même Nick, qui n'avait jamais passé une audition de sa vie avant celle-ci. Je serais prête à parier qu'il l'a fait dans le seul but de passer plus de temps avec sa copine effroyablement adorable. Mais comme c'est une star en puissance, il a décroché le rôle principal, rien que ça.

J'emprunte le couloir qui mène direct aux coulisses et me glisse par la porte. Évidemment, je tombe nez à nez avec le choubidou de service, mon *best bro*, le démolisseur d'Oreo, j'ai nommé : Simon Spier.

— Leah !

Il se tient debout à l'entrée de la scène, à demi-costumé, entouré de mecs. Je ne sais pas comment Mme Albright a réussi à enrôler autant de garçons cette année.

— Tu arrives juste à temps pour mon numéro, dit-il.

— C'était calculé.

— Vraiment ?

— Je déconne.

— Je te déteste. (Il me donne un coup de coude avant de me prendre dans ses bras.) Non, je t'adore.

— Je ne t'en veux pas.

— Dire que tu vas m'entendre chanter… Je n'y crois pas !

Je souris.

— Je meurs d'impatience.

Puis quelqu'un chuchote des instructions, et les garçons se mettent en rang, fin prêts. J'ai le plus grand mal à me retenir de rire. La pièce au programme n'est autre que *Joseph and the Amazing Technicolor Dreamcoat*, et tous les frères de Joseph arborent d'incroyables fausses barbes. Je ne sais pas, ils ont dû en trouver la description dans les notes de bas de page de la Bible.

— Ne me souhaite pas bonne chance, m'intime Simon. Dis-moi merde.

— Simon, tu devrais y aller.

— D'accord, d'accord, mais ne prends pas le bus, OK ? On va au Waffle House après la répète.

— Je note.

Les garçons se pressent sur scène tandis que je m'enfonce dans les coulisses. Maintenant que le troupeau a débarrassé le plancher, j'aperçois Cal Price, le régisseur, posté derrière sa console entre les rideaux.

— Salut, Red.

C'est comme ça qu'il m'appelle, même si je suis à peine rousse. Je n'ai rien contre – Cal est plutôt chouchou –, même si j'ai un pincement au cœur à chaque fois.

Parce que mon père m'appelait Red. Du temps où il me parlait encore.

— Tu as déjà vu ce numéro ? demande-t-il.

Je secoue la tête. D'un coup de menton, il désigne le plateau avec un sourire. Je m'avance de quelques pas.

Les garçons tanguent. Je ne saurais le décrire autrement. La chef de chant plaque les accords d'ouverture d'un morceau à la sonorité vaguement franchouillarde, et Simon s'avance, la main sur le cœur.

— *Do you remember the good years in Canaan…*

Sa voix chevrote un peu, son accent est désastreux. Mais il est tordant, à se jeter par terre à genoux, la tête dans les mains, en gémissant et, sans vouloir vous monter le bourrichon, il se pourrait bien que ce soit l'interprétation la plus indélébile de tous les temps.

Nora apparaît à mes côtés.

— Devine combien de fois j'ai dû l'entendre chanter dans sa chambre.

— Par pitié, dis-moi qu'il ne sait pas que tu l'entends.

— Il n'en a pas la moindre idée.

Désolée, Simon, tu es trop précieux. Si tu n'étais pas gay et déjà pris, je t'épouserais sur-le-champ. Car, soyons francs, avoir Simon pour mari, ce serait le paradis – et pas seulement parce que j'en pinçais secrètement pour lui au collège. Il y a plus que ça. Déjà, je donnerais tout pour être une Spier : cette famille est littéralement parfaite. J'aurais Nora comme belle-sœur, sans parler de la géniale Alice, qui est à la fac. Et puis, les Spier habitent dans une maison gigantesque, magnifique et bien rangée. Même leur chien est adorable.

La chanson touche à sa fin. Je fais le tour jusqu'au fond de l'auditorium, surnommé « l'allée des bécots » par les théâtreux (qui prennent un peu leurs désirs pour des réalités). Je me retrouve toute seule, à observer l'action de loin. Je n'ai jamais joué dans une pièce, même si maman n'a de cesse de me faire auditionner. Voilà le hic : vous pouvez passer des années à dessiner des fanarts merdiques dans vos carnets, personne n'est obligé de les regarder. Vous pouvez jouer de la batterie en salle de musique jusqu'à atteindre un niveau suffisant pour donner des concerts. Mais avec le théâtre, vous n'avez pas le loisir d'essuyer les plâtres en privé. Le public est là avant même que vous ne vous produisiez.

La musique enfle. Abby Suso entre en scène, affublée d'un immense collier de perles et d'une perruque à la Elvis. Et elle chante.

Elle est extraordinaire, bien sûr. Elle n'a pas une voix à toute épreuve comme Nick ou Taylor, sauf qu'elle a du coffre, et puis elle est drôle. C'est ça, le secret. Sur scène, elle est impayable. Mme Albright se laisse aller à un éclat de rire. C'est dire. Non seulement il y a longtemps que je n'ai pas vu quelqu'un se tenir les côtes de cette façon, mais Mme Albright a déjà vu ce numéro des milliers de fois, forcément. C'est bien la preuve qu'Abby est exceptionnelle. Même moi, je n'arrive pas à la quitter des yeux.

Le filage terminé, Mme Albright rassemble ses acteurs sur scène pour leur faire ses commentaires. Tout le monde s'étale partout, à l'exception de Simon et de Nick, qui rejoignent Abby au bout de l'estrade. Évidemment.

Nick passe un bras autour des épaules de sa meuf, qui se blottit contre lui. Re-évidemment.

Comme il n'y a pas le wifi dans l'auditorium, j'en suis réduite à écouter les critiques professorales, suivies d'un monologue de dix minutes de Taylor Metternich

– à qui personne n'a rien demandé – comme quoi il faut *savoir se perdre* pour *devenir son personnage.* J'ai une théorie : Taylor jouit, littéralement, quand elle s'écoute parler. Je vous parie qu'elle a des petits orgasmes secrets, là, juste sous nos yeux.

Mme Albright décrète la fin de la séance, et tout le monde quitte l'auditorium – sauf Simon, Nick et Abby, qui attendent, groupés, près de la fosse. Je me lève, m'étire et descends l'allée pour les rejoindre. Je suis tentée de les inonder de louanges, mais quelque chose me retient. Peut-être que ce serait trop, toute cette sincérité, cet enthousiasme de collégienne. Sans parler du fait que la seule idée de jouer les fangirls auprès d'Abby Suso me file la nausée.

J'en tape cinq à Simon.

— T'étais chanmé.

— Je ne savais même pas que tu étais là, déclare Abby.

Difficile de deviner ce qu'elle entend par là. Peut-être s'agit-il d'une pique déguisée. Genre, *qu'est-ce que tu fous là au juste, Leah ?* Ou encore : *Je ne t'avais même pas remarquée, tu es tellement insignifiante.* À moins que je ne surinterprète. Ça ne serait pas la première fois, à l'endroit d'Abby.

Je hoche la tête.

— Il paraît que vous allez au Waffle House ?

— Oui, on n'attend plus que Nora.

Martin Addison passe.

— Salut, Siméon, dit-il.

— Salut, Reuben, répond Simon en levant le nez de son téléphone.

Ce sont les noms de leurs personnages. Oui, Simon joue un certain Siméon. À croire que Mme Albright n'a pas pu s'en empêcher. Reuben et Siméon sont deux des frères de Joseph. Le tout serait parfaitement adorable sans l'implication de Martin Addison.

Martin poursuit son chemin sous le regard furibard d'Abby. Honnêtement, il en faut beaucoup pour énerver Abby, pourtant Martin y parvient par sa seule existence. Et par son insistance à venir parler à Simon, comme s'il ne s'était rien passé l'an dernier. Il est gonflé, ce con. Simon ne lui parle pas souvent, mais ça suffit à me mettre en rogne. Non que j'aie mon mot à dire sur les fréquentations de Simon. Même si je sais, d'instinct, que ça agace Abby tout autant que moi.

Simon retourne à son écran. Il écrit à Bram, c'est évident. Ça fait un peu plus d'un an qu'ils sortent ensemble et forment un de ces couples heureux à gerber. Pas dans le sens exhibo – au contraire, même, c'est à peine s'ils s'effleurent la main au lycée, sans doute parce que la plupart des gens se transforment en connards arriérés dès qu'ils croisent des gays. Mais les deux tourtereaux passent leurs journées à s'envoyer des textos et des regards langoureux, comme s'ils ne pouvaient survivre plus de cinq minutes l'un sans l'autre. Pour être tout à fait honnête, difficile de ne pas être jalouse. Ce n'est même pas que j'envie leur *happy end* de conte de fées façon « l'amour vaincra toujours ». C'est juste qu'ils aient eu l'audace de se mettre ensemble. Qu'ils aient eu les couilles de dire, *et puis merde, qu'elle aille se faire foutre, la Géorgie, avec ses salauds d'homophobes.*

— Bram et Garrett nous rejoignent sur place ? demande Abby.

— Oui, ils sortent tout juste de l'entraînement, répond Simon avec un sourire.

Je me retrouve à la place du mort dans la voiture de Simon. Nora, à l'arrière, fouille dans son sac à dos. Elle porte un jean retroussé aux chevilles, couvert de peinture, et ses cheveux bouclés forment un chignon négligé. Une de ses oreilles est percée tout du long, et elle arbore une minuscule pierre bleue à la narine depuis l'été dernier. Cette fille est juste à croquer. J'adore sa ressemblance avec Simon, ainsi qu'avec Alice. Ces gamins sont des copié-collé les uns des autres.

Nora sort enfin la main de son sac et brandit un énorme paquet de M&M's.

— Je meurs de faim.

— Nora, on est en route pour le Waffle House, lui rappelle Simon.

Ce qui ne l'empêche pas de plonger la main dans le paquet. Je me sers une poignée de bonbons, qui sont fondus juste comme il faut – autrement dit, pas tout à fait. Juste un peu ramollis à l'intérieur.

— Alors, c'était pas trop la cata ? demande Simon.

— La pièce ?

Il acquiesce.

— Du tout. C'était génial.

— Certes, mais certains butent encore sur leur texte, alors que la première est vendredi. Et ce foutu Potiphar a complètement raté sa chanson aujourd'hui. Bon sang, mon royaume pour une gaufre !

Je sors mon téléphone pour consulter Snapchat. Abby a posté une story-fleuve de la répétition, un montage digne d'une comédie romantique. Un snap de Nick et Taylor en duo sur scène. Un selfie en méga gros plan d'Abby et Simon. Un autre, encore plus zoomé, de Simon avec des narines tellement énormes qu'Abby a collé un sticker de panda dans l'une d'elles. Et Abby et Nick, encore et encore.

Je range mon portable dans ma poche. Simon prend Mount Vernon Highway. Je me sens étrangement anxieuse – comme si quelque chose me travaillait sans que je sache quoi. Comme un picotement à l'arrière de mon esprit.

— Je n'arrive pas à identifier ce morceau, remarque Nora.

Il me faut un moment avant de saisir que c'est à moi qu'elle parle, et encore un autre pour me rendre compte que je tambourine sur la boîte à gants.

— Ça alors. Moi non plus.

— Tu faisais ça, explique-t-elle en frappant un rythme binaire simple à l'arrière de mon siège.

Boum tap boum tap. Que des croches, rapides, égales. Je complète aussitôt de mémoire.

Don't Stop Believin'. Mon cerveau est un sacré connard.

CHAPITRE DEUX

Le parking du Waffle House est peuplé de voitures familières. Simon coupe le moteur et consulte son téléphone.

La première chose que je remarque en sortant du véhicule, c'est la tignasse blonde de Taylor.

— Leah ! Je ne savais pas que tu venais. Je croyais qu'il n'y aurait que la troupe. Génial !

Elle verrouille sa caisse d'une pression sur sa clef. Drôle – je ne me souvenais pas qu'elle avait une Jeep. Encore moins avec une paire de testicules suspendue au pare-chocs.

— L'anatomie de ta voiture est drôlement détaillée, Taylor.

— M'en parle pas, c'est trop la honte ! (Elle règle son pas sur le mien.) Mon frère est rentré pour les vacances de printemps, il a bloqué ma voiture avec la sienne. Alors je n'ai pas eu le choix.

— Oh, la *lose*. Ça craint.

— Il me les brise menu, oui, répond-elle.

Et, OK, je suis la première à l'admettre : il y a des moments où j'adore Taylor.

Elle tient la porte, et je m'engouffre à l'intérieur à la suite de Simon et Nora. Je ne me lasse pas de l'odeur de cet endroit, mélange parfait de beurre, de sirop d'érable, de bacon, et… d'oignons, peut-être ? En tout cas ils devraient la mettre en bouteille et en remplir des marqueurs, que je puisse dessiner des beaux gosses de manga qui sentent le WaHo. Pour l'heure, je repère un groupe de théâtreux assis dans un coin. Parmi lesquels Martin Addison.

— Je refuse de m'asseoir là-bas, dis-je en me tournant vers Nora.

Elle acquiesce.

— Pareil.

— À cause de Martin ? s'enquiert Taylor.

Je propose, les lèvres serrées :

— On n'a qu'à s'asseoir par là.

Après tout, ça commence à remonter, cette histoire avec Martin. Je devrais sans doute lâcher le morceau. Mais je n'y arrive pas. Sincèrement. Ce mec a littéralement *outé* Simon l'année dernière. Attendez, non, il a découvert que Simon était gay, lui a fait du *chantage*, *puis* il l'a *outé* comme une merde. Je lui ai à peine adressé la parole depuis, pas plus que Nora. Bram et Abby, pareil.

Je m'installe à côté de Nora dans un box près de l'entrée. Taylor s'incruste sur le siège que Simon gardait ostensiblement pour Bram. Lorsque la serveuse se pointe, tous prennent des gaufres, sauf moi. Tout ce que je demande, c'est un Coca.

— Tu fais un régime ? demande Taylor.

— Pardon ?

Qui pose ce genre de question, sérieux ? Primo, je viens de m'enfiler vingt tonnes de M&M's. Deuzio, mais ferme ta gueule. À croire que certains sont incapables d'envisager le concept d'une fille grosse qui ne soit pas au régime. C'est vraiment si dur de croire que je puisse m'aimer comme je suis ?

Nora me donne un petit coup de coude et me demande si tout va bien. Je dois tirer la tronche.

— Oh, ne me dis pas que tu es malade ? s'alarme Taylor.

— Non.

— Parce que je suis terrifiée à l'idée de choper un truc. Je bois des litres de thé et je fais très attention à reposer mes cordes vocales en dehors des répétitions, bien sûr. T'imagines si je devais perdre ma voix cette semaine ? Je ne sais même pas ce que Mme Albright ferait sans moi.

— Grave.

— Je chante dans presque tous les numéros !

Elle laisse échapper un rire suraigu. Trop bizarre. Je n'arrive pas à savoir si elle est nerveuse et cherche à le cacher, ou si c'est l'inverse.

— Tu ferais mieux de t'économiser, je lui suggère.

Je vous jure qu'elle n'est pas aussi pimbêche avec le groupe. Il est vrai que mon casque est très performant niveau isolation.

Abby et les garçons arrivent alors que Taylor s'apprête à me répondre. Garrett se pose à côté de moi tandis que

Bram se glisse à côté de Taylor. Abby et Nick s'échouent aux extrémités. Le plus tordant, c'est encore Taylor, qui jusque-là gardait une pose de mannequin et soudain se vautre quasiment sur la table pour se pencher le plus près possible de Nick.

— Alors comme ça, toi et Simon, vous allez à Boston pendant les vacances de Pâques ?

Oh, Taylor. Tu viens de passer vingt minutes collée serrée à Simon dans un box minuscule. Mais, bien sûr, il fallait attendre l'arrivée de Nick pour que tu poses la question.

— Ouaip, répond l'intéressé. Il nous reste quelques facs à visiter – Tufts et Boston U d'abord, puis Wesleyan, NYU, Haverford et Swarthmore. L'idée, c'est donc de prendre l'avion jusqu'à Boston, louer une voiture et reprendre l'avion depuis Philadelphie.

— Une virée entre mecs ! lance Simon en levant le poing.

— Avec vos mamans, rectifie Abby.

C'est dingue, les sommes que la plupart des gens sont prêts à dépenser pour ce genre de choses. Billets d'avion, hôtel, location de voiture, etc. alors qu'ils ne savent même pas encore s'ils sont pris. Sans parler du fait que Simon a payé des centaines de dollars en dossiers de candidature alors qu'il n'a que l'université de New York en tête. Aucun rapport, bien sûr, avec l'admission de Bram à Columbia.

— Trop génial ! s'extasie Taylor. Je serai à Cambridge pour visiter Harvard. Il faut qu'on se voie !

— Oui, pourquoi pas, répond Nick.

Simon manque de s'étrangler avec son verre d'eau.

— Toi aussi, tu vises la côte Est, Abby ? demande Taylor.

— Non, répond Abby dans un sourire. Je vais à UGA.

— Tu ne veux pas te rapprocher de Nick ?

— Pas les moyens.

Ça me fait tout drôle de l'entendre l'admettre à voix haute. D'autant que j'ai choisi la même fac, pour la même raison. L'université de Géorgie, dit UGA, est le seul établissement pour lequel j'ai posé ma candidature. Laquelle a été acceptée il y a des mois. Je remplis les critères pour la bourse Zell Miller. Affaire réglée.

Sauf que je ne sais jamais trop comment réagir quand je me découvre un point commun avec Abby Suso. *A fortiori* s'il s'agit d'aller dans la même fac. Je parie qu'elle fera semblant de ne pas me connaître.

Garrett se lance dans une tirade sur Georgia Tech, qui serait supérieure à UGA. Perso, je m'en tape, mais heureusement que Morgan n'est pas là. C'est drôle – Morgan Hirsch est tellement branchée justice sociale qu'on en oublie facilement qu'elle vient d'une famille 100 % université de Géorgie. Ils n'en ont que pour le football américain. Leur maison entière est décorée en rouge et noir, avec des têtes de bouledogues partout, et jamais les Hirsch ne manqueraient une fête d'avant-match. Cette culture du football américain me dépasse totalement. Je n'ai rien contre le sport en lui-même. Disons juste que je m'intéresse plus à la fac pour le côté académique.

J'essaie d'ignorer la conversation, mais Garrett n'arrête pas de me titiller.

— Oh, tiens, j'en ai une bonne. Leah ? Quelles sont les trois plus longues années dans la vie d'une étudiante de UGA ?

— Je donne ma langue au chat.

— La première année.

— Très drôle.

Ce foutu Garrett Laughlin.

La conversation finit par se focaliser sur le dernier match de Bram et Garrett. Nick prend l'air mélancolique. Je le comprends : il rejouera un jour, ce n'est pas le problème – il regagnera le terrain dès la pièce terminée, la semaine prochaine. Mais ça craint de voir le monde tourner sans vous. Parfois, je me sens à l'écart, même quand le monde tourne avec moi.

La serveuse repasse prendre le reste des commandes et, vingt minutes plus tard, une montagne de bouffe s'est matérialisée devant nous. Simon radote au sujet de la pièce. J'en profite pour piquer un morceau de bacon dans son assiette.

— Et j'ai comme un sale pressentiment que tout va tomber à l'eau, maintenant que l'orchestre et les décors sont prêts. Parce que, pardon, mais les décors auraient dû être terminés il y a une semaine.

Nora lui adresse un regard assassin.

— Peut-être que ça aurait été le cas si on n'avait pas été les seuls à travailler dessus, Cal et moi.

— Cassé ! constate Garrett.

— Mais en fin de compte, intervient Taylor, les décors n'ont aucune importance. Tout ce qui compte, c'est le jeu des acteurs.

Nora soupire avec un sourire crispé.

On s'attarde un peu au-dessus de nos assiettes. La serveuse nous apporte l'addition – séparée, ce qui est plutôt cool. Je déteste les additions collectives, parce qu'il se trouve toujours un casse-pieds pour la diviser en parts égales – et, sans vouloir être désagréable, ce n'est pas pour rien que je n'ai pas pris un sandwich à vingt dollars. Chacun passe à la caisse, puis on empile nos pourboires sur la table. Et évidemment, Garrett, qui a pris un tas de gaufres enfoui sous les saucisses et les galettes de pommes de terre, laisse un dollar de pourboire. Sans déc. Je ne comprends pas cette attitude. Laisse un vrai pourboire, mec. Je dépose quelques billets supplémentaires pour compenser.

— Sacré pourboire pour un simple Coca, remarque Abby.

Je ravale un sourire. Les autres rejoignent déjà la porte, mais elle reste en arrière pour boutonner son caban.

— Ma mère était serveuse, avant.

— En tout cas, c'est classe de ta part.

J'ai beau la jouer indifférente, je sens mes zygomatiques s'activer. Je ne sais jamais sur quel pied danser avec Abby. Disons qu'elle m'agace. Déjà, je ne supporte pas les gens trop beaux. Elle est ravissante, avec sa peau mate, ses cheveux noirs et ondulés, ses pommettes ciselées et ses yeux de princesse Disney. Et cet air avenant qui semble peint sur son visage . Une vraie pomme d'amour, cette fille : à petites doses, pas de problème, mais essayez de les enchaîner et tout ce sucre vous rendra malade.

Elle m'adresse un demi-sourire avant de sortir du restaurant. Taylor et sa caisse couillue sont déjà parties, de même que Garrett, qui a un cours de piano. Les autres font le pied de grue. Simon et Bram se tiennent plus ou moins la main, le bout des doigts tout juste entrelacés. C'est le maximum qu'ils s'autorisent en public.

Nick, de son côté, passe ses bras autour d'Abby comme pour rattraper tout ce temps passé aux extrémités opposées du box. Typique. Je vois : c'est la minute Couples Amoureux Transis devant le Waffle House. Peut-être qu'on devrait se rouler une pelle, Nora et moi, histoire de ne pas perdre la face.

Mais voilà qu'Abby s'extrait de Nick pour se rapprocher de moi.

— Magnifique, dit-elle en désignant ma coque de téléphone.

Elle est ornée d'un de mes dessins, style manga – cadeau surprise d'Anna pour mon anniversaire.

— C'est bien toi qui l'as dessiné ?

J'acquiesce.

— Merci, Abby.

Elle écarquille imperceptiblement les yeux, comme déstabilisée par le fait que j'aie prononcé son nom. Faut dire qu'on ne se parle pas beaucoup en dehors des conversations de groupe. Plus tellement.

Elle bat des paupières avant de hocher la tête.

— Alors… L'université de Géorgie…

— C'est une fac, ouais.

— Très juste, s'esclaffe-t-elle, avant de passer en mode biche prise dans les phares. Je voulais te demander…

Un klaxon l'interrompt. On lève la tête. Je reconnais sa voiture – ou plutôt celle de sa mère, à ceci près que le volant est tenu par un garçon aux pommettes les plus séduisantes que j'aie jamais vues. Grand, noir, la petite vingtaine, je dirais.

— Ça alors, mon frère est déjà rentré ! Il ne devait pas arriver avant ce soir… s'exclame Abby d'un air radieux en m'effleurant le bras. OK, n'oublie pas ce que je t'ai dit. On en reparlera demain.

L'instant d'après, elle embrasse Nick. Je détourne rapidement les yeux pour contempler le soleil.

CHAPITRE TROIS

J'envoie un texto à maman, qui promet de passer me prendre au Waffle House en rentrant du boulot. Bientôt, tout le monde est parti sauf Bram, qui vient se poser à côté de moi sur le trottoir.

Je lui adresse un sourire.

— T'es pas obligé d'attendre avec moi.

— Je sais. Mon père vient me chercher, pour une fois.

Les parents de Bram sont divorcés, chose que je trouve étrangement réconfortante. Et je ne dis pas ça pour faire ma peste. Je ne lui souhaite pas une vie de merde, bien sûr. C'est juste que la plupart de mes amis ont des familles parfaites. Des familles de sitcom – parents mariés, maisons gigantesques, portraits encadrés le long de l'escalier. Disons que c'est sympa de ne pas être la seule à sortir du moule.

— Il est de passage en ville ?

Bram acquiesce.

— Lui et ma belle-mère sont là pour une semaine avec Caleb. On va manger une glace tous ensemble.

— Je n'arrive pas à croire que Caleb soit en âge de manger de la glace. Il est pas né genre il y a cinq minutes ?

— C'est fou, hein ? Il aura un an en juin.

— Dingue.

Bram esquisse un sourire.

— Tu veux le voir ? Je l'ai en fond d'écran.

Il me tend son téléphone, que je réveille d'une pression.

— OK, c'est juste trop chou.

C'est un selfie de Bram et Caleb, collés serrés, le sourire jusqu'aux oreilles. C'est la photo la plus mignonne de l'histoire de l'humanité. Le père de Bram est blanc ; sa belle-mère doit l'être aussi, car le petit Caleb a la bouille la plus pâlichonne que j'aie jamais vue. En plus d'être complètement chauve, avec d'immenses yeux marron. Mais, bizarrement, ils se ressemblent beaucoup tous les deux. Même si Bram a la peau brune, des cheveux, et zéro filet de bave au coin de la bouche. C'est assez déconcertant.

Bram range son portable dans sa poche et s'appuie sur ses mains. Je ressens comme une vague de timidité inattendue. Je me rends soudain compte qu'il pourrait bien s'agir de notre tout premier tête-à-tête, même s'il a emménagé ici après le collège. Il était toujours quelque part à l'arrière-plan, jusqu'à ce qu'il commence à sortir avec Simon. Pour être honnête, je le confondais avec Garrett.

J'essaie d'étouffer ma gêne.

— Tu veux voir un truc ?

— OK, dit-il en se redressant.

— Tiens-toi bien.

Je navigue dans les profondeurs de ma photothèque avant de passer mon téléphone à Bram.

Qui porte la main à sa bouche.

— C'est pas génial ?

Il acquiesce lentement.

— Oh bon sang.

— C'était en cinquième.

— J'en peux plus.

— Je sais. Trop chou, le Simon, non ?

Bram contemple la photo, les yeux plissés par la malice, et quelque chose dans son expression me pince le cœur.

C'est juste qu'il est tellement mordu. Raide dingue, de chaque atome de son être.

La photo en question nous montre tous les trois, Simon, Nick et moi. À la *bat mitsvah* de Morgan, je crois. Je porte une robe bleu clair, un peu style Eliza Hamilton. Je brandis un saxophone gonflable avec le sourire, tandis que Nick arbore des lunettes de soleil géantes. Mais la vraie vedette, c'est Simon. Je vous jure.

Déjà, il affiche cette fichue cravate fluorescente qu'il mettait pour toutes les occasions festives. Sauf que cette fois, il se l'est nouée autour de la tête, façon Rambo, avec un sourire étincelant pour la photo. Et puis il est tellement minuscule ! Comment ai-je pu oublier ce détail ! Il a pris une dizaine de centimètres en quatrième ; c'est aussi l'époque à laquelle il a commencé à écouter de la bonne musique et oublié ses T-shirts à face de loup ridicules. Je suis à peu près sûre que Bram a dû emménager à Shady Creek deux heures après que Simon a définitivement ôté son dernier T-shirt loup.

— Tu n'as jamais vu de photo de lui bébé ?

— J'en ai vu de lui gamin, mais il m'a interdit l'accès à celles du collège.

— Tu es en train de me dire que Simon n'aurait jamais dû nous laisser seuls ensemble.

— Exactement.

Quelques instants plus tard, nos téléphones vibrent de concert.

Tu lui as montré la cravate ? LEAH, ÇA VA PAS LA TÊTE ?

Très chic, la cravate, répond Bram.

Certes, j'ai toujours été un garçon chic MAIS QUAND MÊME !

Sourire de Bram.

— La veilleuse ?

C'ÉTAIT UN RÉVEIL. Il se trouve juste qu'il disposait d'une loupiote.

— C'était bien une veilleuse. (Je lui rends son sourire.) Avec un petit croissant de lune et une souris dessus. Je parie qu'il l'a toujours.

— C'est à la fois craquant et pas du tout surprenant.

— N'est-ce pas ? Il l'a gardée à son chevet jusqu'en quatrième.

Bram s'esclaffe. Avant de tapoter du texte et de presser la touche « envoi ».

Sauf que le message n'apparaît pas sur mon écran. Missive privée pour Simon. Son petit copain. Totalement normal. Aucune raison de me sentir expulsée de l'île.

La voiture de maman arrive quelques minutes plus tard. Elle baisse la vitre et nous fait signe de la main.

— C'est ta maman ? s'étonne Bram. Waouh. Elle est vraiment jolie.

— Oui, on me le dit souvent.

Sans rire : Simon l'a une fois décrite comme *la quintessence de la maman sexy*.

Je demande :

— Tu es sûr que tu ne veux pas qu'on attende avec toi ?

— Pas la peine, mon père ne va pas tarder à arriver.

Ma mère se penche par la fenêtre.

— Bonjour ! Bram, c'est bien ça ? Le joueur de foot ?

Il n'en revient pas.

— Tout juste.

— Et tu vas à Columbia.

Punaise. Il faut toujours qu'elle fasse ça. Sortir ces petites infos gratuites, rien que pour montrer comme elle est Dans Le Coup. Mes potes doivent s'imaginer qu'à peine rentrée, je passe mon temps à lui faire réviser leurs bios, fiches à l'appui.

Bon, c'est vrai, j'ai tendance à tout raconter à ma mère, au point que c'en est presque pathologique. Je lui répète tous les ragots du Tumblr, je lui parle de presque tous mes coups de cœur. Et, à l'évidence, maman sait que je suis bisexuelle, même si aucun de mes amis n'est encore au courant. Je lui ai fait mon *coming-out* à l'âge de onze ans, pendant la coupure pub de *Celebrity Rehab.*

Enfin bref, soit Bram est un saint, soit il fait grave de la lèche à ma mère. Il l'appelle Mme Keane, ce qui est assez remarquable. Il doit bien être le seul à se rappeler qu'on n'a pas le même nom, toutes les deux.

Elle s'esclaffe.

— Que tu es mignon ! Appelle-moi Jessica, voyons.

Je vois d'ici la conversation sur le chemin du retour. *Oh, Lee ! Il est vraiment adorable. Simon doit être transi. Quel choupinou. Bla bla bla.*

J'ai de la chance, je le sais. On parle toujours des parents qui désapprouvent les fréquentations de leurs enfants, alors qu'avec ma mère, c'est tout le contraire. Elle chérit chacun de mes amis. Même Martin Addison, les rares fois où elle l'a vu, elle l'a adoré. Et il va sans dire que mes potes sont complètement séduits. La preuve : le temps que je boucle ma ceinture, Bram l'a déjà invitée à la première du spectacle. Pas bizarre du tout.

— Je persiste à croire que tu aurais dû auditionner, Lee, dit-elle tandis qu'on rejoint la grand-route. *Joseph*, c'est de la bombe.

— Je t'interdis d'employer cette expression.

— *Joseph*, c'est de la balle.

Je ne lui fais même pas l'honneur d'une réponse.

CHAPITRE QUATRE

— Regarde ce que tu as reçu ! annonce maman en me tendant une enveloppe dès l'instant où je mets le pied au rez-de-chaussée pour le petit déjeuner le jeudi suivant.

La lettre vient de l'UGA, comme en atteste le logo imprimé au verso de l'enveloppe. Laquelle n'est pas aussi épaisse que mon dossier d'admission. Il s'agit d'une enveloppe basique, juste à la bonne taille pour une lettre du doyen décrétant le retrait de ma bourse et de ma place. *Nous vous informons par la présente que votre admission au sein du programme d'excellence de l'université de Géorgie relevait, en réalité, d'une erreur administrative. Selon nos dossiers, notre département prévoyait le recrutement d'une autre Leah Burke qui n'est pas une grosse détraquée. Nous vous prions de bien vouloir nous excuser pour la gêne occasionnée.*

— Tu ne l'ouvres pas ? me demande maman, accoudée au comptoir.

Elle s'est maquillé les paupières, comme elle le fait parfois pour son travail, ce qui la rend insupportablement belle. Ses yeux sont d'un vert électrique. Que ce soit dit : avoir une mère plus canon que soi, ça craint.

Je prends une profonde inspiration avant de décacheter le courrier et de le lire, sous le regard inquisiteur de ma mère.

— Tout va bien ?

— Oui, pas de souci. (Je me détends.) C'est juste un document d'information sur les visites et la journée d'accueil des admis.

— On ferait sans doute bien d'y aller.

— T'inquiète.

Je ne veux pas lui mettre la pression. Parce que je n'ai pas la mère de Simon, ou de Nick. La mienne ne peut pas se permettre de prendre un congé pour visiter un campus universitaire. Je n'arrive même pas à l'imaginer dans cette situation. D'après Simon, ça se résume à un bataillon de gamins trop gênés par les questions incessantes de leurs parents. Apparemment, son père a demandé au guide de Duke de « nous en apprendre plus sur la scène gay du campus, s'il vous plaît ».

« J'aurais pu mourir », m'a dit Simon.

Je vous parie tout ce que vous voulez que si ma mère devait participer à cette visite, elle passerait sa journée à ricaner au fond en se moquant de tous les autres parents. Elle se ferait sans doute draguer par les kékés de service, aussi.

— Sérieux, c'est pas grave.

Elle sourit.

— Tu devrais quand même t'inscrire, tu sais. Je vais essayer de m'arranger avec le boulot, ça nous fera une petite aventure. D'ailleurs, Wells a de la famille à Athens, alors…

Je m'esclaffe, incrédule.

— Je ne vais pas faire la tournée du campus avec Wells.

Elle me donne une petite tape sur le bras.

— On en reparlera plus tard. Tu veux un yaourt ?

— Merci. (Je me passe la main dans les cheveux.) Je vais demander quand Morgan y va. Je pourrais toujours me faire passer pour une Hirsch.

— Bonne idée. Tu pourrais en profiter pour parader dans un maillot de la Tech, pour les faire tourner en bourrique.

— Mais totalement, maman. Je deviendrais la reine du campus.

Mon téléphone vibre. Texto de Simon.

Par pitié, Leah. Achève-moi.

— Bon, je ferais mieux d'y aller, déclare maman en posant mon yaourt sur le comptoir. Amuse-toi bien, ma chérie.

Je l'embrasse et retourne à mon téléphone.

Je peux pas, je viens de m'achever moi-même.

OK, pas mal. Mais sérieux.

Qu'est-ce qui s'est passé ?

Trois points.

Et puis : *Ma voix n'arrête pas de craquer !*

Quoi ?

Quand je chante.

Oh, trop chou. Emoji avec les yeux cœur. Je prends une cuillerée de yaourt.

LEAH, ÇA N'A RIEN DE CHOU. ON EST PRESQUE À LA PREMIÈRE. LES REPRÉSENTATIONS ONT LIEU DANS GENRE CINQ MINUTES.

T'es juste nerveux.

CES TOI qui es nerveuse.

**C'est. Oh, punaise, je n'arrive pas à croire que je viens de taper ça. En majuscules, en plus, blargh, ne le dis pas à Bram. AHHHHHHHHHHH BORDEL JE SUIS FOUTU !*

Simon. Ça va aller.

Je jette mon pot de yaourt et dépose ma cuiller dans l'évier. 8 h 15. Il est temps de prendre le bus. Même s'il fait méga froid. Même si mes doigts à texto vont me détester.

Bram qui ne m'a jamais entendu chanter et va rompre avec moi.

J'éclate de rire.

Bram va rompre avec toi après t'avoir entendu chanter ?

Oui.

Je le vois d'ici, en train de faire les cent pas en coulisses, son costume à moitié mis. Les représentations pour les élèves sont techniquement des répétitions générales, mais tout le monde sèche les cours pour y assister. Les terminales n'ont même pas besoin de se pointer à la première heure pour l'appel. J'aimerais arriver assez tôt pour réquisitionner un siège au premier rang, bien placé pour houspiller Simon et Nick. Mais, évidemment, mon bus a du retard. Toujours pareil quand il fait froid.

J'insiste.

Il ne t'a vraiment jamais entendu chanter ?

JE NE CHANTE JAMAIS. Mais sérieux, et si ma voix craque et que tout le monde me jette des tomates et qu'on m'éjecte de la scène à l'aide d'un crochet comme au music-hall ?

Dans ce cas, je filme tout.

Nora m'attend à l'arrivée du bus.

— Heureusement que tu es là ! Tu es occupée ?

Elle passe une main rageuse dans ses boucles. Je ne l'ai jamais vue aussi paniquée. Y compris la fois où Simon, onze ans, champion de l'élégance, avait modelé des brownies en forme de crotte avant de les dévorer avec ferveur sous nos yeux ébahis.

Je la regarde.

— Qu'est-ce qu'il se passe ?

— Martin Addison a la crève, répond-elle lentement en clignant des yeux, comme si elle-même n'y croyait pas.

— C'est noté. J'éviterai de lui rouler des pelles.

Elle ne relève même pas.

— Donc il reste chez lui pour reposer sa voix en attendant demain. Du coup, on n'a plus de Reuben, alors qu'on est censés commencer là, tout de suite. Alors je me demandais…

— Je ne peux pas jouer Reuben.

— Bien sûr.

Elle pince les lèvres.

— Je chante comme une casserole, Nora, tu le sais bien.

— Oui, je sais, je n'essaie pas de… argh. (Rire nerveux.) Cal remplace Martin, du coup maintenant Cal c'est moi, alors j'ai besoin que tu sois moi.

— Pardon ?

— Assistante régie.

— Oh. (Pause.) Mais encore ?

Elle se met en marche d'un pas vif, ce qui ne lui ressemble pas du tout. Je suis obligée de sautiller pour la rattraper.

— Voilà, je serai au casque pour lancer les entrées, explique-t-elle. J'ai donc besoin que tu suives les mouvements des acteurs pour t'assurer que tout le monde est bien à sa place, que tu aides aux changements de décor, que tu veilles au grain, en gros. Tu peux le faire, non ? Tu n'auras qu'à crier sur tout le monde. Tu feras ça très bien.

— Qu'est-ce que ça veut dire ?

— Mais. (Elle s'arrête net pour me toiser.) Zut. Tu n'aurais pas un vêtement noir ? Ou bleu marine ? Genre, un hoodie, quelque chose comme ça ?

— Je… pas sur moi, non.

Je baisse les yeux pour évaluer ma tenue. Robe vert menthe, cardigan vert foncé, collant gris et rangers dorées. Que vouliez-vous que je mette pour la Saint-Patrick ?

— OK. (Nora se frotte les joues.) OK, je trouverai un truc. Va en coulisses pour l'instant, quelqu'un va t'expliquer. Merci d'avoir accepté, c'est gentil.

Je ne suis pas sûre d'avoir donné mon accord. Mais Nora me chasse le long du couloir, et voilà que je me retrouve devant l'entrée des artistes. Bon. Assistante régie. Je ne vais pas y couper, on dirait.

Je me glisse dans les coulisses, où règne le chaos le plus total. À croire que Cal doit être une espèce de dominatrice ultra stricte, puisque le monde semble s'écrouler en son absence. J'aperçois des secondes qui se battent en duel avec des bâtons de berger qui – il faut bien l'avouer – ressemblent à ces fameux crochets de music-hall qui hantent les cauchemars de Simon. Deux Ismaélites barbus se roulent des pelles entre les rideaux. Plus loin, Taylor siège par terre, les yeux clos. Sans doute en pleine méditation.

Je jette un œil à la salle, peuplée de secondes et de terminales ensommeillés. Je repère aussitôt mon clan au premier rang : Bram, Garrett, Morgan et Anna. Avec un siège au milieu – le mien, à l'évidence. L'attention me touche, bizarrement.

— Coucou.

Nora apparaît, une pile de tissus dans les bras.

— C'est à Garrett, ça devrait suffire à couvrir ta robe. Désolée pour l'odeur.

Je déroule le chargement avec circonspection. C'est un hoodie bleu marine, avec le logo des Yellow Jackets brodé sur le torse. Un foutu maillot de Georgia Tech. Mais comme Garrett est grand et baraqué, je rentre dedans, et Nora a raison : il y a comme une odeur. Pas mauvaise. Juste un parfum de déo *Old Spice*, celui qu'utilise Garrett.

Je me fais l'effet d'une majorette des années cinquante, emmitouflée dans le blouson de son petit ami. Comme si j'étais sa chose.

Je m'efforce de ne pas y penser. Je me contente de naviguer à travers le bordel ambiant à la suite de Nora, qui s'est transformée sous mes yeux en Nora la Rouge. D'ordinaire, cette meuf est une vraie crème, mais là, pas de quartier. Elle darde des regards assassins, remonte les bretelles aux acteurs, tant et si bien que tout le monde se tient à carreau. Elle finit par s'installer derrière le bureau de Cal, chausse son casque et feuillette son classeur. Je l'observe un moment avant de rejoindre la table des accessoires, où tout est sens dessus dessous. Le sol est jonché de lunettes de soleil, de menottes et autres conneries, que je ramasse pour mettre un peu d'ordre.

— Cinq minutes ! annonce Mme Albright qui passe la tête par le rideau.

Simon se matérialise à mes côtés.

— Leah, qu'est-ce que tu fais dans un sweat de Georgia Tech ?

— C'est celui de Garrett.

Il écarquille les yeux.

— Ouh là, non, ce n'est pas ce que tu crois. C'est ta sœur qui me l'a fait mettre.

— Je suis complètement perdu.

— T'inquiète. (Je lui adresse un sourire.) Tu te sens mieux ?

Il secoue la tête.

— Non.

— Eh…

Il lève le nez.

— Tu vas être magique, c'est moi qui te le dis.

L'espace d'une minute, il me fixe, comme s'il n'en croyait pas un mot. Je suis vraiment si garce que ça ? Enfin, il doit bien savoir que je l'adore, non ? Peut-être que je ne le lui dis pas assez souvent. Bon, je ne passe pas non plus mes journées à distribuer des discours sincères sur la profonde et indéfectible affection que je porte à mes amis. Je ne suis pas Abby. Mais je pensais que Simon savait à quel point je le trouve génial. Comment pourrait-il en être autrement ? Enfin, j'étais à moitié amoureuse de ce mec tout le long du collège. Pour de vrai. Ses T-shirts loup ? Étrangement sexy.

Il cligne des yeux, ajuste ses lunettes, puis esquisse un de ces sourires éclatants à la Simon.

— Je t'adore, Leah.

— C'est ça.

— Je t'aime aussi, Simon, ajoute-t-il d'une voix flûtée.

— Je t'aime aussi, Simon, je répète, les yeux au ciel.

— *Siméon*, rectifie-t-il.

Les premières notes de l'ouverture retentissent.

Cal Price est un acteur de merde.

Heureusement, il connaît toute la pièce par cœur, mais il joue Reuben comme une espèce de comptable sénile. Et quel affreux chanteur – un orchestre de casseroles à lui tout seul. Mais il se montre tellement adorable et complexé que j'ai juste envie de lui tapoter les joues.

L'incarnation même d'un spectacle de danse de maternelle : zéro pointé pour la technique, mais vingt sur vingt en mignonnitude.

En tout cas, même si la troupe a déjà fait mieux, ce n'est pas le désastre annoncé non plus. Taylor assure, la voix de Simon reste en place, et, sans mentir, Nick est trop canon dans son manteau multicolore.

Le spectacle fini, je chope Simon par un pan de sa robe pour lui faire un câlin surprise.

— Tu étais parfait, dis-je.

Il rougit. Avant de me prendre les deux mains et de les presser. Pendant un instant, il se contente de me contempler avec le sourire.

— Tu es vraiment une amie du tonnerre, dit-il finalement.

Il a parlé si bas et avec une telle sincérité que j'en suis désarçonnée.

Les acteurs rejoignent les loges à la queue leu leu pour se changer – interdit de manger en costume. Cal, lui, fonce droit sur Nora, qui ôte son casque pour le serrer dans ses bras. Et vraiment collé serré, tout le long du corps, sans un millimètre pour les séparer, tandis que Cal lui murmure quelque chose à l'oreille. Ils n'ont pas conscience que je les regarde. Mais lorsqu'il se détache enfin pour aller se changer, je pose les coudes sur le bureau.

— Alors… dis-je avec un sourire. Toi et Cal.

— La ferme.

— Vous êtes trop chou.

— Il n'y a pas de *nous*. On est amis, c'est tout.

— D'accord, mais votre câlin de l'amitié m'a foutu la trique.

— Leah !

— Je dis ça, je dis rien.

Elle se fourre la tête dans les bras avec un grognement – avec le sourire, aussi.

— Coucou.

On me tapote doucement le talon. Je me retourne. C'est Bram.

— On va déjeuner à l'extérieur. Vous venez ?

Nora secoue la tête.

— Je ne dois pas bouger d'ici. On a une autre représentation dans trois quarts d'heure.

— Ah, d'accord.

— Qui y va ?

— Juste Garrett, Morgan, Anna et moi.

— Leah, tu devrais y aller aussi, m'enjoint Nora.

— Je ne voudrais pas vous laisser tomber.

Elle sourit.

— Tu peux. Cal retrouve son poste de régisseur.

— Oh, zut. Qui va jouer Reuben ?

— Mme Albright.

— Elle doit être canon avec la barbe.

Bram nous regarde avec un sourire timide.

— Alors, tu viens ?

— Je suppose.

Je hausse les épaules et joins les mains. Je me sens soudain minuscule dans le hoodie de Garrett. Encore cette sensation d'être la *petite amie*. Non que j'aie jamais été la copine de qui que ce soit, mais je suppose que ça doit ressembler à ça. À cette impression d'être une petite chose précieuse et désirée. Je n'arrive pas à savoir si ça me débecte ou si c'est juste ce que me dicte mon cerveau.

Simon et le reste de la troupe sont déjà terrés dans leurs loges, alors je dis au revoir à Nora et je suis Bram dans le préau. Anna est assise sur le rebord près du parking, et Garrett gesticule devant Morgan. Il m'adresse un sourire quand nos regards se croisent ; lorsque Bram et moi rejoignons le groupe, il tire sur ma manche.

— Alors comme ça, on est fan de Georgia Tech ?

— Va te faire foutre.

Je lui rends son sourire. Avant de me rendre compte que je n'ai absolument plus aucune raison de porter son sweat.

— Je suppose que tu veux le récupérer ?

— Mais tu as l'air tellement à ta place dedans, dit-il.

— Euh…

Il s'empourpre légèrement.

— Je me suis mal exprimé, ajoute-t-il en avalant sa salive. Mais tu es jolie avec.

Je plisse les yeux.

— Jolie ?

— Tout juste.

Je passe le vêtement par-dessus ma tête et le roule en boule pour le lui rendre.

— Tu racontes vraiment de la merde, Garrett.

Il accepte le fardeau avec un sourire, le nez froncé. Je dois admettre qu'il n'est pas affreux : cheveux blonds, yeux bleu clair, une pincée de taches de rousseur sur le nez. Juste quelques-unes, pas comme moi – les miennes me mangent les pommettes. Chez lui, c'est mignon, surprenant, étrangement attachant, et voilà que je me rappelle qu'il joue du piano. C'est drôle – il n'a pas des mains de pianiste. Elles sont longues, mais charnues aussi, et présentement serrées autour de son sweat-shirt comme s'il essayait de l'étouffer.

— Qu'est-ce que tu regardes ? demande-t-il d'un air nerveux.

Je lève la tête.

— Oh, rien.

Bram s'éclaircit la gorge.

— Bon, ça vous dit d'aller au Rio Bravo ?

— Un peu, oui, répond Garrett, avant de marquer une pause pour me jeter un regard. Ça te va ?

— OK.

— Adjugé. Allons-y. C'est moi qui conduis.

Morgan me prend par le bras, je prends celui d'Anna, et je dois avouer que je me sens plutôt en veine. J'adore Simon, Nick et tous les autres mecs, mais avec Morgan et Anna, c'est différent. On se comprend. Je ne dis pas qu'on est d'accord sur tout. Morgan aime ses animés doublés – un vrai blasphème –, et Anna a une fois eu le malheur de décrire Mamoru Chiba comme « à peine séduisant ». Mais le reste du temps, on croirait lire dans les pensées les unes des autres. Par exemple, si Taylor fait sa diva en répète, on n'a même pas besoin d'échanger un regard. On sent juste ce roulement d'yeux cosmique voler secrètement de l'un à l'autre de nos trois cerveaux. En cinquième, on a passé une semaine à essayer de convaincre tout le monde qu'on était sœurs, en dépit du fait qu'Anna est à moitié chinoise, Morgan juive, et que je suis aussi grosse qu'elles deux réunies.

Bref, ce que j'essaie de dire, c'est qu'elles me soutiennent toujours. Et inversement. Quand Anna a chopé la gastro l'an dernier, Morgan et moi lui avons rejoué la bagarre qu'elle avait manquée à la cantine. En cinquième, j'ai dessiné cinquante-six affiches pour aider Morgan à dénoncer le spectacle raciste organisé pour Thanksgiving. Et quand Simon et Nick disparaissent dans les bras de leurs chers et tendres, Morgan et Anna sont là pour bitcher avec moi. Je m'en tape, qu'elles aiment Journey. Ce sont les meilleures potes du monde.

— Leah, où est ton sac ? demande soudain Morgan.

— Dans mon casier ?

— Tu n'en as pas besoin ?

Je la regarde.

— Pourquoi ? On ne revient pas ?

Je le confesse : je n'ai jamais séché les cours. Bon, à part une semaine, l'an dernier, quand je faisais la gueule à Simon et Nick, où j'ai peut-être passé quelques heures dans la remise de la salle de musique. Mais jamais je n'ai quitté l'enceinte de l'établissement. Ne vous méprenez pas : les autres le font tout le temps. Mais je n'aime pas trop l'idée de me mettre dans le pétrin. En partie parce que je n'ai pas envie de risquer ma bourse, mais aussi… je ne sais pas. Peut-être que je suis juste une grosse intello.

— Ça va aller, Leah, m'assure Morgan. Je l'ai déjà fait. Même Bram l'a déjà fait.

Je jette un regard à l'intéressé, qui m'adresse un sourire gêné.

C'est vrai que si je veux sécher, c'est le moment ou jamais. Les profs croiront que je suis allée voir la pièce. Maintenant que j'y pense, je manquerais totalement les cours si Nora avait encore besoin de moi… si Cal ne s'était avéré un si charmant désastre sur scène.

— Tout va bien ? demande Morgan.

J'acquiesce.

— Au poil. Allons-y.

Morgan conduit une Jetta rutilante dont les sièges sentent le flambant neuf. Cadeau de ses parents pour son dix-huitième anniversaire, avec GPS, radio satellite, et un petit écran vidéo qui vous indique quand vous risquez de percuter un truc en marche arrière. Le pare-brise arrière est déjà orné d'un sticker UGA.

Je monte à l'avant, en dépit du mètre quatre-vingt-huit de Garrett, ce qui fait sans doute de moi une sacrée garce. Mais il ne se laisse pas démonter et prend place au milieu de la banquette, penché vers l'avant, une main sur chaque appuie-tête. Mes cheveux lui drapent quasiment le bras. Parfois, j'ai l'impression que Garrett calcule pile la position la plus gênante pour s'y mettre, comme ça.

— OK, il suffit de faire signe au gardien avec le sourire, dit-il. Comme si vous aviez le droit de sortir.

— Garrett, les terminales *ont* le droit de sortir.

— Sérieux ?

Il semble estomaqué.

Morgan se dirige lentement vers la sortie. Elle a toujours conduit comme un alien terrifié propulsé sur une nouvelle planète. Elle avance à vitesse si réduite qu'on se croirait dans un pédalo, et chaque feu rouge ou panneau de signalisation semble la prendre par surprise. Je monte le son – un morceau de folk morose que je ne reconnais pas. Il me plaît, je crois. Il me plaît carrément bien, même. À la fois doux et déchirant, et la chanteuse y met toutes ses tripes. Au bout d'un moment, je demande :

— Qui est-ce ?

Le feu passe au rouge, Morgan réussit à s'arrêter, non sans peine.

— Rebecca Loebe. Ma nouvelle chouchoute.

Étant donné que son morceau fétiche de la veille était *Don't Stop Believin'*, c'est ce qu'il convient d'appeler le plus grand saut qualitatif de l'histoire de la musique.

— Morgan, tu t'es officiellement rachetée.

Arrivés devant le Rio Bravo, on s'extirpe de la voiture. Je redresse un peu l'échine en entrant dans le restaurant. Non que ça ait une quelconque importance. Mais je n'ai pas envie de ressembler à ces lycéens qui sèchent la troisième heure – même si c'est exactement, à cent pour cent, ce que je fais. L'hôtesse nous guide jusqu'à un grand box au fond, où un serveur passe aussitôt déposer des tortillas et prendre nos commandes de boissons. Garrett se penche vers moi.

— Laisse-moi deviner. Un Coca.

— Peut-être.

Je souris. Bram et Anna échangent un regard.

— Elle va prendre un Coca, annonce Garrett.

— Oh pardon, je suis capable de commander toute seule. (J'adresse un sourire éclatant au serveur.) Un Coca, s'il vous plaît.

Ce n'était pas censé être une blague – pas le moins du monde –, mais tout le monde s'esclaffe, y compris Garrett.

— T'es une marrante, Burke, dit-il.

Les joues empourprées, je me tourne vers Morgan.

— Au fait, je me demandais… est-ce que tu vas faire les visites de campus et autres réunions d'information ?

Elle sourit de toutes ses dents.

— J'allais justement te poser la question ! On en discutait avec Abby, on se disait qu'on pourrait y aller ensemble toutes les trois pendant les vacances de printemps. Est-ce qu'elle t'en a parlé ?

C'était donc ça, la question d'Abby. Ce truc qu'elle voulait plus ou moins me demander. Je déglutis.

— Je suis à peu près sûre que tes parents voudront t'accompagner, Morgan.

— Je sais. J'irai deux fois. Je m'en fiche.

— Vous, avec Abby ? s'étonne Anna. Depuis quand vous êtes amies avec elle ?

Morgan semble perplexe.

— Depuis toujours.

— Peut-être, mais pas à ce point. Pas au point de faire des virées pendant les vacances de printemps, précise Anna en faisant la moue.

Je remue légèrement sur mon siège. Anna n'en mène pas large quand on discute fac, et je ne sais jamais trop quoi dire. D'un côté, je comprends sa réaction. Elle se sent mise à l'écart. Mais de l'autre, je crois qu'elle n'a même pas posé sa candidature à UGA. Depuis la première, elle n'en a que pour Duke.

— Personne ne peut te remplacer, Anna Banana, dis-je.

Elle fronce le nez.

— Vous étiez obligées de prendre l'autre fille avec un prénom en quatre lettres qui commence par A ?

— Oui, mais ce n'est pas toi.

Morgan lui passe un bras autour des épaules.

Et c'est vrai. Abby ne fera jamais partie de notre cercle d'intimes. Même si j'y ai peut-être cru un moment, il y a longtemps. Il faut que je vous dise : juste après son arrivée ici, Abby et moi passions beaucoup de temps ensemble. Genre tout notre temps. Au point que ma mère s'était mise à me poser tout un tas de questions, des étoiles dans les yeux. Et à l'évidence, ce n'était pas ça du tout. Déjà, Abby est terriblement hétéro. Elle serait capable de se faire l'intégrale de *Sailor Moon* et d'en ressortir avec la conviction que Neptune et Uranus sont juste de bonnes amies. Elle doit sans doute penser que les chansons de Troye Sivan parlent de filles.

Non que j'aie besoin de me mettre Abby dans la tête en cet instant précis. Je fixe le bol de tortillas.

— Qu'est-ce qu'on fait après le déj ?

— J'ai un projet, annonce Bram.

— Quel genre de projet ?

Il rougit, les coins de la bouche à la verticale.

— Une invitation au bal.

Quatre-vingt-dix minutes plus tard, Morgan, Anna et Garrett regardent un animé dans le salon de Morgan pendant que je mange des *s'mores* chauffés au micro-ondes, attablée dans la cuisine avec Bram.

— Alors voilà, tu m'as inspiré, déclare-t-il.

— Moi ?

Du menton, il désigne son téléphone.

— Avec cette fameuse photo.

— Tu veux faire ta demande sur fond de *bat mitsvah* morganesque ? Parce que ça, ce serait épique.

— Bingo ! (Il sourit.) Enfin, non. Je ne sais pas. Je crois que j'ai besoin de te cuisiner un petit peu.

— À quel sujet ?

— J'ai besoin que tu me racontes toutes tes anecdotes gênantes sur Simon.

Il mord joyeusement dans son snack. Une particule de marshmallow fondu se colle à sa lèvre.

— Tu te rends compte qu'on en aurait pour toute la nuit ?

Il s'esclaffe.

— J'ai tout mon temps.

— Au fait, rien à voir, mais il faut que je sache. Est-ce que bébé, tu appelais les Graham crackers…

— Des Bram crackers ? Peut-être. Absolument.

— J'adore.

— Je vais en refaire. Tu en veux ?

Il se lève.

— Quelle question. (Je pose mon menton au creux de ma main.) OK, donc, Simon.

— Simon.

Mon cœur se serre. Parce que quand Bram prononce le nom de Simon, il en articule chaque lettre. Comme s'il fallait en prendre grand soin. C'est mignon tout plein, hein, mais waouh. Ce que je peux être jalouse, parfois. Pas seulement de Simon et de Bram, bien sûr. Imaginez traverser votre journée en sachant que quelqu'un vous a à l'esprit. Ça doit être ce qu'il y a de meilleur dans la romance – ce sentiment d'avoir un chez-soi dans la tête d'un autre.

Je repousse cette idée.

— Très bien. Je suppose que tu as déjà vu la photo du short en jean ?

— Celle qui est sur leur cheminée ?

Il me lance un sourire complice à l'autre bout de la cuisine.

— Tout juste. *Quid* de la fois où il a vomi dans la main en cire, alors ?

— Ça, il me l'a raconté lui-même.

— Oui, il doit même en être fier. (Je me mords la lèvre.) Hmm. Ça devrait pourtant être facile de trouver des histoires gênantes à son sujet.

— C'est ce qu'on croit, oui, répond Bram.

Le micro-ondes bipe. Je le regarde presser avec soin son sandwich. Seul Bram est capable d'apprivoiser aussi proprement un marshmallow tout boursouflé. Il ramène les s'mores à la table et glisse l'assiette devant moi. Je m'apprête à en attraper un quand, soudain : la révélation.

— Oh, attends. Est-ce que tu sais pour *Love Actually* ?

— Je sais que ses parents le poussent à le regarder à chaque Noël, et qu'il déteste ça.

— Justement. Il ne déteste pas.

Je mords goulûment dans mon butin en lui adressant le plus innocent des regards.

Il s'illumine.

— Ça sent l'anecdote.

— Alors, ça, pour une histoire ! C'est Simon qui l'a écrite.

Bram ouvre la bouche pour réagir, avant d'être interrompu par Garrett dont la tête apparaît au-dessus du dossier du canapé.

— Eh, Burke, j'ai une question. J'essaie de m'organiser pour demain.

— Qu'est-ce qu'il y a demain ?

— Le spectacle, lance Morgan depuis son fauteuil.

— Oh, oui, bien sûr.

— Tu y vas ? me demande Garrett.

— J'en avais l'intention, oui.

Les deux footballeurs échangent un regard furtif, allez savoir pourquoi.

— Ça te dit de venir avec nous ? demande Bram. On voudrait arriver tôt pour avoir de bonnes places.

— Autrement dit, Greenfeld veut une vue plongeante sur le cul de son petit copain.

L'intéressé secoue la tête avec un sourire.

— On pourrait aller manger un morceau avant, ajoute Garrett.

— Je suppose.

— Tu supposes ? Leah. *Leah.*

Il secoue la tête. Je me force à un sourire obséquieux.

— Oh. Mon. Dieu. J'ai tellement hâte !

— J'aime mieux ça, dit-il en se renfonçant dans le canapé.

De retour à la maison, pourtant, ce n'est pas au spectacle que je pense. Je m'effondre sur le canapé avec un Coca, les nerfs en pelote. Mon cerveau n'arrête pas de me repasser la remarque de Morgan au Rio Bravo. Abby veut faire la visite de UGA avec nous. Bon, ça ne vient pas tout à fait de nulle part : techniquement, on est amies. Mais il doit bien y avoir une centaine d'élèves de notre année qui se sont inscrits à l'université de Géorgie, et Abby est amie avec chacun d'entre eux. Elle est amie avec tout le monde. Alors je suis un peu surprise qu'elle veuille y aller avec nous.

Mon téléphone vibre sur la table. Mon cœur fait un bond.

Mais c'est Garrett.

Coucou toi, je suis content que tu viennes voir le spectacle demain, ça sera marrant.

Je me carapate sur le canapé, les yeux rivés sur l'écran. Garrett fait ça, parfois. M'envoyer des textos sans vraiment ouvrir la conversation. Il se contente d'une affirmation. Et je ne sais jamais comment répondre. Pour être honnête, j'ai parfois l'impression que je lui plais. Enfin, c'est sans doute mon imagination ou sa maladresse qui parlent. Mais de temps en temps, je m'interroge.

Je commence à répondre : *Moi aussi !* Mais ça fait un peu trop *OMG GARRETT JE T'AIME EMBRASSE-MOI.* Alors j'efface, contemple mon téléphone, retape sans le point d'exclamation, efface de nouveau, avant de finalement laisser tomber et lancer *Fruits Basket.* Voilà où j'en suis. Même pas capable d'écrire deux mots sans perdre les pédales. À un mec qui ne m'attire même pas particulièrement. Si c'était le cas, je serais morte. *RIP Leah Burke. Morte de gênite aiguë.*

Il me faut une meillleure distraction. J'ouvre une fanfic au hasard sur mon téléphone et traverse le couloir. Impossible de lire du Drarry dans le salon, même quand ma mère n'est pas là. Le Drarry, c'est dans la chambre. Et tant pis si ça fait pervers.

Mais je n'arrive pas à me concentrer. La fiction n'est pas en faute : elle est bien écrite, Draco en particulier a du répondant, pour changer. Je déteste quand les auteurs adoucissent Malfoy. Je regrette, Draco est une garce. Faut l'assumer. Enfin, oui, bien sûr, en dessous c'est une vraie crème, mais il faut faire des pieds et des mains avec lui.

Je crois que ça me parle, quelque part.

Mais la distraction ne remplit pas son office, alors je laisse tomber. Je branche mon téléphone sur le chargeur, que je dois manipuler une minute pour le convaincre de faire son œuvre. Téléphone de merde. Je mets Spotify au maximum et me connecte à mon Tumblr artistique pour en parcourir les archives. Je devrais poster un nouveau dessin. Voire une de mes vieilles réussites. J'en ai tout un paquet que j'ai prises en photo et enregistrées sur mon téléphone. Tous mes *ships*, occupés à se faire des mamours : Inej et Nina, Percabeth, quelques personnages originaux. Plus une poignée de portraits de mes amis, même si je n'ai aucune intention de les montrer à qui que ce soit. Je l'ai fait une fois. Grossière erreur.

Je déroule vite fait avant de m'attarder sur un sketch au crayon de Bellatrix Lestrange. Pas le plus abouti de ma carrière, mais j'aime bien son expression. Et qu'importe si le résultat est un peu brut, puisque mon Tumblr est anonyme. Si les gens trouvent que je dessine comme une merde, tant pis. Au moins, ils ne savent pas qui je suis.

CHAPITRE CINQ

Pas de Morgan le vendredi, et elle ne répond pas à mes textos.

Pendant le déjeuner, en attendant que la table se remplisse, je demande à Anna :

— C'est bizarre, non ? Il lui est arrivé un truc ?

— À qui, Morgan ?

Elle se mord la lèvre. J'ai la nette impression qu'elle évite mon regard.

— Quoi, elle m'en veut, c'est ça ?

— Non, pas du tout. (Anna marque une pause.) Je crois qu'il lui faut du temps pour digérer.

— Mais de quoi tu parles ?

Elle lève enfin les yeux.

— Elle ne t'a pas dit ?

— Euh, elle ne répond pas à mes textos, donc…

— Je vois. (Elle se renfonce dans sa chaise.) Ben… UGA l'a contactée hier soir.

— Elle a reçu une réponse ?

Anna acquiesce. Quelque chose dans son expression me plombe le cœur.

— Elle n'a pas été prise, dis-je à voix basse.

— Eh non.

— Liste d'attente ?

— Même pas.

— Tu te fous de ma gueule.

Anna secoue la tête.

— Mais elle est parrainée par sa famille !

— Je sais.

— Elle doit être effondrée... (Je cligne des yeux.) Comment a-t-elle pu échouer ?

— Je ne sais pas. Ça craint. (Anna se triture les cheveux avec un soupir.) Elle a peut-être raté le SAT[1] ? Je me sens trop mal. Je crois que ça lui a fait un choc. Et ses parents ont pété un câble. Ils ont appelé l'établissement pour retirer leurs dons. Ça me dépasse.

— Punaise.

— Je vais faire un saut chez elle après les cours, déclare Anna.

Je hoche la tête.

— Je t'accompagne.

— Moui... (Une pause.) Je ne sais pas si c'est une bonne idée.

— Elle ne veut pas me voir ?

Pas de réponse.

Je m'empourpre.

— C'est ce qu'elle t'a dit ?

1. Examen national utilisé pour l'admission à l'université aux États-Unis.

Elle hausse les épaules.

— Je ne sais pas. Je regrette, Leah. Arf. Trop la gêne.

— Laisse tomber. Ça va aller. (Je me relève d'un bond.) Je vais manger dans la cour.

— Elle est vraiment bouleversée, tu sais. Faut pas le prendre personnellement.

Je déteste quand on me dit ça. *Faut pas le prendre personnellement. Ce n'est pas contre toi, Leah.* Morgan sèche les cours pour m'éviter, mais non, c'est *pas du tout* personnel. Bon sang. Je sais que je devrais faire preuve de compassion, je sais que je suis une garce, mais ça fait mal.

— Leah, ce n'est pas contre toi. Elle est juste déçue, poursuit Anna. Et sans doute gênée.

— Je sais.

La réponse m'échappe, plus fort que voulu. Un groupe de secondes se retourne pour nous dévisager. Je baisse la voix.

— Je sais que ce n'est pas contre moi.

— Bon, tant mieux. Parce que je t'assure que ce n'est pas le cas.

— Mais j'aimerais être là pour elle, tu comprends ? J'aimerais la consoler.

Anna se penche vers moi.

— Je doute que tu y arrives. Bien sûr, ce n'est pas ta faute si tu as été prise et pas elle, et elle le sait, mais elle se sentira quand même narguée.

— Mais j'ai pas l'intention de la ramener.

— Je le sais bien, répond lentement Anna. Du moins pas volontairement. Mais mets-toi un peu à sa place…

J'ai les joues en feu.

— Pas de souci. Je la laisse tranquille.

Anna me donne un petit coup du bout du pied.

— Je sais que tu t'inquiètes pour elle. Je m'assurerai qu'elle va bien.

Je hausse les épaules.

— Fais ce que tu veux.

Et maintenant tout va de traviole. Je me sens cruelle, à ne pas textoter Morgan – même si Anna m'a bien fait comprendre que ce n'était pas une bonne idée. Mais je passe les cours à l'imaginer terrée dans la maison familiale débordant de dessins de bouledogues. Du rouge et du noir partout. Elle doit être en train de disjoncter. Je pense savoir ce qu'elle ressent. Enfin, je ne me suis jamais vue refuser une place dans un établissement. Mais je sais ce que c'est de ne pas être à la hauteur, de façon profonde, presque viscérale.

Je n'essaie pas de tout ramener à moi, hein. Par exemple, je n'ai pas prêté la moindre attention à cette fameuse visite du campus, ni à la question de savoir si Abby veut toujours y aller avec moi.

— Leah, siffle Simon avec un coup de coude.

Je redescends sur terre. Mme Livingstone me toise du Regard.

— Je suppose que vous étiez perdue dans vos réflexions sur la Révolution française, mademoiselle Burke. Et si vous nous éclairiez un peu ?

Les joues me cuisent.

— Oui. Je… Euh…

Oh, bon sang. Mme Livingstone détecte le mensonge à des kilomètres à la ronde. *Mais oui, bien sûr que je vais vous éclairer. Au sujet de la Révolution française. Et pas du tout d'une virée à Athens en compagnie d'Abby Suso. Non que j'aie l'intention de faire ladite virée avec ladite Suso.*

— Thomas Jefferson a aidé le marquis de La Fayette à rédiger une déclaration, bredouille Simon.

— Monsieur Spier, ce n'est pas en mémorisant la bande-son de *Hamilton* que vous réussirez vos examens d'histoire européenne renforcée.

Des ricanements éclatent dans la salle. Mme Livingstone secoue la tête et interroge quelqu'un d'autre. Alors je donne un petit coup de pied à Simon, qui lève le nez. Je lui souris.

— Merci.

— De rien.

Il me rend mon sourire.

CHAPITRE SIX

— Bien, parlons de *Love Actually*, lance Bram en se penchant vers moi.

Garrett est enfin hors de portée, occupé à parcourir le comptoir des desserts. Qui est en réalité le seul comptoir, car nous sommes chez Henri's, une pâtisserie. Désolée, mais les cupcakes, ça compte comme un dîner. Je suis prête à me battre pour ce principe.

Je vérifie d'un coup d'œil que Garrett est bien absorbé par la contemplation des gâteaux et autres donuts glacés avant de me tourner vers son acolyte.

— Il faut que tu saches que Simon pourrait me tuer pour ces révélations.

— Bien sûr. Il est tellement discret, répond Bram.

On échange un sourire complice. Simon Spier doit bien être la personne la moins discrète de la planète.

— Enfin bref, je ne l'ai su que l'année dernière, mais apparemment… (Je marque une pause pour mordre dans mon cupcake.) Il semblerait que notre cher Simon Spier ait écrit une seule et unique fanfiction inspirée de *Love Actually*.

Le regard de Bram s'illumine.

— OK.

— Et j'ai toutes les raisons de croire qu'elle se trouve sur fanfiction.net.

— T'es sérieuse ?

Il s'enfonce le poing dans la bouche.

— Sauf qu'il refuse de nous révéler son nom de plume.

— Je parie qu'on parviendra à le deviner.

Il sort déjà son téléphone.

En silence, il parcourt un moment le contenu de la plateforme.

— Il doit y avoir une centaine d'histoires inspirées de ce film, au maximum. Avec Abby, on a réussi à réduire les possibilités à une quinzaine.

— Oh, je vois que tu as déjà fait le gros du travail.

— Des semaines, j'ai essayé, Bram. Des semaines.

En première, juste après qu'Abby a déménagé ici.

Nous passions tous la nuit chez Morgan, dont la mère avait exilé les garçons dans la chambre d'amis après une partie édifiante d' « action ou vérité ». Morgan et Anna s'étaient vite endormies ; Abby, elle, avait rassemblé ses couvertures près des miennes par terre, où nous étions étendues à plat ventre, côte à côte.

— Leah, il faut qu'on la trouve, avait-elle murmuré.

Elle était encore un peu pompette suite au jeu, et moi pompette par association. J'avais aussitôt sorti la liste complète de fanfics *Love Actually* sur mon téléphone.

— On commence du début ?

— On pourrait attaquer direct par les histoires érotiques olé olé centrées sur Keira Knightley, avait suggéré Abby.

Ce qui m'avait fait rire.

— Érotiques olé olé ?

— Oui.

— Par opposition aux histoires érotiques pas olé olé ?

— Oh, je n'ai rien contre, hein, avait-elle répondu. Tiens, essaie celle-là.

C'est ainsi que tout avait commencé. D'entrée, on avait pu éliminer quelques cataclysmes orthographiques, ainsi que tout ce qui semblait un peu trop bien renseigné sur les détails sexuels les plus techniques.

— Impossible, avais-je insisté. Tu peux me croire. Je serais prête à te parier un million de dollars que Simon Spier n'a jamais entendu parler du périnée.

— Je suis bien de cet avis, avait-elle acquiescé en tapotant la flèche de retour.

J'ai toujours trouvé ça tellement intime, comme geste, d'effleurer l'écran du téléphone d'un autre. Elle avait ouvert l'histoire suivante. C'était étrange. Une fois qu'on avait su que Simon était l'auteur de l'une de ces fics, il nous semblait qu'il pouvait les avoir toutes écrites. Chacune d'entre elles. Sous quatre-vingt-dix pseudos différents. Peut-être que toutes ces fois où il prétendait consulter ses mails, il écrivait en réalité de l'érotique olé olé.

Puis Abby avait remué doucement sous les couvertures, et son corps s'était collé contre le mien de tout son long. Son flanc gauche contre mon droit. Et j'avais perdu la faculté de parler.

— C'est celle-là, déclare Bram, me ramenant soudain au présent.

Il fait glisser son téléphone vers moi sur la table.

— Non, tu n'as pas démasqué la fanfiction secrète de Simon Spier en cinq minutes.

— Eh si. (Il sourit.) J'en suis sûr, à cent pour cent.

Je lis à voix haute.

— *All I Want for Christmas Is You*, par youwontbutyoumight. Comment as-tu su que c'était lui ?

— Déjà, le pseudo.

— Comprends pas.

Bram se penche sur ses coudes.

— *You won't, but you might.* C'est une citation d'Elliott Smith. Premier indice.

J'incline le téléphone pour lire le résumé.

— « Sam/Joaquin (personnage semi-original) ». OK…

— Lis la suite.

— Personnage masculin original étroitement inspiré de Joanna. Réécriture *slash* et *fluff* de la scène du concert de l'école. Smiley souriant. (Je lève un regard amusé vers Bram.) Oh punaise. Simon ou l'épitomé du mini-gay, occupé à écrire la plus *queer* des fanfics. J'adore.

Bram sourit.

— C'est parfait.

— Comment est-ce qu'on a pu passer à côté, Abby et moi ?

— Est-ce que vous saviez qu'il était homo, à l'époque ?

— Non, c'est vrai… C'était avant le pataquès avec Martin. Je suppose qu'on n'a pas pensé à chercher la plus flamboyante des fanfics dans le lot.

— Oh, il y a plus flamboyant encore, rectifie Bram.

— Mesdames et mesmecs, me voilà de retour, annonce Garrett.

Nous sursautons. Il se glisse dans son siège et pose une boîte en carton devant nous sur la table.

— Admirez.

Bram soulève le couvercle pour révéler un gâteau à la crème à la décoration extravagante, toute en pois colorés et fleurs de sucre. Avec un message soigneusement tracé au centre :

EISNE R
SPIE R

— Tu leur as acheté un gâteau ? demande Bram, ébahi.

— Bien sûr. Je les kiffe, ces mecs.

— Bien joué, Garrett, dis-je.

— Merci, Burke. Ça me touche.

— Et donc, pas de *félicitations* ni quoi que ce soit. Rien que… leurs noms.

— Oui, mais matez le R ! lance Garrett en nous regardant tour à tour. C'est canon, non ? L'idée est de moi.

Je lui assure :

— Totalement canon.

Bram se contente de sourire, les sourcils haussés.

À rajouter à ma liste des choses à ne plus jamais faire de ma vie : s'asseoir au premier rang au théâtre.

Cette orgie de contact visuel. Ça n'arrête pas.

Simon m'a dit un jour qu'une fois les projecteurs allumés, le public ne ressemble plus qu'à une énorme masse sombre. À l'exception du premier rang, peut-être, parce que je suis prête à parier que Taylor vient de passer quarante-cinq minutes à me regarder droit dans la tronche.

Mais le spectacle était extraordinaire, même avec le retour de Martin. À moins que ce ne soit grâce à lui, quoique ça me tue de l'admettre. Ça m'énerve quand les connards ont du talent. J'aimerais vivre dans un monde où les gens bien excellent en tout et où les salopards seraient de grosses merdes sur tous les plans. En résumé : j'aimerais que la voix de Martin Addison déraille comme un TGV détraqué.

Après les saluts, on traîne dans le hall pour attendre les acteurs. Garrett se glisse à côté de moi, sa boîte à gâteau dans les mains, sa mèche blonde coincée sous une casquette de base-ball.

— C'est qu'il sait chanter, Eisner, pas vrai ?

Une étrange timidité m'envahit.

— Ouais.

Il y a là des hordes de parents, les bras chargés de fleurs. Je remarque la famille de Simon près du panneau de présentation de la troupe, croulant sous les bouquets.

— Alice est là ?

Bram acquiesce.

— Elle est en vacances.

Quand je serai à la fac, je veux être exactement comme Alice Spier. C'est l'incarnation même du charme intello : naturellement intelligente, lunettes de hipster, zéro tolérance pour les conneries de Simon et de Nora. Il se peut que j'aie eu un début de béguin pour elle en sixième, avant de craquer pour son adorable idiot de petit frère.

— Alors, Burke, dit Garrett en me donnant un coup de coude. Je suppose que tu as besoin d'un chauffeur ?

— Oh. Je suppose, oui.

— Cool. (Il acquiesce.) Compte sur moi.

Je me sens toute gênée, d'un coup – bras, jambes et langue noués.

— Merci, je bredouille.

Hier, c'était son sweat-shirt. Aujourd'hui, il me raccompagne en voiture. À croire que l'univers s'efforce d'en faire mon petit copain, ce qui est nul. Même si un minuscule fragment de mon inconscient se demande ce que ça ferait de l'embrasser. Ce ne serait sans doute pas horrible. Techniquement, il est mignon. Avec des yeux très bleus. Et tout le monde trouve ça sexy, les athlètes. Garrett est-il sexy ?

Ça se pourrait.

Même si le concept d'un sex-appeal objectif me fout un peu en rogne. L'idée qu'un certain ensemble de traits physiques s'avère automatiquement supérieur… Comme si, un jour, quelqu'un s'était réveillé avec la trique en pensant aux gens qui ont de grands yeux, des lèvres douces et des pommettes hautes, et qu'on était tous tombés d'accord.

Les portes du couloir de service s'ouvrent à la volée, et l'équipe commence à affluer dans le hall. Garrett pose une main sur mon bras.

— OK, qu'obtient l'étudiant moyen de UGA sur sa copie de SAT ? demande-t-il.

— Je ne sais pas.

— De la bave.

— Très drôle.

Il me tapote le bras.

— Tu souris.

Je me détourne avec un ricanement, le regard attiré par les Spier. Les parents de Nick sont là, aussi – la mère d'Abby discute avec eux tandis que son père et son frère consultent leurs téléphones respectifs. Même si je n'ai jamais rencontré M. Suso, il n'y a aucun doute possible : c'est le double masculin et quadragénaire de sa fille, jusqu'aux cils. Trop déstabilisant. Je détourne rapidement mes yeux, qui s'arrêtent sur maman.

Ma mère, qui semble un peu perdue dans sa tenue de travail. Je ne savais même pas qu'elle venait. Elle a dû entrer par derrière. Elle se tient à quelques mètres des autres adultes. Pour être honnête, elle a toujours été un peu mal à l'aise avec les parents de mes amis ; sans doute parce qu'elle est la plus jeune de plus d'une décennie. Je crois qu'elle redoute qu'ils la désapprouvent secrètement.

Elle m'adresse un signe maladroit de la main. Je m'apprête à la rejoindre quand je suis interceptée par Alice Spier.

— Leah ! J'adore tes boots.

Le regard baissé, je hausse les épaules avec un sourire.

— Tu restes longtemps ?

— Pas trop, non. Je dois partir demain pour aller chercher mon copain dans le New Jersey. (Elle consulte sa montre.) Bon, Simon, où es-tu ?

— Il vient de me textoter. Ils arrivent, répond Bram.

Quelques instants plus tard, Simon, Nick et Abby sortent par la porte de service, débarrassés de leurs costumes mais pas de leur maquillage. Pour une fois, Nick et Abby ne se tiennent pas la main. À vrai dire, Abby serre les doigts de Simon, tandis que Nick reste en retrait derrière eux. Les gens ne cessent de l'arrêter pour lui parler, ce qui a l'air de le mettre dans ses petits souliers. Nick Eisner, vedette de la soirée et champion de la timidité.

Simon repère aussitôt la boîte dans les mains de Garrett.

— C'est un gâteau ? Tu m'as acheté un gâteau ?

Avec un hochement de tête, Garrett commence à soulever le couvercle, mais Simon est trop occupé à sourire à son petit ami pour s'en préoccuper.

— En fait… commence à dire Bram, mais Simon l'interrompt d'un baiser sur la joue.

— Mec, c'est moi qui t'offre le gâteau. Et mon bisou, alors ? proteste Garrett.

Garrett, dont les traits s'effondrent quand je lui désigne ma mère.

— Je suppose que tu n'as plus besoin de chauffeur.

— Oh. (Haussement d'épaules.) C'est vrai.

Il traîne un peu, ses clefs de voiture dans la main, et garde le silence pendant ce qui semble être une heure entière. Je sens le regard intéressé de ma mère sur nous.

— Bon… dis-je finalement.

— D'accord. Eh. (Il s'éclaircit la gorge.) Au fait, je me demandais. Tu veux venir voir le match demain ?

— Le match ?

Je le regarde.

— Tu nous as déjà vus jouer ?

J'acquiesce. C'est drôle – le foot est le seul sport auquel je me sois jamais intéressée à Creekwood. J'y ai vraiment pris plaisir, en seconde, quand j'avais un faible pour Nick. Et ce n'était pas juste parce que j'admirais son petit cul. C'était bizarre. J'avais commencé à me passionner pour le jeu, au point que Simon me traitait de sportive refoulée.

— On joue contre North Creek, ajoute Garrett. Ça devrait être sympa, comme match.

— Oh. Euh…

Je jette un regard par-dessus mon épaule. Discuter avec Garrett devant ma mère, là, tout de suite ? Vraiment pas une bonne idée.

Lui continue.

— Mais je suis sûr que tu dois être occupée. C'est pas grave. Tu vas sans doute venir revoir le spectacle, non ? Sérieux, pas de souci.

Je m'empresse de répondre :

— Non, je viendrai.

Il semble surpris.

— Voir le match ?

— Oui.

— Oh. OK. Super.

Il sourit de toutes ses dents. Mon estomac se tord imperceptiblement.

— Alors, de quoi vous parliez ? demande maman d'une voix joyeuse tandis qu'on rejoint la voiture.

Même dans le noir, je vois son sourire.

— De rien.

— De rien ? Vraiment ?

— Maman. Arrête.

Je m'enfonce dans le siège passager et me tourne rapidement vers la vitre.

On reste silencieuses un moment. Le parking est encombré de voitures et de piétons. Maman joue de la batterie sur le volant.

— Le spectacle était génial.

Je souris.

— C'était de la balle.

— Nick a une de ces voix… Je n'en reviens pas. Et tu sais qui j'ai trouvé adorable ?

— Non, mais tu vas me le dire.

— Abby Suso.

Je manque de m'étrangler.

— Cette fille, c'est un concentré de charisme, poursuit maman. Et elle a l'air tellement gentille ! Franchement, j'adorerais te voir avec quelqu'un comme elle.

— Maman…

— Quoi, tu ne la trouves pas mignonne ?

— Elle est en couple avec Nick.

— Je le sais bien. Mais je dis ça comme ça. C'est une hypothèse.

— Je refuse de parler de ça.

Elle hausse les sourcils.

— Oh, au fait. (Sa voix se fait feutre d'un coup, par prudence.) J'ai une question.

— Je t'écoute.

— Alors… demain, c'est l'anniversaire de Wells.

— C'est ça la question ?

— Non ! (Elle s'esclaffe.) Voilà, je me disais qu'on pourrait aller déjeuner ensemble tous les trois ? En fin de matinée, par exemple, car il a golf l'après-midi.

Je la regarde, médusée. Un brunch d'anniversaire. Avec le copain de maman. Je ne sais pas, ça passe peut-être pour normal dans certaines familles, mais jamais elle ne m'avait fait le coup. Et pourtant, la voilà qui me présente le truc le plus naturellement du monde, comme s'il s'agissait d'un samedi normal en famille. Avec Wells.

— Euh. Je vais voir le match de Bram et Garrett, alors… (Je hausse les épaules.) Désolée.

Par la fenêtre, je contemple la courbe du trottoir. Il n'y a quasiment personne sur les routes ce soir. Difficile de croire que ça pourrait rendre la voiture plus confinée, et pourtant… Même si on ne se regarde pas, je sens les yeux de maman sur moi.

— J'aimerais tellement que tu lui laisses une chance.

— À qui, Garrett ?

Ma voix a bondi d'une octave.

— Non, Wells.

Mon visage s'embrase.

— Oh.

Je lui jette un coup d'œil. Elle se mord la lèvre, le dos rigide contre son siège. Elle semble vaguement perturbée. Je ne sais pas trop quoi en penser.

Elle soupire.

— OK, et si…

— Je n'irai pas bruncher avec ton petit ami.

— Leah, ne sois pas comme ça.

— Comme quoi ? (Je plisse les yeux.) Comment on en est arrivés au stade du brunch en famille ? Tu sors avec lui depuis, quoi, trois mois ?

— Six.

— Tu es avec lui depuis moins longtemps que Simon et Bram. Je connais des gens qui sont restés ensemble plus longtemps que ça au collège. Simon et *Anna* sont restés ensemble plus longtemps.

Elle secoue lentement la tête.

— Tu sais, jamais tu n'oserais parler à tes amis sur ce ton. Tu te vois dire ce genre de choses à Simon au sujet de Bram ?

— OK, c'est…

— Non, tu ne le ferais pas. Jamais de la vie. Alors, qu'est-ce qui te fait croire que tu peux me parler comme ça, à moi ?

Je lève les yeux au ciel, si violemment que j'en chope une crampe aux sourcils.

— Oh, je vois, maintenant c'est de Simon et de Bram dont il est question ?

— C'est toi qui as commencé à parler d'eux !

— Ouais, et tu sais quoi ? (Je lève les mains, impuissante.) Simon et Bram, c'est du sérieux. Ils sont littéralement transis d'amour. Comment peux-tu les comparer à Wells et toi ?

— À ta place, j'arrêterais de parler, aboie-t-elle.

Ce qui me déstabilise une minute. Elle est si douce, d'habitude. Je bredouille.

— Ouais, ben…

— Non. Ça suffit. D'accord ? Je n'ai vraiment pas besoin d'entendre ça.

Le silence. Puis elle allume NPR et prend Roswell Road. Je me laisse aller contre l'appuie-tête et tourne le visage vers la fenêtre. Avant de fermer les paupières.

CHAPITRE SEPT

Je suis réveillée par un éclat de lumière. Maman m'arrache l'oreiller de la figure. Je marmonne :

— Quel jour on est ?

— Samedi. Allez. Wells est en route.

— Quoi ?

Je me redresse d'un bond. L'oreiller glisse par terre.

— J'ai dit non pour le brunch !

— Je sais. Mais j'ai jeté un œil à l'horaire du match, on sera rentrés bien avant. Wells a réservé le green pour 14 heures.

— Qu'est-ce que c'est que ces conneries ? (Je me frotte le visage et débranche mon téléphone.) Il n'est même pas 10 heures.

Maman s'assied au bord de mon lit. Je replie aussitôt les jambes et passe mes bras autour.

— Je n'irai pas.

— Leah, ce n'est pas une question. Je veux que tu viennes. Ça lui ferait tellement plaisir.

— Ça m'est égal.

— À moi aussi, ça me ferait très plaisir.

Je la fusille du regard.

Elle lève les mains.

— Bon, écoute. Je ne sais plus quoi te dire. Il va passer. C'est son anniversaire, j'ai déjà réservé une table. Tu peux commencer par enfiler un soutif.

Je me laisse retomber sur mon lit, l'oreiller sur la figure.

Une heure plus tard, je me retrouve coincée dans un box d'un bar-grill à Buckhead, à côté de maman et en face de Wells. Un *grill.* Il n'est même pas midi.

À peine les boissons commandées, Wells se jette dans une conversation forcée.

— Alors comme ça, ta mère m'a dit que tu faisais de la musique ?

— Ouaip.

— Sympa. Je jouais de la clarinette. (Il acquiesce avec enthousiasme.) C'était le bon vieux temps.

Je ne sais même pas quoi répondre. Enfin, on parle d'un vrai groupe, là, Wells. Je ne dis pas qu'on est les Beatles, mais on ne se contente pas d'ânonner des comptines dans l'auditorium de l'école.

— Wells est un grand fan de musique, déclare maman en lui tapotant le bras.

Mes poils se hérissent chaque fois qu'elle le touche.

— Comment s'appelle ce chanteur que tu aimes bien, déjà ? lui demande-t-elle. Celui d'*American Idol* ?

— Oh, Daughtry, tu veux dire ?

Daughtry. Pourquoi ne suis-je pas surprise. Mais quand même, maman, quelle gaffe. Si elle tenait à ce que je respecte ce type, elle aurait mieux fait de garder cette info pour elle. Je demande :

— Est-ce que tu connais Oh Wonder ?

Je connais déjà la réponse. Il est physiquement, que dis-je, chimiquement impossible pour un fan de Daughtry d'avoir déjà entendu parler d'Oh Wonder. Je veux voir s'il l'admet. C'est peut-être moche, mais c'est un test, pour moi. Jamais je ne jugerai quelqu'un pour ses lacunes. Seulement pour avoir tenté de les dissimuler.

— Connais pas, non. Est-ce un groupe ou une chanteuse ? (Il sort son téléphone.) Je vais le noter. Oh Wonder… en deux mots ?

Bon, il est honnête. C'est déjà ça.

— C'est un duo.

— Un rapport avec Stevie Wonder ?

Je ravale un rire.

— Pas vraiment, non.

Je jette un regard à maman, qui sourit.

Aveu : je trouve que Stevie Wonder déchire. Ce n'est sans doute pas cool de l'admettre, mais tant pis. Apparemment, mes parents aimaient me passer *Signed, Sealed, Delivered (I'm Yours)* sur leur vieille platine CD, même avant ma naissance. Ma mère avait dû lire quelque part que je serais capable d'entendre la musique *in utero*. Et j'imagine que ça a marché, puisque j'ai passé mon enfance à chanter ce morceau à travers la maison et en faisant les courses. Maintenant encore, il a un effet inexplicablement apaisant sur moi. D'après elle, ils l'ont choisie parce que c'était la seule chanson qu'ils étaient sûrs de vouloir écouter encore et encore, tous les jours, pour le reste de leur vie.

Le reste de leur vie. Voyez comme ça leur a vite pété à la gueule. Le seul fait d'y penser provoque en moi une douleur que je ne saurais expliquer.

On se partage une gigantesque pile de tortillas design accompagnées d'épinards et de *queso*, et tout va pas trop mal pendant plusieurs minutes. Maman et Wells discutent boulot. Je sors mon téléphone. Quelques textos m'attendent.

Anna : *Arf, Morgan est VRAIMENT bouleversée.*

Garrett : *Regarde ce que tu devrais porter aujourd'hui !* Emoji qui rit aux larmes. En pièce jointe, la photo d'une fille coiffée de ce qui ressemble à un casque taillé dans un ballon de foot. Avec des ouvertures sur les côtés. Et des couettes. Qui passent par lesdites ouvertures. Je réponds : *Mais totalement.*

Avant de me pencher sur le texto d'Anna. Disons que je suis un peu désemparée. Je n'ai pas envie de me montrer négligente, mais je ne vois pas comment consoler Morgan si je ne peux même pas lui parler. Je crois que je déteste ce concept selon lequel on aurait *besoin de temps* ou de *prendre ses distances.* Parce que tout ce que ça veut dire, en fait, c'est que l'autre vous en veut, vous déteste, ou n'en a rien à battre de vous. Sans vouloir l'admettre. Regardez mon père. C'est comme ça qu'il l'a formulé.

Il *avait besoin de prendre ses distances* avec ma mère. Et voilà où on en est, presque sept ans plus tard, assises dans un grill avec ce foutu Wells.

Finalement, j'écris :

Montre-lui la vidéo du chien dont le maître s'est déguisé en Gumby.

T'ES UN GÉNIE, répond Anna.

— Chérie, range ton téléphone, s'il te plaît. On est au restaurant.

— Sérieux ? (Du menton, je désigne Wells.) Lui aussi, il est sur son portable, là.

Maman plisse les yeux.

— Il confirme son rendez-vous pour le golf.

— Oh, bien sûr. Urgence sportive, quoi.

— Leah…

— Clairement il s'agit d'un impératif vital, autrement il ne serait pas (soupir choqué) en train de téléphoner en plein resto.

— Ne sois pas garce, siffle-t-elle en se penchant d'un air conspirateur. C'est son anniversaire.

Je hausse les épaules et serre les lèvres comme si je n'en avais strictement rien à foutre, mais je ressens comme un pincement au cœur. Parce que c'est plus ou moins sacré, les anniversaires, et peut-être que je suis, effectivement, une garce. Je voyais Wells comme l'intrus venu se taper l'incruste dans notre brunch entre meufs avec ses oreilles minuscules et sa passion pour Daughtry. Mais peut-être que c'est moi, l'intruse.

Wells raccroche, se tourne vers maman, et commence à déblatérer au sujet des handicaps sur le « par du *birdie* » ou je ne sais quelle autre connerie golfique. Je laisse mes paupières se fermer.

C'est vrai, quoi : parfois, les parents sortent avec des gens. Je le sais bien. Les mamans sont techniquement des êtres humains ; or tout être humain a droit à une vie amoureuse. Pourtant, j'ai soudain l'impression de me trouver sur un tapis de course trop rapide – comme si tout bougeait si vite que je risque de rester sur le bord de la piste. Jamais je n'aurais cru me voir expulser de ma propre famille. Je me sens rabaissée.

Pire, rétrogradée.

Cette idée m'épuise tellement que c'est à peine si j'arrive à rester assise. La seule perspective de marcher jusqu'à la voiture m'effraie autant qu'un marathon. Alors qu'il est tout juste midi. Tout ce que je veux, c'est m'effondrer sur mon lit. Si possible en musique. De préférence sans pantalon.

Je ne peux pas aller au match. Pas dans cet état. Je ne suis pas d'humeur à affronter Garrett et son numéro de beauf à deux balles. C'est vrai, quoi, on sait tous qu'en secret t'es un pianiste rêveur, alors arrête de jouer les gros lourds. Et puis arrête de te payer ma tête. Flirte avec moi, ou laisse tomber. Décide si tu veux être mignon ou pas.

Je ne sais pas. Je n'ai pas l'énergie pour Garrett. Ce qui fait sans doute de moi une ordure. Je devrais lui envoyer un texto pour m'excuser. Mais je ne sais même pas quoi dire. *Désolée de rater le match, Garrett. En fait, tu me perturbes et tu m'agaces et je ne peux juste pas gérer ton cirque.* J'en suis incapable. Pas aujourd'hui.

Des heures plus tard, maman me demande si j'ai besoin qu'elle me dépose au stade.

Je réponds que non.

Avant d'ignorer six textos à la suite, tous de Garrett.

CHAPITRE HUIT

Dans mes rêves, je détruis des trucs.

Je hurle et je m'énerve jusqu'à ce que tout le monde me déteste, avant de me réveiller en larmes tellement ça semble vrai. C'est un dimanche matin comme ça. Je m'assieds dans mon lit, abattue et esseulée. Et la première chose que je vois, ce sont ces six textos sans réponse de Garrett.

Eh, t'es dans le coin ? Je te vois pas !

Yo, t'es sur le parking ou quoi ?

T'es où ?

OK Greenfeld et moi on se dirige vers le WaHo avec Spier et les autres. Tu devrais venir aussi !

Oh bon sang, je ne sais pas comment j'ai fait pour te rater aujourd'hui. Je me sens mal.

Enfin, j'espère que tu as apprécié le match. Reste dans le coin la prochaine fois, lol. Tu vas voir le spectacle demain ?

Putain de merde. Quelle ordure je fais.

Garrett a cru que j'étais là. Au stade, dans les gradins, sans doute coiffée d'un casque maison taillé dans un ballon de foot. Et pas du tout à me morfondre dans ma chambre en ignorant ses textos.

Je ne suis qu'une tête de nœud. Non, vraiment, je ne suis qu'un pénis tout flasque.

Et maintenant j'ai encore plus envie de m'enfermer dans ma chambre, mais je ne peux pas manquer la dernière représentation. Je ne suis pas une ordure à ce point. Ça ne me dérange même pas de devoir traîner avec Garrett, en théorie. Sauf que je n'ai pas envie de lui faire face. S'il y a bien une chose que je déteste, ce sont les excuses. Je n'aime pas en recevoir. Et encore moins en formuler.

Hélas, ça me semble inévitable.

Je m'habille avec soin, comme pour partir au combat. Je me sens plus forte quand j'ai l'air mignonne. J'enfile ma robe astro – la plus belle trouvaille de friperie de toute ma vie : une pièce de coton bleu et noir au buste parsemé d'étoiles et de galaxies. Qui me fait des seins cosmiques, littéralement. Puis j'ébouriffe un peu mes cheveux pour les faire onduler juste comme il faut, et je passe vingt minutes à m'appliquer un parfait trait d'eye-liner en virgule. Ça fait ressortir le vert de mes yeux avec une intensité qui me prend presque par surprise.

Maman me dépose au bahut, car elle a besoin de la voiture. Je suis en avance. C'est une bonne chose. Je me choisis un siège près de la scène, mais je ne peux m'empêcher de me retourner vers l'entrée – mon cœur bondit dans ma gorge chaque fois que les portes de l'auditorium s'ouvrent. J'ai l'impression qu'il suffira à Garrett d'un seul regard pour savoir que je lui ai menti.

Après quoi, les mecs et lui seront en pétard, ça va faire tout un pataquès, et notre groupe d'amis implosera. À cause de moi.

Une tape sur mon épaule. Je manque de tomber de ma chaise.

Ce n'est qu'Anna.

— On peut s'asseoir là ?

— Qui ça, on ?

— Morgan est aux toilettes.

Encore une conversation pour laquelle je ne suis pas prête. *Oh, salut Morgan ! Désolée que tu n'aies pas pu intégrer la fac de tes rêves. J'espère que tu ne m'en veux pas d'y faire mes études.* Mon visage doit dégouliner de panique, à en juger par la moue d'Anna.

— Tu sais qu'elle ne t'en veut pas, hein ?

— Bien sûr.

— Je crois qu'elle a peur de te mettre mal à l'aise.

— On ne s'est même pas parlé.

— Je sais, je sais. Elle est juste parano. T'inquiète. Je vais la prévenir qu'on est là.

Avant même qu'elle ait pu envoyer son texto, Morgan apparaît derrière un groupe de collégiennes gloussantes. Elle a l'air au bout de sa vie. Comme si on venait de la plaquer. Elle porte un survêt et des lunettes, ses cheveux méchés de bleu sont attachés en un chignon négligé. Anna capte son regard et lui fait signe. Elle traverse l'allée, puis la rangée.

— Salut, marmonne-t-elle.

— Comment ça va ?

Ma voix, terriblement doucereuse, me file la gerbe.

— Ça va, ça va.

J'acquiesce, Morgan hausse les épaules, et les pupilles d'Anna font des allers-retours entre nous.

— Désolée pour la fac, dis-je finalement. Ça craint, sérieux.

— Ouais, dit-elle d'un air défait.

Je répète :

— Désolée.

Elle se laisse couler sur son siège.

— Laisse tomber. C'est pas comme si je t'en voulais.

Je me hisse au bord de la chaise voisine.

Elle se laisse aller contre son dossier, les mains sur la figure.

— C'est juste... urgh. C'est tellement injuste.

— Ouais...

— Je parle pas de toi, hein. Toi, tu mérites totalement cette place. T'es genre un génie. Mais d'autres...

J'avale ma salive.

— Je ne sais pas sur quels critères ils décident.

Morgan esquisse un sourire froid.

— Oh, j'ai ma petite idée, pour certaines.

— Que veux-tu dire ?

— Rien. Mais je suis onzième de notre promo. Alors que d'autres qui ont été prises... n'ont pas le même niveau.

Elle hausse les épaules. À côté de moi, Anna s'agite, gênée.

Je cligne des yeux.

— Tu crois que quelqu'un a menti sur son dossier ?

— Je crois surtout que je suis blanche, rétorque Morgan.

Le monde s'arrête de tourner. Le sang me monte aux joues. Dans un murmure, je demande :

— Tu veux parler d'Abby ?

Elle hausse les épaules.

Ma mâchoire se décroche.

— J'y crois pas.

— Ouais, ben, désolée.

Elle rougit.

— T'es vraiment dégueulasse, Morgan.

— Alors comme ça, tu défends Abby, maintenant ? Génial.

Je me penche en avant, le cœur serré.

— Je ne défends personne. C'est toi qui es raciste.

Je n'arrive pas à le croire – surtout de la part de Morgan. Morgan, qui a lu *All American Boys* trois fois et a fait la route jusqu'à Decatur pour se le faire signer. Morgan, qui s'est lâchée une fois sur un inconnu dans une épicerie parce qu'il portait une casquette à l'effigie de Trump.

— Je suis honnête, c'est tout, réplique-t-elle.

— Non, c'est du racisme pur et simple.

— Qui est raciste ? demande Garrett en nous rejoignant.

Je le regarde. Bram est là, aussi. Morgan s'enfonce dans son siège, comme pour mieux disparaître.

Je la tance du regard.

— Eh bien, d'après Morgan, si Abby est entrée à UGA, c'est uniquement parce qu'elle est noire.

Grimace de Bram.

Morgan, elle, a viré pivoine.

— Ce n'est pas ce que je voulais dire.

Elle agrippe l'accoudoir. Ses yeux lancent des éclairs.

— C'est pourtant ce que tu as dit.

Je me lève d'un coup, la mâchoire douloureusement serrée. Je ressens une colère noire, jusque dans mes tripes, que je ne parviens même pas à m'expliquer. Bousculant les mecs, je remonte l'allée d'un pas vif. Des têtes se tournent sur mon passage. Tout le monde sait que je suis furax. C'est toujours écrit sur mon visage. Je me glisse dans un rang vide vers le fond de la salle et ferme les yeux.

— Eh, dit Garrett en se posant à côté de moi, Bram à sa suite.

— Je suis verte, dis-je.

— À cause de Morgan ? demande Garrett.

Je hausse les épaules, les lèvres pincées.

Ils échangent un regard.

— Elle pense qu'Abby lui a piqué sa place à la fac ? demande Garrett.

— Je ne sais pas. En tout cas, elle l'accuse d'avoir été prise grâce à sa couleur de peau, et ça, c'est des conneries.

— Beaucoup de gens pensent ça, remarque doucement Bram.

— Ça craint, constate Garrett.

— Grave.

— Au fait, je ne te savais pas si proche de Suso.

Je sens mes joues s'enflammer.

— On n'est pas proches. Punaise. Je dis juste que c'est raciste.

Il lève les mains comme pour se défendre.

— Comme tu veux.

— C'est ça.

Bram se contente de nous observer sans rien dire, ce qui ne fait qu'augmenter ma gêne. Je tire sur ma robe, fixe mes genoux. Je pourrais peut-être envoyer un message télépathique à l'équipe en coulisses. *Cher Dieu et/ou Cal Price : prière de lancer le show là, tout de suite. Baissez les lumières, que je puisse disparaître.*

Coup de coude de Garrett.

— Alors, tu as eu mes textos ?

Et… VDM.

— Oh. Oui, désolée. C'est mon téléphone, il…

Je ne finis même pas ma phrase. La *lose*.

— Pas de souci. Je voulais juste savoir ce que tu as pensé du match !

Oh bon sang, je ne peux pas. Je regrette. Je devrais lui dire la vérité, mais je m'en sens incapable. Je ne suis qu'un fusible. Surchargez-moi, et je saute. Ce qui fait sans doute de Garrett le sèche-cheveux par lequel la catastrophe arrive.

Je mens.

— C'était cool.

— Ouais. Ha ! Si on oublie la première mi-temps.

— Hmm-hmm.

J'acquiesce vaguement.

— Où t'es passée après ? renchérit Bram. Tu nous as manqué.

— Oh, euh. Ma mère avait besoin de la voiture, alors…

Je déglutis.

— La *lose*.

— Ouais.

Les lumières baissent. Merci mon Dieu merci mon Dieu merci mon Dieu.

L'ouverture retentit, et mon corps tout entier pousse un soupir de soulagement.

CHAPITRE NEUF

Quelques heures plus tard, croyez-le ou non, je me trouve sur la banquette arrière de Simon, en route pour la maison de Martin Addison. Je demande :

— Qui l'a laissé organiser cette soirée ?

Je ne peux m'empêcher de grogner un peu chaque fois que je parle de Martin. Assise à côté de moi, Abby hausse les épaules et secoue la tête.

— Je ne sais pas, répond Simon. C'est lui qui l'a proposé.

— On aurait dû faire une contre-soirée, remarque Abby.

— Vous voulez bien jouer le jeu ? S'il vous plaît ? C'est la dernière fête de la troupe.

La voix de Simon bute sur l'adjectif *dernière*. Il n'a jamais été doué pour les adieux.

— Ça va ? lui demande doucement Bram.

Simon marque une pause.

— Ça va.

Le feu passe au vert. On prend à gauche. Martin habite au fond d'une impasse dans un de ces quartiers verdoyants desservis par Creekside Drive. Je ne suis venue qu'une fois, en seconde, pour un devoir d'histoire. Martin, Morgan et moi. Et on s'était choisis, en plus. Quelle blague.

Plus personne ne dit quoi que ce soit durant le reste du trajet. Bram joue les DJ tandis qu'Abby regarde par la fenêtre, les lèvres serrées. Je ne me rappelle pas quand je l'ai vue aussi contrariée pour la dernière fois. Je sais qu'elle déteste Martin, mais je ne peux m'empêcher de me demander s'il y a autre chose derrière. Peut-être que Morgan lui a parlé.

Il fait déjà presque noir quand on arrive. La rue entière est tapissée de voitures. On se gare derrière le mini-van de Garrett, déjà à l'arrêt, mais le moteur toujours en route. Il coupe le contact en nous voyant et sort avec Nick du véhicule. Il fait un froid de canard, surtout quand on ne porte qu'une robe de coton et un cardigan. Disons avec pudeur que ma voie lactée semble particulièrement cosmique ce soir.

On se retrouve à marcher deux par deux : Nick et Garrett, Abby et Bram, Simon et moi. Bizarre qu'Abby et Nick ne soient pas ensemble. Je me penche vers Simon, assez près pour que nos bras s'effleurent.

— Il se passe quelque chose entre Nick et Abby ?

Il hausse les épaules avec une grimace.

— On dirait… je ne sais pas. J'ai parlé une minute avec Nick tout à l'heure. Je crois qu'ils sont fâchés.

— À quel sujet ?

— Nick a été admis à Tufts hier.

— Oh, waouh.

— Je sais, il est fou de joie, explique Simon, mais je suppose que du coup, ils ont dû avoir LA discussion.

— Mais encore ?

— Pour savoir s'ils allaient poursuivre leur relation à distance ou quoi.

— Oh. (Pincement dans ma poitrine.) OK.

— Ouais… Ça ne s'est pas très bien passé.

Je jette un regard à Abby, soigneusement emmitouflée dans un cardigan trop grand. Elle marche si près de Bram qu'on les croirait siamois.

— OK, j'ai besoin que tu traduises.

— Traduire quoi ?

— *Ça ne s'est pas bien passé.* Que veux-tu dire ?

Simon fronce les sourcils.

— Je ne sais pas. Nick veut qu'ils restent ensemble, mais Abby n'a pas envie de poursuivre à distance.

— Oh merde.

— Comme tu dis.

On continue en silence une minute. On est presque arrivés chez Martin. De la musique s'élève du sous-sol – la bande-son de *Joseph.* Un peu forcé pour la fête de fin de production de la pièce, si vous voulez mon avis, mais qu'est-ce que j'en sais ?

— J'ai peur qu'ils cassent, dit finalement Simon d'une voix à peine audible. Ce serait la fin de nous.

— Toi et Bram ?

— Non ! Grand Dieu, non. Tout va bien pour nous. (Il sourit.) Non, je voulais dire nous tous. (Il agite les mains dans un geste vague.) Notre groupe. Notre bande.

Je ricane.

— Notre bande ?

— Je suis sérieux. Et si ça causait du *drama* et que ça partait en sucette et qu'on devait tous aller au bal dans des limousines séparées ?

— Oh non. Pitié, pas les limousines séparées !

Je me retiens de sourire.

— Ta gueule. Ce serait tragique, et tu le sais très bien.

— Aw, Spier. Pourquoi es-tu triste ? demande Garrett qui se tape l'incruste entre nous et passe les bras autour de nos épaules. Fais pas cette tête. On va mettre les pieds dans une teuuuuuuf.

Je demande :

— Je rêve ou tu es déjà bourré ?

— Non. (Soupir d'indignation.) Je suis naturellement comme ça.

— Je te crois volontiers.

— Quelle boute-en-train, dit-il avant de donner un coup de coude bourru à Simon. Elle est tellement drôle. Elle m'adore ! Tu savais qu'elle était venue voir le match samedi ?

Mon cœur s'effondre.

— Mais oui, Spier. Leah Andromeda Burke a préféré mon match à ton spectacle. Et elle n'était pas venue admirer Greenfeld. Je dis ça, je dis rien.

— Andromeda ?

— C'est pas ton deuxième prénom ?

— Non.

— Ben maintenant si. (Il me presse l'épaule.) Leah. Andromeda. Burke.

Il est totalement bourré. Je ne sais pas comment il a réussi à se saouler entre sa voiture et la maison de Martin, mais il l'a fait. Ça s'entend, ça se voit, ça se sent. Je chasse sa main de mon épaule et marche droit jusqu'au perron, où nous attendent Abby et Bram.

— Buuuuuuurke. Attends !

Je me tourne vers Bram.

— Comment ça se fait qu'il soit déjà ivre ?

— Il a emporté une flasque dans sa voiture.

— Il a conduit dans cet état ?

— Oh non, jamais il ne ferait ça. Apparemment, lui et Nick ont sifflé le flacon une fois garés.

— Évidemment.

Abby lève les yeux au ciel.

— Quels crétins. Comment vont-ils rentrer ?

Bram soupire.

— Je vais devoir jouer les chauffeurs.

Sur la porte est collé un message tracé d'une écriture ampoulée. *Bienvenue, Égyptiens et Canaanites ! Aventurez-vous au sous-sol !* Abby croise mon regard avec un demi-sourire. Je baisse aussitôt les yeux sur mes pieds. Lorsque je relève le nez, Simon, Garrett et Nick nous ont rejointes sur le seuil. Abby pousse la porte et entre sans hésiter.

Le sous-sol de Martin. Ces maisons de Shady Creek sont ahurissantes. Les Addison ne sont même pas riches. Enfin, pas riches au point d'avoir un majordome nommé

Jeeves. Riches comme le sont les habitants aisés de Shady Creek : trois étages, autant de télés à écran plat et un flipper au sous-sol.

À en juger par les minuscules sandwiches et les assiettes en céramique, les parents de Martin ont dû participer à l'organisation. Il y a des premières étalés sur les canapés, dans un entrelacs de cuisses, de mains et de genoux. Quelques convives chantent et dansent au son de la musique de *Joseph*. Engoncés dans un fauteuil, Cal et Nora regardent quelque chose sur un de leurs téléphones. Je crois que Bram, Garrett et moi sommes les seuls non-théâtreux présents.

— Vous êtes venus !

Martin bondit vers nous. On dirait un peu un golden retriever, si insultant que ça soit envers Bieber Spier.

— OK, donc, les gens sont *posay*, et, euh. Dites-moi si vous voulez quoi que ce soit. Ma mère peut toujours aller au Publix.

Il se gratte nerveusement le menton avant d'ajouter en baissant la voix :

— Et il y a de la vodka. Dans la salle de bains.

— Pardon ?

Simon hausse les sourcils.

— Oui. Elle est, euh. Le dites pas à mes parents. Elle se trouve sous le lavabo, derrière le détergent. Dans la bouteille de vodka. Buvez pas le détergent.

— La vodka se trouve dans la bouteille de vodka. Entendu.

— Cool, dit Martin.

L'espace d'une minute, il reste là, à hocher la tête.

— OK, bon, ben, sur ce… ouais.

Il s'éloigne à reculons, manquant de renverser une fille de seconde au passage. Avant de faire volte-face et de pointer ses index façon revolver sur Simon, manquant de percuter un autre convive. C'est pas possible, il faudrait l'équiper d'un pare-chocs, ce gosse. Peut-être même de petites bouées aux bras.

Je cherche Simon, mais il s'est déjà installé sur un coin du canapé avec Bram. Abby se tourne vers moi.

— Tu ne bois pas, c'est bien ça ?

— En effet.

— D'accord. Mais tu veux bien m'accompagner ? Dans la salle de bains ? Histoire que je ne boive pas le détergent ?

Du coin de l'œil, j'aperçois Garrett qui se déhanche comme un diable sur *Go Go Go Joseph*. Un peu plus loin, adossé contre le mur, le visage empourpré et souriant, Nick discute avec Taylor Metternich.

Abby lève les yeux au ciel.

— Quel connard. Allez, viens.

Elle m'attrape par la main et m'entraîne. *Abby*. Trop bizarre.

— Qu'est-ce que j'en ai à foutre, de toute façon, marmonne-t-elle tandis que je la suis dans le couloir. Je ne suis même pas fâchée. Il peut faire ce qu'il veut. C'est là, la salle de bains ?

— Je crois.

Elle essaie d'ouvrir la porte. Verrouillée.

— Occupé. Il n'y a que Martin pour planquer de l'alcool dans les chiottes. On n'a qu'à s'asseoir.

Elle se laisse glisser le long de la paroi pour atterrir en tailleur. Je me pose à côté d'elle, les jambes tendues droit devant moi, bien serrées. J'aurais dû mettre un jean.

Elle se cale contre moi avec un soupir.

— Je n'arrive pas à croire qu'il discute avec elle. Franchement. Taylor ?

Mince, que répondre à ça ? *Désolée que vous ne soyez pas aussi parfaits que tout le monde le pense, Nick et toi.* Finalement, je hasarde :

— Taylor est pénible.

— Tu l'as dit.

Elle replie ses jambes, passe ses bras autour de ses genoux et penche la tête pour me regarder.

— Enfin. Il paraît que tu as défendu mon honneur ce matin ?

— Oh, face à Morgan, tu veux dire ?

— Hmm-hmm. Bram m'a tout raconté. (Sourire.) Tu n'étais pas obligée.

— Morgan faisait sa raciste.

— Vrai. Mais tout le monde n'aurait pas réagi comme tu l'as fait, alors... (Elle hausse les épaules.)... merci.

Je sens un tressaillement dans mon estomac. Je n'ai pas exactement envie de vomir. Mais je n'ai pas *pas* envie de vomir, non plus. Voilà pourquoi j'évite de m'approcher d'Abby Suso. Ça finit toujours en nausée. Je me décale sur la droite pour mettre un peu d'air entre nous.

— Est-ce qu'elle t'avait parlé de la visite à la fac, au moins ? demande Abby au bout d'un moment.

— Oui. (J'esquisse un sourire ironique.) Je suppose que c'est râpé.

— On pourrait toujours y aller toutes les deux.

Soudain, la porte de la salle de bains s'ouvre à la volée pour laisser paraître deux premières. Ils titubent, rougeauds et collés l'un à l'autre. Quelque chose me dit que vodka et détergent ne sont pas les seuls fluides qu'on trouvera dans cette salle de bains.

— Ils se sont totalement envoyés en l'air.

— Grave.

— C'est pas le genre de trucs à faire dans la salle de bains de Martin Addison. Je suis sidérée. Outrée. Estomaquée. Eh, Morgan, devine qui a obtenu un score de 800 en analyse littéraire au SAT !

Elle verrouille la porte derrière nous et s'agenouille devant le lavabo.

Je m'assieds sur la cuvette.

— C'est vrai ?

Elle fait la moue.

— Oui… Arf. Désolée, on dirait que je me vante.

— Non, pas de souci.

Elle me sourit dans un haussement d'épaules.

— Je ne sais pas. Enfin, voilà la vodka, et il y a du Coca aussi. Vodka-Coca, ça se fait ?

— Aucune idée.

— À l'évidence, Martin n'en sait rien non plus. (Elle lève les yeux au ciel.) Tu es sûre que tu n'en veux pas ?

— Certaine.

— OK. Je vais juste…

Elle verse un peu de vodka dans un gobelet en plastique rouge qu'elle remplit ensuite de soda. Une gorgée suffit à lui arracher une grimace.

— Waouh. Dégueu.

— Toutes mes condoléances.

Elle hausse les épaules.

— Est-ce que j'ai le droit d'emporter mon verre dehors, tu crois ? Je ne suis pas obligée de tout boire ici ?

— C'est vrai que ce serait chelou.

— Oui, mais bon, c'est de Martin qu'on parle.

Je m'esclaffe.

— C'est vrai.

Je tapote le carrelage du bout de mes ballerines, le regard baissé. Je me sens bizarre, mal à l'aise. C'est tellement inattendu, tout ça. Moi, seule avec Abby Suso, dans la salle de bains de Martin Addison. Je lui jette un regard furtif. Elle est adossée contre la baignoire à présent, le buste bien droit, les jambes en bretzel. Son nez se plisse à chaque gorgée. Je n'ai jamais compris l'intérêt de boire. Ce n'est même pas bon, l'alcool. Enfin, je sais que ce n'est pas ça, l'important. L'important, c'est de se sentir détendu, léger, irrésistible. Simon m'en a fait la description, un jour. Selon lui, boire vous permet de dire et de faire les choses sans filtre, sans se prendre la tête. Mais je ne vois pas où est le bien.

Abby bâille.

— Franchement… Bon. Il ne s'est présenté nulle part en Géorgie. Pas de problème. Mais c'est là que je vais, et lui, son choix le plus proche, c'est la Caroline du Nord. Et je regrette, mais je refuse de rester à la maison au lieu d'aller en soirée parce que j'attends un coup de fil de mon petit copain. Je ne veux pas passer à côté de la fac, tu vois ?

Oh oui, bien sûr, Abby. Je vois parfaitement. Mes petits copains passent leur temps à m'appeler en soirée. Toutes ces soirées. Que je ne manquerais pour rien au monde, parce que j'adore regarder boire les autres, assise sur la cuvette des chiottes.

Je devrais détester ce moment.

Pourquoi n'est-ce pas le cas ?

On frappe à la porte. Abby se relève d'un bond.

— Un instant ! (Elle écluse son verre.) Punaise, c'est vraiment trop dégueu. Je crois que je vais vomir.

Je me décolle précipitamment de mon siège pour ouvrir le couvercle des toilettes.

— Non, pas vomir au sens propre. Allez, viens, on s'arrache.

Elle me prend la main.

On sort de la salle de bains, pour tomber nez à nez avec Garrett et ses yeux bleus étincelants. Il s'est procuré un chapeau de fête, allez savoir comment, qu'il porte de traviole. Il regarde nos doigts entrelacés. Sa mâchoire se décroche.

— Oh mon dieu. Quoi ? OH MON DIEU !

— Ce n'est pas ce que tu penses, Garrett.

— Les filles, waouh. OK. Écoutez-moi. J'ai une idée. Et si on retournait tous les trois dans la salle de bains et tout ce qui s'y passe…

— Sans façon, je réponds platement.

Abby me lâche pour prendre les deux mains de Garrett et lui adresser un regard de biche.

— Garrett, mon chéri, dit-elle. Jamais, jamais de la vie je ne ferais ça.

Avant de dégager ses mains et de lui tapoter le biceps avec fermeté.

— Pas devant toi, ajoute-t-elle à voix basse en le poussant vers la salle de bains.

Triple saut de mon estomac.

— QUOI ? s'époumone Garrett en nous regardant tour à tour. Tu devrais ! Faire ça devant moi, je veux dire. S'il te plaît. Bon, faut que j'aille pisser.

— Va pisser, alors.

Je crois que mon cerveau s'est mué en gélatine. Mes pensées refusent de se fixer. *Elle ne ferait jamais ça.* Pas devant Garrett. Mais peut-être qu'autrement… ?

Comment suis-je censée l'interpréter ?

On repart vers 23 heures. Garrett s'est pris la cuite de sa vie, si bien que Bram le ramène dans son mini-van. Après quoi, on s'entasse tous dans la voiture de Simon pour un périple infernal. Nora et moi sommes quasiment assises l'une sur l'autre, coincées entre Nick et Abby qui ne se parlent pas. C'est le genre de silence qui génère sa propre gravité. Un silence de trou noir. Que Simon tente de contrer d'un flot continu de simoneries mais, après quelques minutes, même lui finit par abandonner.

On s'arrête devant la maison de Bram. Simon se penche par-dessus le levier de vitesses. Ils échangent un baiser rapide et léger, Bram murmure quelque chose à l'oreille de son copain qui secoue la tête avec un sourire. À peine a-t-il débouclé sa ceinture qu'Abby revendique sa place.

— Tu es sûre que tu ne veux pas rester dormir ? me demande Simon pour la cinquième fois de la soirée.

En temps normal, j'accepterais. Rien à foutre qu'on soit dimanche. Simon habite si près du bahut que ça me faciliterait la matinée.

Mais Abby passe la nuit chez lui. Et j'ai eu ma dose d'Abby et de ses bizarreries pour le week-end.

Je me repasse ces dernières heures dans la tête. La colère noire de Morgan. Mes mensonges à Garrett. Abby à genoux devant le lavabo de la salle de bains. Abby qui prend les mains de Garrett. Abby qui dit *jamais*. Mais seulement jamais *devant Garrett*.

Et je n'arrive pas à savoir si elle plaisante ou pas.

CHAPITRE DIX

Dès la descente du bus, le lundi, Abby me saute dessus.

— Salut, dit-elle, tranquille, en réglant son pas sur le mien. Bon, c'était bizarre hier soir.

— Grave.

Je grimace aussitôt. J'ai ce problème, de temps en temps : je passe pour plus garce que je ne le suis. Et c'est mille fois pire face à Abby. Simon m'a un jour demandé, direct, pourquoi je la détestais tant. Mais c'est ça, le truc : je ne la déteste même pas. C'est juste que mon cerveau se grippe quand elle est à proximité.

Son look terriblement mignon n'arrange rien, avec son haut rayé enfoncé dans une jupe rouge assortie d'un collant et ses cheveux retenus par des épingles. Elle couvre un bâillement avant de croiser mon regard avec un sourire.

— J'ai une proposition pour toi, annonce-t-elle.

— Ah oui ?

— Hmm-hmm.

Elle penche la tête sur le côté, les yeux luisants comme si elle allait dire une blague. Elle fait quelques centimètres de moins que moi, et la moitié de mon poids, sans doute. Ou peut-être que non. Je ne sais pas. Elle n'est pas si mince que ça, en fait. Plutôt affûtée, musclée. *Mésomorphe.* Comme diraient les magazines que maman laisse traîner dans la salle de bains.

— Bon, cette visite du campus, dit-elle alors qu'on atteint mon casier. Je n'irai pas avec mes parents. Pas question.

— Tout le monde y va en famille.

Elle secoue la tête.

— Pas moi.

— Tu as l'air bien sûre de toi.

Je me sens sourire.

— Tu veux bien m'accompagner ? demande-t-elle. Pendant les vacances de printemps. Le jour qui t'arrange. Je peux emprunter la voiture de ma mère, et on pourrait loger chez une amie de ma cousine. Se faire une petite virée à deux.

— Comme Simon et Nick ?

— Tu parles, ils seront verts de jalousie ! Parce qu'on ira en soirée et on fera ce qu'on voudra. Ce sera génial. On pourra se faire une vraie idée de la vie là-bas.

Je la regarde, médusée. En dehors de la salle de bains de Martin Addison, je doute de m'être jamais retrouvée seule avec elle depuis plus d'un an. Mais la voilà qui parle comme si on était le genre de potes à faire la tournée des teufs, prendre des selfies et partager des frites à minuit. Est-ce que je perds la tête ?

— Ou pas, s'empresse-t-elle d'ajouter. On n'est pas obligées d'aller aux soirées. Sérieux, je m'en fiche. C'est comme tu veux.

— Alors comme ça, tu veux que je t'accompagne à Athens… dis-je lentement.

Avant de me rendre compte que mes doigts martèlent un rythme. Sur la porte de mon casier. Je laisse retomber ma main.

— Tout juste.

— Pourquoi ?

— Comment ça ?

Je secoue rapidement la tête et baisse les yeux.

— On n'est pas…

Je ferme les yeux.

Je ne suis pas amie avec Abby Suso. Je ne suis rien du tout avec Abby Suso. Et pour être honnête, toute cette histoire me fout un peu en l'air.

— Bien sûr, je sais que tu dois demander l'autorisation à ta mère et tout.

— C'est juste que je…

Je lève le nez pile à temps pour voir Taylor foncer sur moi en se frottant les mains. Ça rigole pas.

— On en reparle, lance Abby en m'effleurant le bras.

Avant de disparaître à l'étage, comme si elle n'avait jamais été là.

— Alors ? demande Taylor avec un grand sourire plein d'espoir.

Mon regard se perd dans l'escalier. Sans conviction, je demande :

— Quoi de neuf ?

— Alors, ton avis ?

— À quel sujet ?

— Le spectacle !

— Oh… C'était super. Bravo.

— Bien sûr, certains membres de la troupe gagneraient à suivre une formation plus poussée, mais dans l'ensemble, c'était bien, non ? Et Nick était tellement incroyable. (Elle sourit.) Au fait, en parlant de Nick…

Purée, cette fille… Je crois qu'elle ne connaît même pas le sens du mot *subtil*. Parce que bon, si vous déboulez en parlant de Nick avant d'enchaîner sur un « au fait, en parlant de Nick », on aura à peu près tous compris où vous voudrez en venir : parler de Nick.

— Je viens d'avoir une idée géniale, poursuit-elle. Tu vois, tout le monde… non, sérieux, je n'exagère pas… me fait remarquer que nos deux voix, à Nick et moi, se marient trop bien. Tu n'imagines pas le nombre de personnes qui m'ont déclaré avoir eu des frissons en nous écoutant. Des frissons ! (Elle s'esclaffe.) C'est pas trop drôle ?

— Grave.

— Enfin bref. (Sourire radieux.) Je me disais… et si Nick rejoignait notre groupe ?

Je plisse les yeux, interdite.

— Quoi ?

— Genre, on pourrait ajouter un contrepoint à la ligne de chant, voire refaire notre *setlist* pour inclure quelques duos. Et il pourrait jouer de la guitare, bien sûr.

— On a déjà Nora.

— Naturellement ! Mais que dirais-tu d'avoir deux guitares solo ? Ça ajouterait une nouvelle dimension à notre son, tu ne trouves pas ? Sans parler du fait que la présence d'un mec élargirait considérablement notre palette vocale.

— Oui, sauf qu'on est un groupe de meufs. C'est un peu tout l'intérêt du truc.

Taylor acquiesce avec frénésie.

— Oh, totalement. Je comprends. Mais je me disais aussi que ça pourrait être sympa d'avoir un groupe de filles avec un chanteur masculin. C'est du jamais-vu. Ce sont toujours des groupes de mecs avec une chanteuse… Du coup, là, on ferait l'inverse, tu vois ce que je veux dire ?

Non mais je rêve. C'est qu'elle est sérieuse, en plus. Elle veut que Nick intègre notre groupe de meufs. J'en suis à me demander jusqu'où on peut aller dans le coup d'œil assassin sans se froisser les nerfs optiques. Un regard éternellement de biais. Voilà qui irait à ravir avec ma gueule de garce grincheuse.

— Enfin, ou pourrait en discuter en répète ? On reprend bien cet aprèm ?

Merde. J'avais complètement oublié. Et je ne suis vraiment pas d'humeur à affronter Morgan. Complètement, extrêmement, définitivement pas d'humeur.

Mais je ne suis pas une ordure finie. Alors, à la fin de la journée, quand Anna vient me trouver devant mon casier, je la suis sans broncher.

Tout le monde est déjà en place quand on arrive dans la salle de musique. Assise en tailleur, Nora accorde sa guitare. Taylor aussi est assise par terre, façon yoga, en position du papillon. Morgan, quant à elle, est coincée sur une chaise en plastique bleu, les yeux rivés à ses genoux.

— Bon, dit Anna. On est au complet.

Je me pose devant le piano, les jambes repliées. Nora nous regarde tour à tour, Morgan et moi, en se mordant la lèvre. Personne ne parle.

Anna secoue la tête.

— Vous voulez nous la jouer silence gêné ? Comme vous voudrez. Videz votre sac. (Elle sort son téléphone.) Vous avez cinq minutes. C'est parti.

— Attends, tu nous chronomètres ?

— Quatre minutes et quarante-huit secondes.

Elle brandit son portable.

— Ridicule, marmonne Morgan.

Anna hoche sèchement la tête.

— Je suis bien d'accord. Vous êtes complètement ridicules toutes les deux.

— Tu te fiches de moi ?

— Quatre minutes et dix-neuf secondes.

Je cligne des yeux.

— Waouh. Donc, Morgan sort un truc incroyablement raciste, je relève, mais bizarrement, on est aussi ridicules l'une que l'autre ? C'est juste du *drama* entre meufs, c'est ça ?

— Leah, tu exagères et tu le sais. Ce n'était qu'une remarque stupide, argue Anna.

— Une remarque raciste.

À l'orée de mon champ de vision, Morgan grimace.

— Oh ça va, hein, tu vas pas me faire la leçon sur le racisme, me rembarre Anna.

Mon corps tout entier se crispe.

— Tu sais quoi ? Je ne suis même pas sûre de vouloir rester dans ce groupe.

— Oh, allez, quoi. (Anna lève les yeux au ciel.) À cause de Morgan ?

Je hausse les épaules, les joues en feu.

— Donc, ce que tu es en train de me dire, poursuit Anna, c'est que tu es prête à bazarder une année entière de travail en étroite collaboration, juste à cause d'une foutue remarque en passant ?

Anna me dévisage comme si je venais d'étouffer un chiot. Nora et Taylor gardent le silence. Je n'ose pas regarder Morgan. Je fixe le sol.

— C'est juste que je…

— Bon, t'es fâchée. Je comprends. Mais putain. De là à quitter le groupe ?

— Le groupe ne va pas durer toute la vie, de toute façon… (Je laisse échapper un rire plat.) Il nous reste moins de trois mois dans ce bahut.

Et, en cet instant précis – l'espace d'une microseconde –, je saisis le truc. À quel point ça passe vite. Comme tout change en un clin d'œil. Étrange : je n'ai aucun mal à comprendre les adieux sur le plan intellectuel, mais ils ne me paraissent jamais concrets. Si bien que c'est dur de prévoir le contrecoup. Je ne sais pas comment gérer l'absence imminente de personnes qui se trouvent encore juste sous mon nez.

— C'est vrai, c'était sympa le temps que ça a duré. (Une boule se forme dans ma gorge.) Mais on ne peut pas forcer le sort. Et je refuse de faire de la musique avec…

Le téléphone d'Anna se met à sonner. Tout le monde sursaute.

Puis Morgan se lève.

— Bon, je vais vous dire ce qu'on va faire. C'est moi qui ai tout foutu en l'air. C'est moi qui ai pourri le groupe. (Sa voix se brise.) Alors c'est clairement moi qui dois partir.

Anna soupire.

— Morgan, ne dis pas ça.

— Non, ça ne fait rien. Je sais quand je suis de trop. J'y suis tellement habituée.

Du bout des doigts, elle s'essuie le coin des yeux. Avant de se diriger d'un pas vif vers la sortie, les lèvres serrées, et de claquer la porte derrière elle.

— Eh bien. J'espère que tu es contente, lance Anna.

— OK, tu veux bien arrêter deux minutes ? explose Nora en lui faisant face. Ce n'est pas la faute de Leah.

Anna ouvre la bouche pour protester, mais Taylor lui grille la priorité.

— Quelqu'un veut bien m'expliquer ce qui vient de se passer ?

On la regarde toutes.

Taylor a l'air perplexe.

— Morgan vient de quitter le groupe ?

— Apparemment, répond Anna.

— D'accord.

Taylor marque une pause, les lèvres pincées. On verrait presque les rouages se mettre en branle dans son cerveau.

— Mince. Bon. Il nous faut une cinquième personne.

Non mais je rêve.

— Taylor, pas question de prendre Nick.

— Je sais, mais…

— Il ne joue même pas des claviers, objecte Nora.

— Non, c'est vrai, confirme l'intéressé.

Je me tourne vers la porte. Il est là, flanqué de Bram et de Garrett, tous trois en short de foot et protège-tibia. Il y a aussi Abby, en tenue de sport. On dirait une embuscade. Je ne les ai même pas entendus arriver.

Taylor esquisse un sourire radieux.

— Qu'est-ce que vous faites là ?

— J'ai une faveur à… commence Bram.

— Minute ! l'interrompt Garrett avec un sourire un peu gêné. J'ai bien entendu ? Vous avez besoin d'un claviériste ?

— Pourquoi, tu en connais un ? demande Taylor.

— Oui, moi. Enfin, je suis pianiste.

Nora le regarde, bouche bée.

— Pardon ?

Il s'esclaffe.

— Pi-a-nis-te, énonce-t-il en sautillant dans la pièce pour venir s'asseoir à côté de moi, ravi. Un pianiste avec un…

— Ça va, on a capté, je dis.

— Un pianiste, ça ferait notre affaire, dit lentement Taylor. Morgan vient de quitter le groupe.

— Quoi ? Sérieux ? s'étonne Garrett.

— Oui, parce que Leah a encore fait sa garce, maugrée Anna.

— Oh… (Garrett nous regarde tour à tour, nerveux.) C'est encore à cause de la fac ?

— Tu veux dire à cause du fait que Morgan pense que je suis acceptée grâce à ma couleur de peau, précise Abby.

— Elle ne le pense pas vraiment. (Anna s'empourpre.) Personne ne le pense.

Abby ricane.

— Tu m'en diras tant.

S'ensuit un silence général qui semble durer une heure.

Finalement, Taylor se tourne vers Bram.

— Qu'est-ce que tu voulais nous demander ?

— Ah, oui. (Il lui adresse un minuscule sourire avant de refermer doucement la porte derrière lui.) Voilà, je crois que j'ai tout prévu pour mon invitation au bal.

— Quoi ? Oh mon Dieu ! s'exclame Taylor. Tu vas inviter Simon ?

Il hoche discrètement la tête. Elle laisse échapper un gloussement joyeux.

— Mais j'ai besoin de vous, les filles… surtout toi, Nora. Il t'amène en voiture demain, non ?

L'intéressée acquiesce.

— Crois-tu que tu pourrais le faire venir dans cette pièce à 8 h 15 très exactement ?

— Tu vas lui faire ta demande en salle de musique ? je m'enquiers.

— Affirmatif. Du moins, je l'espère. D'ailleurs, j'ai aussi une question pour toi.

— Je t'écoute, dis-je en jetant un regard par-dessus son épaule.

Nick s'est posé par terre à côté de Taylor. Difficile de savoir quoi en penser. Peut-être ne s'est-il pas encore réconcilié avec Abby. Enfin, pour ce que ça me fait. Trop bizarre.

Bram se mordille la lèvre.

— Crois-tu que je pourrais emprunter la batterie ?

CHAPITRE ONZE

Le hic, c'est le *timing*. Faire en sorte que Simon soit déjà au lycée à 8 h 15 : facile. Mais le faire arriver à 8 h 15 précises, c'est plus épineux. Heureusement que Nora a eu la bonne idée de me convaincre de passer la nuit chez eux. Qui eût cru que M. Spier junior se montrait si pathologiquement ponctuel le matin ? On n'est pas trop de deux pour lui faire perdre du temps.

— Les filles ! beugle-t-il dans l'escalier à 7 h 44. Allez, on y va !

— Une minute ! répond Nora.

— Mais qu'est-ce que vous faites là-haut ?

Nora passe la tête dans le couloir.

— Ça va, y'a pas le feu.

Je marmonne :

— Il est toujours aussi pressé de partir le matin ?

Nora lève les yeux au ciel.

— M'en parle pas. Il adore faire ses devoirs avec Bram avant les cours.

— Ses « devoirs », dis-je en dessinant des guillemets du bout des doigts.

— Voilà.

Simon monte l'escalier quatre à quatre et s'arrête sur le palier.

— Dites, on va être en retard.

— Mais non. (Nora boucle tranquillement sa housse de guitare.) Tu veux juste arriver plus tôt pour voir ton petit copain.

Il piaffe d'impatience.

— J'ai des devoirs à faire. Allez, on y va !

Il empoigne le sac à dos de sa sœur.

— Attends, proteste-t-elle.

Il la regarde, exaspéré, mais elle se contente de hausser les épaules.

— Je crois que j'ai mis deux chaussettes gauches.

— N'importe quoi. C'est même pas possible. Allez !

Il endosse le sac et sort déjà ses clefs de sa poche. La vie de ma mère, ce mec a zéro perspicacité. À croire qu'il a décidé de saboter lui-même la surprise que lui prépare son amoureux.

À peine a-t-il quitté la pièce qu'on échange un regard, Nora et moi.

— Ça va aller. On peut toujours gagner du temps sur le parking, dit-elle en attrapant son instrument.

Les Spier habitent à cinq minutes du lycée ; techniquement, ils pourraient y aller à pied. Simon se gare sur l'emplacement des terminales et consulte son portable dès le moteur coupé. Je regarde le tableau de bord : 7 h 57. Je bredouille :

— Au fait, j'ai besoin de conseils.

Technique éprouvée : Simon adore quand on a besoin de lui. Tiens, qu'est-ce que je vous disais ! Son visage s'illumine.

— Oh ? Bien sûr, pas de souci. J'envoie juste un message à Bram… voilà. Qu'est-ce qu'il y a ?

Il pivote pour me faire face.

— C'est au sujet de Garrett, dis-je en me penchant entre les sièges avant.

Dix minutes plus tard, Simon est toujours sur le dossier.

— Alors, tu lui as carrément posé un lapin ? demande-t-il.

Je hausse les épaules d'un air gêné.

— Oui…

— Mais Garrett pense que tu étais au match.

J'acquiesce.

— Leah !

— Je suis le pire des monstres, c'est ça ?

— Non, je n'irai pas jusque-là, répond-il. Voldemort garde le titre.

— Mais j'en suis pas loin, avoue ? Genre, Voldemort est là… (Je hausse la main, presque jusqu'au toit de la voiture.) Et moi, là. (Je descends d'une vingtaine de centimètres.) Et le troisième pire se trouve là. Disons, le dentiste qui a buté le lion. Juste ici.

Nora s'esclaffe.

— Il faut lui dire, décrète Simon.

La sentence me plombe.

— Tu crois ?

— Absolument. (Il hoche la tête.) Tu dois te montrer honnête. Faut lui expliquer… Garrett est vraiment un chic type. Il comprendra tout à fait. (Il se frotte la joue, pensif.) Ou… tu pourrais lui dire que tu étais malade. OK, c'est plus plausible. Tu pourrais lui dire, « en fait, j'allais sortir, mais je me suis sentie vraiment, vraiment mal, et je n'ai même pas pu consulter mon téléphone. »

Je ne peux réprimer un sourire.

— Donc je dois me montrer honnête… en lui mentant.

— Voilà, confirme-t-il.

— Simon…

— Je pourrais le lui dire, si tu veux. Lui laisser entendre que tu as eu grave la diarrhée et que tu avais trop honte pour lui en parler. Crois-moi, Garrett comprendrait parfaitement, ricane Simon.

— Je ne veux pas lui dire que j'ai eu la chiasse !

— C'est pour ça : je m'en charge.

— Tu fais ça : je te tape !

— Moi aussi, renchérit Nora.

— Pourquoi les filles sont-elles toujours aussi violentes ? gémit Simon.

Je ne lui fais même pas l'honneur d'une réponse. Je me contente de le décapiter du regard.

— Peut-être vaut-il mieux ne pas lui en parler, ajoute-t-il un instant plus tard. Il aura vite oublié, de toute façon.

— Donc, selon toi, elle ferait mieux de ne rien dire ? demande Nora.

— Absolument.

Il hoche la tête avec fermeté.

Donc, je dois absolument me montrer honnête, absolument mentir et absolument éviter le sujet. Merci pour ce bijou de pure logique Simon.

— Au fait, qu'est-ce que tu penses de Garrett ? me demande-t-il d'un air entendu.

— Oh, regarde un peu l'heure ! Il est presque 8 h 15 !

J'ai déjà la main sur la poignée de la portière.

Reste à mener Simon en salle de musique. Je pourrais lui proposer de jouer de la batterie pour lui. Est-ce que ce serait bizarre ? Je doute qu'il trouve ça louche, mais… et s'il refuse ? Alors, c'est *game over*. Sauf si je veux paraître relou et obsédée par mes toms. Mais je ne voudrais pas décevoir Bram…

— Faut que j'aille aux toilettes. Tiens.

Nora pousse sa guitare dans les mains de son frère et se précipite en courant dans le bâtiment.

— Encore la diarrhée, constate-t-il avec un hochement de tête entendu, avant de baisser les yeux sur son chargement. Qu'est-ce que je fais de ça ?

Nora, je te kiffe grave. Je suggère le plus nonchalamment possible :

— On n'a qu'à la déposer en salle de musique.

La salle de musique est toute décorée de guirlandes de Noël. En mars. Et Simon ne s'en aperçoit même pas.

— Quelqu'un a oublié de ranger ta batterie, remarque-t-il en déposant la guitare de Nora à côté.

— Oh, elle n'est pas à moi. (Je jette un regard au placard avant de me tourner vers Simon.) Tout le monde peut s'en servir.

— Vraiment ?

Son visage s'illumine.

— Bien sûr. Tu devrais l'essayer.

Il se pose sur le tabouret. On dirait un gamin sur le point de piloter un avion. Je lui apporte des baguettes, qu'il prend avec un sourire radieux.

— J'en ai toujours eu envie.

— C'est vrai ?

Il acquiesce.

— Alors, je me contente de... ?

Nouveau coup d'œil au placard. Je ravale un gloussement.

— Vas-y, fonce. Tape.

À peine a-t-il levé les mains que je lance l'enregistrement vidéo sur mon téléphone. Un bruit sourd s'élève du placard, suivi d'une mélodie étouffée.

— Qu'est-ce que c'était ? s'étonne Simon.

Le son monte. La porte du placard s'ouvre à la volée pour révéler Bram, une brosse à cheveux dans la main.

— *Ohhh I... don't want a lot for Christmas...*

Je m'empresse de retourner sur Simon pour filmer sa réaction : il s'est figé sur son tabouret, les mains sur la bouche, les yeux écarquillés. Le tempo s'accélère, Bram se rapproche d'un pas – immédiatement, Garrett, Nick et Abby surgissent derrière lui.

Et c'est la révélation. Abby et les garçons agitent les doigts et étirent les bras pour tracer de lents arcs de cercle le long du corps, tandis que Bram exécute un play-back impeccable, la brosse en micro, un mot tracé en lettres noires autocollantes sur son torse : *Joaquin*.

Derrière la batterie, Simon, lui, est tranquillement en train de perdre les pédales.

Je ne sais même pas où donner de la tête. Quel tableau merveilleux. La fanfic de Simon prend vie sous mes yeux. Je n'arrive pas à croire que Bram ait eu cette idée. Je n'arrive pas à croire qu'ils l'aient mise en œuvre avec un tel brio.

Bien sûr, la vraie pro ici, c'est Abby, parfaitement en rythme, un sourire digne de Broadway sur la figure. Nick la joue pince-sans-rire avec son sourire gêné. C'est drôle – ils ont l'air de s'entendre normalement. À les voir ainsi, jamais on ne croirait qu'ils se sont disputés ne serait-ce qu'une fois dans leur vie.

Mais Garrett, punaise. Quel bazar. Des bras et des jambes dans tous les sens, une silhouette qui sautille de côté sur un pied. Il s'est bien cassé la figure deux fois.

À la fin de la chanson, Bram pointe l'index droit sur Simon, radieux.

— Simon Spier, veux-tu aller au bal avec moi ?

L'intéressé hoche la tête et bondit pour le serrer dans ses bras, riant aux éclats.

— Je te déteste, à un point ! Oh mon Dieu, oui ! dit-il en prenant le visage de Bram dans ses mains.

Avant de lui donner un vrai baiser de cinéma.

Garrett lance des hourras. Simon lui adresse un doigt dans le dos de son amoureux.

— Vous êtes incroyables, quand même, dit-il quand il refait surface.

Il abat un poing affectueux sur la poitrine de Bram.

— Joaquin.

Bram sourit.

— Comment as-tu fait pour retrouver cette histoire ?

— Travail d'équipe, répond Bram.

— Je vous déteste tous.

Abby se matérialise soudain à côté de moi.

— C'était épique, murmure-t-elle.

— Je suis à deux doigts de craquer.

Elle m'adresse un sourire imperceptible.

— Je sais.

C'est le moment que choisit ma bouche pour se déconnecter de mon cerveau. Non, vraiment, c'est la seule explication. Parce que je fonce tête baissée. Je le dis.

— Bon, tu as sans doute déjà prévu autre chose, mais…

Le reste de ma phrase s'éteint dans ma gorge. Pourquoi est-ce si dur, bordel ?

— Est-ce une invitation au bal, Leah Burke ?

— Oui, je réponds platement. Je t'invite au bal, là, à un mètre et demi, littéralement, de ton petit copain.

Elle hausse les sourcils comme si elle ne parvenait pas à déterminer si je plaisante ou pas. Douze sur dix au rayon gênance. Dois-je vraiment mettre les points sur les i ?

— Non, je ne parle pas du bal, Abby.

— Dommage.

Mes joues s'empourprent. On garde le silence une minute.

— Non, mais, sérieusement, je reprends finalement. Pour la virée en bagnole…

Elle fait un bond.

— Es-tu en train de me dire que tu veux prendre la route pour Athens avec moi ?

Je hausse les épaules.

— Si ça te branche toujours, bien sûr.

— SI ÇA ME BRANCHE ?! s'écrie-t-elle en se jetant à mon cou.

Et je le sens, là, au creux de mon estomac, comme un minuscule portable qui vibre.

CHAPITRE DOUZE

Bon. La fièvre du bal bat son plein.

Tout ce que Simon veut faire, à présent, c'est regarder en boucle la vidéo du happening. Il l'a même envoyée à sa mère. Nick et Abby, eux, ont repris leurs habitudes de tourtereaux, à se tenir la main en cours de littérature et discuter bouquets pendant le déjeuner. Pensez apocalypse imminente, mais version bien sapée.

Et puis il y a Garrett, qui n'arrête pas de me regarder d'un air étrangement pétillant. Le jeudi, je choppe Bram devant son casier pour lui tirer les vers du nez.

— Est-ce que Garrett a l'intention de m'inviter ?

— Euh… répond mon otage.

— Par pitié, ne me dis pas qu'il veut faire ça en public ?

La vache, bonjour l'humiliation. Ce serait au-dessus de mes forces. Non que j'aie le moindre problème avec Garrett ; honnêtement, ça ne me dérangerait pas d'aller au bal avec lui. Mais les demandes en public, c'est mon pire cauchemar. C'est déjà bien assez embarrassant comme moment, alors sous les projecteurs…

— Sérieux, j'ai besoin de savoir.

— C'est-à-dire que…

Il se mord la lèvre.

— Compris. (Je grimace.) Alors… il veut faire ça quand ?

— Au déjeuner. Hmm… Est-ce que tu veux que je…

Je lui tapote l'épaule.

— C'est bon, je gère.

C'est vrai, quoi. J'irai au bal avec Garrett. Rien à foutre. On ira comme amis. Comme potes. Ce sera sympa. On prendra des photos épouvantables, en espérant que je ne le poignarde pas avec l'épingle de mon petit bouquet. Accidentellement, bien sûr.

Je le trouve planqué à la bibliothèque.

— Je peux te parler une minute ?

Il me regarde, surpris.

— Bien sûr. Qu'est-ce qu'il y a ?

— Pas ici.

Il me suit jusqu'au rayon des magazines. J'attaque franco.

— Bon, je sais ce que tu mijotes.

Ses sourcils s'envolent.

— Quoi ?

— Écoute. Je veux bien aller au bal avec toi, d'accord ?

Sa mâchoire se décroche.

Je rougis.

— Enfin, si tu veux, bien sûr. On n'est pas obl…

— Oui, Burke ! Oui, j'en ai envie, dit-il, hésitant. On va… mais, euh, tu me coupes un peu l'herbe sous le pied, là.

— Je sais. (Je lève les yeux au ciel.) C'est le but.

— Je vois. Mais… (Il se masse le front et esquisse un sourire.) Tu veux bien m'accompagner au bal ? Pour de vrai ?

— Bien sûr.

— Purée.

Radieux, il m'engloutit dans un câlin massif. C'est plutôt chou, je dois dire. Ce gosse. Ce garçon aux yeux bleus qui m'appelle par mon nom de famille et n'arrête jamais. Mon cavalier. Ça, c'est fait. J'ai invité un mec. Ou lui m'a invitée. Disons qu'on s'est invités mutuellement.

Enfin bref, c'est chose faite, j'ai géré le truc, je vais donc aller au bal. Avec un cavalier. Je suis devenue un cliché de la vie lycéenne. Quelque part, je ressentirais presque le besoin de le crier sur les toits. Ce que certains font, d'ailleurs, en annonçant ce genre de nouvelles sur le Tumblr *creeksecrets*. Il y a même une liste des couples formés pour l'occasion, mise à jour via les reblogs successifs. Sans doute pour éviter les fiascos comme celui de Harry Potter avec Cho Chang. Quoique, soyons honnêtes deux minutes : si le gentil refus opposé à Daniel Radcliffe par Katie Leung et son accent écossais n'a pas contribué à éveiller votre sexualité, je ne veux même pas vous parler.

Si seulement je savais quoi penser de Garrett. Ça ne devrait pas être aussi compliqué. C'est sans doute plus simple quand on a un pénis. Est-ce que cette personne vous fait bander ? Oui ? Banco. Plus jeune, je pensais que les érections pointaient littéralement dans la direction de l'objet de votre désir, comme l'aiguille d'une boussole. Ce serait tellement pratique. Plus gênant tu meurs, bien sûr, mais ça aurait le mérite d'être clair.

Je rentre avant maman – qui m'a laissé un mot sur le réfrigérateur pour me demander de l'appeler au travail quand j'arrive. Ce qui me rappelle soudain un truc qu'Abby m'avait raconté juste après avoir déménagé ici. Son père habitait encore à Washington DC à l'époque, et il devait prendre Shady Creek pour un lupanar à toxicos lubriques, parce qu'il refusait qu'elle aille où que ce soit dès la nuit tombée. Il l'appelait sur le fixe pour s'assurer qu'elle était bien chez elle. Méthode infaillible, à ceci près qu'elle faisait reporter tous les appels vers son mobile. Non que je sois encore en train de penser à Abby Suso, hein.

Je me pose sur le canapé et compose le numéro du bureau de maman. Elle décroche dès la première sonnerie.

— Pourquoi n'étais-je pas au courant de cette vidéo ?

Je souris.

— Qui t'en a parlé ?

— Alice Spier l'a partagée depuis le profil de Simon.

Non mais sérieux, j'adore le fait que ma mère ne soit pas amie avec les parents de mes potes. Elle est amie Facebook avec leurs frères et sœurs.

— Je veux tous les détails, exige-t-elle.

Alors je lui raconte tout. Du moins j'essaie. Difficile de rendre justice à la danse de Garrett à travers de simples mots.

Et… OK. Je suppose que je devrais raconter à maman qu'il m'a invitée au bal. Je redoute un peu sa réaction. Il faut dire qu'elle adore les bals de lycée. Elle y est allée chaque année, y compris en seconde. Elle y est même allée en première, alors qu'elle était enceinte de quatre mois et demi. Selon elle, tout film pour ado devrait se terminer au bal.

« Je crois que c'est déjà le cas, maman », lui avais-je fait remarquer.

Elle trouve ça romantique. Elle a essayé de me l'expliquer une fois : « C'est le moment où tous les tracas habituels disparaissent. Tout le monde paraît changé. Et chacun se montre un peu plus généreux avec les autres. » Je me souviens qu'elle avait marqué une pause après ça et, l'espace d'un horrible instant, j'avais cru à un sous-entendu graveleux. Jusqu'à ce qu'elle ajoute avec douceur : « Je me souviens avoir eu le sentiment qu'il n'y avait aucun mal à se montrer sensible. À laisser le cynisme de côté. Le bal du lycée, c'est un moment vraiment sincère. »

Je n'ai jamais su quoi répondre. *Cool, maman. Contente que ça se soit bien passé pour toi.* Je ne sais pas. Peut-être que certains d'entre nous préfèrent le cynisme, après tout.

Je ferme les yeux, le cœur serré par l'inquiétude.

— Au fait, j'ai invité Garrett au bal.

— Leah ! s'exclame-t-elle.

— Et ça n'a rien de spécial, d'accord ? C'est juste Garrett. C'est tout. On y va en amis.

— Hmm-hmm.

Je l'entends sourire.

— Maman…

— Je m'interroge seulement. Garrett sait-il que vous y allez en amis ?

— Maman ! Bien sûr.

Sauf que… merde. Je ne sais pas. Enfin, pour moi c'est évident. Personne n'a dit que c'était un truc d'amoureux. Mais peut-être s'agit-il par défaut d'une activité romantique ? Aurais-je dû préciser que non ? Est-ce que les situations ambiguës pourraient aller se faire voir ?

Bien sûr, à peine ai-je raccroché que je découvre un texto de Garrett.

Bon, je vais parler à Greenfeld pour qu'on s'organise niveau limousine, dîner et tout ! Le bal va être d'enfer cette année, trop hâte !

D'enfer, dit Garrett. Je n'arrive plus à m'ôter ce qualificatif de la tête.

Le vendredi, la fièvre du bal s'est muée en fièvre de la fac. Je vous jure, il n'y a pas plus toxique comme environnement qu'un lycée de banlieue en mars. Les couloirs ont l'air tout droit sortis d'un jeu de *Jeopardy !* avec des T-shirts aux slogans faussement modestes dans tous les coins. À croire que l'établissement tout entier s'est transformé en Taylor Metternich pendant la nuit.

Anna a été prise à Duke. Morgan, à l'université de Géorgie du Sud. Simon et Nick sont tous les deux admis à la fois à Wesleyan et à Haverford, et se voient tous les deux refuser l'entrée de l'université de Virginie. Une nouvelle qui a laissé Abby incrédule.

— Je rêve, ou vous êtes littéralement la même personne ?

— Ils savent que l'un n'ira pas sans l'autre, c'est tout, répond Simon.

— Trop bizarre.

Notre table de cantine s'est transformée en zone de guerre – mais une guerre du genre silencieux. Postées à des extrémités opposées, Morgan et moi ne communiquons que par regards assassins. Mais ce n'est pas tout. Abby et Nick ont repris leurs hostilités en catimini, eux aussi. Et au milieu de tout ça, il y a Simon, qui regarde de tous les côtés comme s'il s'apprêtait à traverser la rue. C'est la personne la plus sensible aux conflits que j'aie jamais rencontrée.

Garrett ne se rend compte de rien. Jovial, il s'installe en face de moi, à côté d'Abby.

— Bien, mesdames, j'ai besoin de votre aide. (Il balaie la table d'un geste.) C'est moi qui me charge de réserver le dîner pour cette magnifique assemblée le jour J. Je vais donc noter vos suggestions.

— Peut-être un truc pas trop loin de notre destination ? répond Abby, distante.

— Et pas trop cher, j'ajoute.

Garrett m'adresse un sourire radieux.

— Oh, ça, tu n'as pas à t'en préoccuper, Burke. C'est pour moi.

— OK, dis-je en rougissant. Merci.

Abby me fait face.

— Minute. Vous allez au bal ensemble ?

— Tout juste, répond Garrett.

J'acquiesce, le regard baissé.

— Sérieux ? Pourquoi ne suis-je pas au courant ?

Garrett joue les choqués.

— Elle ne te l'a pas dit ?

— Non, confirme Abby sans détacher ses yeux de mon visage.

Quoi, j'étais censée l'appeler ? Ai-je raté le moment, ou c'est devenu une affaire entendue ? Je ne la comprends pas. Vraiment. Tout le monde trouve Abby si drôle et adorable et pétillante, alors que c'est la meuf la plus déroutante de l'univers.

Je lève le nez. Elle me regarde droit dans les yeux. Je n'arrive pas à déchiffrer son expression.

— Enfin bref, reprend-elle, on devrait s'organiser pour les vacances de printemps.

— Qu'est-ce qu'il y a pendant les vacances de printemps ? demande Garrett.

Abby lui jette un coup d'œil furtif.

— Oh, rien. Juste la plus grande virée de l'histoire des virées en bagnole.

C'est étrange. Sa voix demeure parfaitement calme, mais une étincelle luit dans ses yeux, comme pour lancer un défi.

À Garrett. Ou à moi. Pas la moindre idée.

— Je suis ouverte à tout, dis-je lentement.

— Parfait, moi aussi. J'ai hâte. Tellement hâte d'être à la fac !

— Oh, vous allez visiter le campus de l'université de Géorgie ? demande Garrett.

— Eh oui, répond Abby en glissant le coude sur la table, paume en l'air, comme pour m'inviter à taper dedans.

Ce que je fais.

Et elle entrelace nos doigts.

Juste là, en plein milieu de la cantine. Je ne comprends même plus ce qui se passe.

— Tu sais ce qu'on dit, murmure-t-elle en adressant un regard en coin à Garrett. Ce qui se passe à Athens reste à Athens.

Garrett esquisse un sourire, les sourcils haussés.

— Reçu cinq sur cinq.

Et soudain, je suis en pétard. Non, je suis carrément furax. Je dégage ma main de celle d'Abby et recule brusquement ma chaise.

— Minute, qu'est-ce qui se passe ? demande Simon.

Quand je suis en colère, je prends la fuite. C'est comme ça. Je claque les portes, dévale l'escalier, disparais dans les cabinets des toilettes. Parce que si je restais, je passerais mes nerfs sur quelqu'un. Obligé. Je vous le jure. Je ne sais même pas à qui j'en veux le plus. À Abby, pour m'avoir allumée. À Garrett, pour toujours tout ramener à lui. Systématiquement. Parce que c'est la seule raison d'être des filles bi, Garrett : alimenter tes fantasmes à la con. J'ai envie de lui hurler à la face. Mec, si je te plais – si je te plais vraiment –, alors montre-toi jaloux. Inquiet. Quelque chose, n'importe quoi. Si c'était Nick qui flirtait avec moi, Garrett penserait aussitôt « ouh là, de la concurrence ! ». Mais comme il s'agit d'Abby, ça ne veut rien dire. Comme si ça ne comptait pas.

Non qu'Abby ait été en train de flirter avec moi. Sans doute pas.

Absolument pas. Et j'en ai absolument rien à foutre.

CHAPITRE TREIZE

J'ai l'impression que tu m'en veux, me textote Garrett après les cours. *Au sujet d'Abby. Désolé, Burke, je plaisantais, tu sais. Mais j'arrête, promis. Je te demande pardon.*

Je fixe l'écran. Je ne sais même pas par où commencer. Comment lui adresser des reproches alors qu'il ne sait même pas que je suis bi ?

Je m'enfonce dans le canapé, soudain épuisée. *T'inquiète. Promets-moi seulement d'arrêter de faire le con, OK ?*

Promis ! répond-il aussitôt, avec smiley et tout. *Alors, on est cool ?*

On est cool.

Sauf que je suis à l'exact opposé. Je me sens mal à l'aise tout le week-end. Parce que Garrett s'est excusé, certes, mais pas Abby. Non qu'elle le doive. C'est juste que je ne la comprends pas. Je ne saisis pas à quoi elle joue. Et je ne parle même pas du commentaire sur « ce qui se passe à Athens ». Qui sait ce que ça voulait dire ? Si ça se trouve, elle parlait de sauter des kékés dans leurs fraternités, de vider des fûts de bière et autres conneries hétéros de ce genre.

Mais sa tête quand j'ai dit que j'allais au bal avec Garrett. Sa surprise de n'avoir pas été mise au courant. Pourquoi le lui aurais-je annoncé ? Elle a un copain. Qu'est-ce que ça peut me faire s'ils sont fâchés ? Elle. A. Un. Copain. En conclusion, rien de tout ça n'a d'importance, et le bal du lycée peut aller se faire foutre.

Bien sûr, ma mère, elle, est complètement surexcitée. Elle prend deux heures de pause le mercredi pour venir me chercher après les cours.

— En voiture ! On va t'acheter une robe.

Je la regarde.

— On est obligées ?

— Oui madame. Parce que tu vas au bâ-âl !

Oui, oui, deux syllabes.

— C'est tellement grisant ! ajoute-t-elle.

À croire qu'on vient de deux planètes différentes, elle et moi. De temps en temps, ça me tombe dessus : si j'avais connu ma mère au lycée, je doute qu'on aurait été amies. Non qu'elle ait été une connasse à cet âge, hein. Elle était du genre Abby. De tous les spectacles, de toutes les soirées, avec d'excellents résultats scolaires. Elle avait toujours un copain – le plus souvent un joueur de foot aux abdos bien dessinés. Parfois aussi des intellos, ou des musiciens, comme mon père, qui apparemment fumait beaucoup de beuh. À l'évidence, ça n'a pas réduit la qualité de son sperme.

— Tu sais, la dernière fois qu'on est allées acheter une robe pour le bal du lycée, tu étais dans mon ventre.

— Très drôle.

— Mon petit fœtus dansant.

— C'est dégueu.

— Mais non, c'est magnifique. Tu es magnifique.

La voiture entre dans le parking du centre commercial. On trouve une place libre près de l'ascenseur. Ma mère a toujours de la chance pour se garer. C'est son superpouvoir à elle.

— Et tu as un cavalier !

— Qui a pour nom *Garrett*, je te rappelle.

— Mais il est trop chou, ce garçon. (Elle m'adresse un sourire.) OK, on y est. Où sont les tenues de soirée ?

Les centres commerciaux, c'est comme les *diners* : zéro spécialisation, trop d'options. Le seul fait d'être là, c'est déjà trop. Maman s'arrête près d'un escalator pour étudier le plan du magasin.

— Ah ! C'est à l'étage.

Je la suis dans l'escalier mécanique.

— Alors, qu'est-ce qu'on porte de nos jours ? Quand j'avais ton âge, les robes tombaient jusqu'au sol, mais il paraît que ce n'est plus le cas.

— Ah bon ?

Je déglutis.

— À moins que je ne confonde avec les tenues de *homecoming*. Je ne sais plus. Oh, c'est juste là.

Des portants de robes à perte de vue. Jamais je n'ai contemplé autant de satin de ma vie. Le tout dans des couleurs pétantes, sans bretelles, chargé de paillettes. Rien à voir avec ma garde-robe. Je ne possède pas le moindre article valable pour le bal. J'ai toujours fait l'impasse depuis l'âge des bar-mitzvah. À l'évidence, j'ai fait le bon choix, car toutes ces robes sont ridicules, et le bal c'est débile de toute façon.

Sauf que tout ça n'a rien de débile.

Même si ça me tue de l'admettre, j'ai envie de profiter de ce moment. Avec la robe, la limousine et tout le tralala. Ça me fait de la peine d'imaginer que le bal puisse se dérouler sans moi, pendant que je resterais cloîtrée en pyjama, à éplucher frénétiquement Instagram et Snapchat. Pour tout suivre virtuellement. Voir une bonne fois pour toutes le peu que je manque.

Maman commence à parcourir les rayons, caressant les étoffes et retournant les étiquettes.

— Elles sont pas mal, celles-là, Lee. J'aime bien la deux-pièces.

— Tu rigoles ?

— Ça fait comme une jupe et un top. C'est différent. Ça me plaît. (Elle secoue le chef.) Ne fais pas cette tête !

Ma main effleure une robe au bustier savamment brodé de perles et à la jupe de taffetas volumineux. Elle est affreuse. Mais aussi étrangement belle. Je ne peux m'empêcher d'en caresser le tissu.

Bon, c'est bête, mais j'ai toujours eu envie de connaître un de ces moments de grâce comme on en voit dans les films. Comme lorsque la petite intello maigrichonne descend l'escalier dans une robe rouge. Ou comme l'apparition d'Hermione au bal de Noël. Ou même Sandy avec son pantalon moulant à la fin de *Grease*.

J'ai envie de surprendre tout le monde. J'ai envie que toutes celles et tous ceux qui m'ont un jour plu regrettent d'avoir laissé passer leur chance.

— C'est mignon, dit maman d'un ton prudent, sans me regarder, comme si j'étais une biche qu'elle tente de ne pas effrayer.

Terriblement agaçant.

— Bof, je réponds.

— Tu ne veux pas l'essayer ? Ça ne coûte rien, pas vrai ?

À part ma dignité. Et mon record de virginité – dix-huit années sans jamais porter la moindre robe de bal catastrophique.

Bon, il faut que je vous dise un truc : je suis têtue. Je l'admets volontiers. Mais j'ai toujours sous-estimé à quel point maman l'était aussi. Elle ne fait jamais sa garce, contrairement à moi, mais elle sait se montrer persévérante. Voilà pourquoi, vingt minutes plus tard, je me retrouve dans une cabine d'essayage, vêtue de ce monstre de taffetas. Dans la plus grande taille disponible – impossible pourtant de remonter le zip. Mon dos nu est envahi par la chair de poule, et un seul regard au miroir suffit à me coller la nausée. La jupe bouffe autour de mes hanches avant de retomber tout droit sur mes chevilles. C'est sans doute la pire idée que maman ait jamais eue.

— Alors, qu'est-ce que ça donne ? (Elle rôde devant la cabine.) Je veux voir !

Elle peut se brosser.

— C'est la bonne, avoue ? Cette couleur se marie si bien à tes cheveux. Fais-moi confiance.

— C'est affreux.

— Je suis sûre que non.

— Si, je te jure, c'est un vrai désastre.

— Eh bien, j'apprécie ta franchise ! (Elle s'esclaffe.) Essaie la suivante.

Je lève les yeux au ciel avant même d'avoir enfilé le cauchemar de mousseline violette en question. La robe, plus grande, daigne se laisser fermer, mais elle me moule les hanches et le ventre. Aussi épouvantable que ça puisse paraître, le résultat n'est pas trop laid. Il est même merveilleusement gonflé, quelque part. Mais la robe en elle-même fait terriblement matrone, or je refuse d'aller au bal attifée comme une grand-mère.

— C'est mieux ? demande maman.

Je laisse échapper un rire assassin.

Un soupir d'admiration retentit dans la cabine voisine.

— Jenna ! Oh, waouh, j'adore !

— Tu ne trouves pas que ça me fait de gros bras ?

— Quoi ? Mais n'importe quoi ! T'es pas grosse ! T'es ravissante !

Mon corps tout entier se crispe. S'il y a bien une chose pire qu'essayer des robes, c'est d'entendre des filles toutes minces en faire de même juste à côté. Et les écouter se dénigrer. Peu importe que j'aime mon corps : il se trouvera toujours quelqu'un pour me rappeler que j'ai tort.

T'es pas grosse. T'es ravissante.

Parce que grosse, c'est le contraire de ravissante. Entendu. Merci, copine de Jenna !

— Qu'est-ce que je fais, j'essaie un 36, ou ce sera trop grand ? demande Jenna.

Oh, bon sang.

Heureusement, maman est là pour me rappeler à l'ordre.

— Tu as essayé la jaune ?

Si on peut appeler ça jaune – c'est plutôt du doré pâle. Orné d'un imprimé floral multicolore : de minuscules sur le bustier, les corolles se font plus larges vers l'ourlet de la jupe.

Je déteste le jaune. Et les imprimés floraux.

Je devrais vomir cette robe à la con.

Mais je ne parviens pas à me l'expliquer... elle est tellement badass. Personne ne porte d'imprimé floral au bal. Elle est un peu cintrée, avec un décolleté en cœur et une jupe en pyramide à la ligne adoucie par un jupon de tulle blanc.

Je ne sais pas. Je l'adore. Elle ne m'ira pas, c'est sûr. Elle est faite pour les filles comme Jenna, dans la cabine voisine. Que j'imagine sous les traits de Zoey Deutch. Ça ne fait pas un pli : cette robe serait d'enfer sur Zoey Deutch. Enfin, ça ne coûte rien d'essayer.

J'ouvre le zip, glisse avec précaution mes jambes dans la jupe et remonte le tout vers mes hanches. Ça me fait tout drôle d'enfiler ce genre d'habit un mercredi après-midi, avec des chaussettes TARDIS aux pieds.

Ça me fait tout drôle d'enfiler cette robe tout court.

Elle se ferme. C'est un début. Même si je dois avoir l'air d'une conne avec mes bretelles de soutif qui dépassent. Je fixe mes pieds. Je n'ai pas envie de regarder le miroir. Mieux vaut imaginer que la robe me va comme un gant.

— Qu'est-ce que tu en penses ? demande maman.

On respire un grand coup. Et on lève le nez.

Il me faut un instant pour me faire à cette image : moi, en jaune, dans cette robe. Les mains sur les cuisses, je contemple le résultat.

Ce n'est pas affreux.

Les bretelles de soutif sont ridicules.

Mais j'aime bien le tombé de la jupe, cette façon qu'elle a de me caresser les hanches et d'effleurer le sol. Je me vois bien la porter, à vrai dire. Je ne sais pas si elle me permettrait de provoquer des érections épiques, mais quand même. Jamais je ne me suis sentie aussi jolie.

J'entrouvre la porte et jette un coup d'œil dehors. Maman redresse la tête.

— J'ai le droit de la voir, celle-là ?

Je hausse les épaules et sort lentement, comme si j'étais sur scène. Maman ne pipe mot. Peut-être retient-elle ses larmes. Peut-être est-elle bouleversée par la transformation. Je crois que j'ai l'air différente. Plus âgée, sans doute. Mes cheveux semblent très rouges. Je tripote le satin de la jupe.

Maman hoche la tête de côté.

— Bof, dit-elle finalement. J'aime pas trop.

Je me dégonfle.

— Oh.

— Je crois qu'elle t'étouffe un peu. Trop ennuyeuse.

— Waouh. OK. Figure-toi qu'elle me plaisait, à moi.

— Vraiment ? (Elle plisse le front.) Enfin, ce n'est pas mal, hein, mais je ne pense pas que ce soit la bonne, Lee.

— Évidemment.

Ma poitrine se serre.

Maman accuse le coup.

— Qu'est-ce que ça veut dire ?

Je lui adresse mon regard le plus assassin. Surtout, ne pas pleurer. Je ne sais même pas quoi répondre. Je ne sais pas ce que je voulais dire. Je sais juste que je me sens comme une merde, et que je déteste le monde entier.

Je secoue la tête.

— J'en ai ma claque.

— Allez, quoi, Leah. Qu'est-ce qui te prend ?

Je laisse échapper un rire blasé. Je ne savais même pas que c'était possible.

— J'en ai marre, c'est tout. C'est ridicule.

Je retourne dans la cabine. Maman reste plantée devant la porte, incrédule.

Avant de pousser un soupir lourd.

— Sérieux ?

Je défais le zip, ôte la robe et l'accroche au portemanteau sur le mur. On dirait qu'elle me dévisage, je vous jure. Je m'empresse d'enfiler mon jean.

Pendant ce temps, maman essaie toujours de me parler.

— Leah, si elle te plaît, on n'a qu'à la prendre. Elle me plaît aussi.

J'ouvre la porte d'un pouce pour la toiser.

— Menteuse.

— Mais si, je t'assure, elle est vraiment jolie. Et tu sais quoi ? Je pense qu'elle sera parfaite une fois qu'on t'aura coiffée comme il faut. Je suis sérieuse.

— Laisse tomber.

— Je peux la revoir ?

— Je me suis déjà changée.

— OK. Dans ce cas, on la prend. Je vais payer tout de suite.

À peine a-t-elle prononcé ces mots que je m'en rends compte : je ne sais pas combien elle coûte. Je n'ai même pas pensé à vérifier – ce qui ne me ressemble vraiment pas. Je jette un coup d'œil à l'étiquette. Mes joues s'enflamment.

— Elle coûte 250 dollars, maman.

Elle réfléchit.

— Ne t'inquiète pas pour ça.

— Quoi ? On n'a pas les moyens !

— Ça va aller, chérie. Ce n'est pas un problème.

— Qu'est-ce que tu vas faire ? Braquer une banque ? Ou utiliser l'argent de Wells ?

Mon estomac se tord à cette idée.

— Leah, je t'interdis de me faire cette tête.

— Tout ce que j'en dis…

— Je ne veux rien entendre, réplique-t-elle, cassante. Un peu trop fort, aussi. Sa voix semble se répercuter dans la pièce.

Je sens comme un creux dans mon estomac. Silence.

— Elle ne te plaît même pas, cette robe, dis-je finalement.

— Mais si, Leah. (Elle garde les paupières closes un instant.) Et j'ai envie de faire ça pour toi. Inutile de compliquer les choses.

— Tu es sérieuse ?

— Je peux te poser une question ? Comment au juste pensais-tu te payer une robe pour le bal ? Éclaire-moi.

Je ne sais même pas quoi répondre. À l'évidence, je n'en avais pas la moindre idée. Je ne peux pas me payer une robe à 250 dollars. Pas même un modèle au cinquième de ce prix. Peut-être aurais-je pu me dégoter quelque chose d'occasion, même si les friperies n'ont jamais de taille au-dessus du 32, ce qui suffit tout juste pour m'habiller une jambe.

L'espace d'une interminable minute, personne ne parle. Même Jenna et sa pote, dans la cabine d'à côté, se sont tues.

— Je m'en fiche de cette robe, dis-je à voix basse.

Maman se frotte le front.

— Leah…

— Tout ce que je veux, c'est rentrer à la maison.

— D'accord.

On fait le chemin du retour en silence. Mon cerveau tourneboule dans tous les sens. *Inutile de compliquer les choses.* Bien sûr. Imaginons que les choses soient simples. Imaginons que je sois Jenna – oui, Jenna et son *OMG tu crois pas que ça me fait des gros bras.* Lorsque les filles comme Jenna sortent de la cabine d'essayage, le monde applaudit, transi d'admiration. Je suis sûre qu'elle se trimballe la carte de crédit de ses parents, des quadras encore mariés qui ne fréquentent pas des golfeurs du dimanche avec un nom à la con.

— Chérie, je suis désolée, dit maman en mettant la voiture au point mort devant la maison. Elle me plaisait vraiment, cette robe. Je ne me doutais pas que tu l'aimais autant.

— Je ne l'aimais pas tant que ça.

Ma voix me trahit.

— Si tu le dis, souffle-t-elle après une pause.

— J'ai même pas envie d'aller au bal.

— Leah… (Elle secoue la tête.) Arrête de faire ça.

— Faire quoi ?

— De tout saccager au moindre problème.

La remarque flotte entre nous une minute. Je ne sais pas quoi répondre. Ce n'est pas ce que je fais. En tout cas, ce n'est pas mon impression.

— Tu sais ce qui serait bien ? reprend finalement maman avec un sourire presque mélancolique. Que tu t'accordes un peu d'imperfection.

— OK. (Je fronce les sourcils.) C'est ce que je fais déjà, pourtant.

— Oh, que non. La preuve : il suffit que l'essayage parte en vrille pour que tu décides d'annuler le bal. Tout comme tu refusais d'auditionner pour la pièce au seul motif que tu n'étais pas la meilleure actrice de l'univers.

— Correction : je suis la pire dinde de l'univers.

Elle s'esclaffe.

— Mais non ! Pas du tout. Tu refuses d'être autre chose que la meilleure. Il faut savoir lâcher du lest. Assumer la médiocrité. Laisser ses tripes à l'air.

Tu parles d'une blague. *Laisser ses tripes à l'air.* Qui aurait envie de vivre comme ça ? N'est-ce pas assez de toujours me sentir à deux doigts de l'effondrement ? Il faudrait en plus que je le fasse sous les projecteurs ?

C'en est trop. Je ne veux pas « assumer la médiocrité ». Je refuse une vie médiocre. Et je ne crois pas que ce soit trop demander.

CHAPITRE QUATORZE

Je passe le jeudi dans un brouillard cotonneux. C'est à peine si je dis un mot pendant le déjeuner, et je ne m'attarde pas après les cours. Je ne cherche pas la compagnie de Simon et de Nick le vendredi matin. Je ne rôde pas devant les casiers. Je me terre à la bibli, où je réquisitionne un ordi. Je tapote sur le clavier sans réfléchir.

Simon me retrouve quand même.

— Coucou ! Sur quoi tu bosses ?

Il rapproche une chaise de la mienne.

— Le traité de Vienne.

— Génial, dit-il.

Je l'entends presque sourire.

— Vas-y, qu'est-ce qui te rend si joyeux ?

Je lui fais face – et ma mâchoire se décroche.

— Simon…

Son T-shirt. Tout neuf, d'un bleu violacé, il arbore juste trois lettres imprimées en blanc : *NYU*.

— Ce n'est pas un poisson d'avril, au moins ? Tu as été pris ?

— J'ai été pris !

— Simon ! (Je lui donne un coup de poing sur le bras.) Pourquoi ne pas m'avoir textotée ?

— Je voulais te faire la surprise.

— Bram est au courant ?

Il esquisse un sourire radieux.

— Oh, bon sang, Simon. Vous serez ensemble à New York.

— Je sais !

— Tu vas vivre dans la grosse pomme !

— Trop bizarre, hein ?

Il rapproche encore sa chaise, avant de laisser échapper un soupir et un rire simultanément. Ses yeux pétillent derrière ses lunettes.

— C'est fou, tu seras en plein cœur de Manhattan. Je n'arrive même pas à l'imaginer.

— Je sais.

— Tu te rends compte que vivre à New York, c'est le premier pas vers la célébrité ? dis-je.

— C'est ça.

— Je suis sérieuse. T'as pas intérêt à m'oublier.

— Pardon, je vais passer mes journées à t'épier sur Internet.

— Genre, t'auras rien de mieux à faire ?

Il s'esclaffe.

— Peu importe. Tu sais bien qu'on viendra vous voir, toi et Abby, à UGA.

— Bien sûr.

— Je n'arrive toujours pas à croire que vous allez faire cette virée ensemble. Si vous finissez colocs, alors là…

— Alors quoi ?

— Je ne sais pas. Alors, je serai aux anges.

— C'est une menace ?

Il sourit.

— Je ne sais pas, j'aime l'idée que vous voyez amies, toutes les deux.

Mon cœur se serre. Je me sens bizarrement à contretemps.

J'essaie d'oublier cette sensation.

— Au fait, tu vas quand même visiter tous ces campus, finalement ?

La cloche sonne la reprise des cours. Simon se lève et tire sur les lanières de son sac à dos.

— Oui, ça tient toujours. Ma mère insiste pour que je visite les derniers établissements de ma liste avant de faire mon choix. (Il hausse les épaules.) Enfin. Ce sera sympa. Bon, il faut que j'aille retrouver Abby pour lui rendre son téléphone et récupérer le mien.

— Vous avez échangé vos portables ? (Je me lève à mon tour.) Pourquoi ?

— Elle s'envoie des photos. Regarde.

Il brandit l'appareil, protégé d'une coque à imprimé floral. Sur l'écran se déroule une série de photos. La plupart de Simon et Abby, même si j'apparais sur quelques-unes, aussi. Honnêtement, je ne savais même pas qu'elles existaient. Comme celle d'Abby, Bram et moi somnolant sur le canapé de M. Wise après notre épreuve de littérature renforcée l'année dernière. On est tous en chaussettes, T-shirts et bas de pyjamas. Disons qu'avec le stress des exams, on a tous eu vite fait d'oublier nos complexes. J'aime bien mon allure sur ce cliché, cependant. Dessus, je bâille, les cheveux défaits et ébouriffés, mais on a tous l'air heureux, avec nos yeux vagues et endormis.

— Elle va en faire un collage pour sa chambre à la fac, explique Simon. Je devrais faire pareil.

Je règle mon pas sur le sien tandis qu'il parcourt la photothèque d'Abby.

— J'ai l'air tellement bourré sur celle-là ! Et il faut vraiment que Nick apprenne à garder les yeux ouverts sur les photos.

Je ressens un léger tiraillement en apercevant le cliché. Ce n'est qu'un selfie de couple parmi d'autres – même pas récent, car il a manifestement été pris pendant une répétition de *Joseph*. Nick et Abby dans toute leur splendeur : elle avec son sourire doux et sa tête légèrement penchée, lui avec son air de chien battu.

— Je m'inquiète pour eux, dit Simon au bout d'un moment.

— Ah bon ?

— Oui, ils ne sont… Waouh ! s'interrompt-il soudain en brandissant le téléphone. C'est toi qui as dessiné ça ?

Je me fige.

— C'est magnifique, ajoute-t-il.

Mon cœur se met à battre la chamade.

Parce que… OK. La vache.

Je ne trouve pas les mots. Je me contente de fixer l'image.

Un an et demi plus tard, Abby a gardé la photo. Elle figure parmi ses favoris. Je ne sais même pas ce que ça veut dire. Ni si ça veut seulement dire quelque chose. J'ai le cerveau noué.

— Ça date de quand ? demande Simon.

Les joues me brûlent.

— L'année dernière.

On était en première. J'étais rentrée de la soirée chez Morgan avec la sensation d'être à l'étroit dans ma peau. J'avais beau me démener, impossible de me débarrasser de cette sensation. Si bien que j'avais sorti mon carnet et dessiné, sans but précis. Deux filles allongées à plat ventre, plongées dans la contemplation d'un téléphone portable. Toutes en lignes douces, en courbes et en membres entremêlés. Je nous avais coloriées au crayon – le brun de sa peau, le rose de mes joues, le rouge profond de ma chevelure. J'étais comme en transe. Il me semblait avoir épinglé mon cœur sur la page.

J'aurais dû le garder pour moi. Pourtant, dans un incompréhensible élan de hardiesse, je le lui avais montré alors qu'on était dans la cour, après la classe. J'avais pris l'habitude de lui tenir compagnie lorsque son bus avait du retard. C'était le 19 septembre – un vendredi, la veille de mon anniversaire –, l'air semblait frais et neuf. Je n'avais même pas emporté mon carnet de croquis, je m'étais contentée d'une photo prise avec mon téléphone.

— Promets-moi de ne pas rire, l'avais-je implorée.

Elle s'était empressée de glousser. Je tenais à peine en place, tellement mon cœur battait vite. Je lui avais passé mon téléphone avant de fixer mes genoux. Après un silence interminable, elle s'était tournée vers moi.

— Leah.

Lorsque j'avais levé le nez, elle me contemplait, silencieuse. Les coins de sa bouche relevés.

— C'est qu'une esquisse, bien sûr.

— Je n'en reviens pas que tu l'aies dessiné… avait-elle dit. C'est… waouh.

— C'est rien.

Sauf que c'était tout sauf rien. Ça ressemblait plutôt à une lettre d'amour. Ou à une question.

— C'est juste que… (Elle avait soupiré.) Je l'aime, à un point… Leah. Je crois que je vais pleurer.

— Surtout pas !

Je n'étais qu'un ballon surgonflé, plein d'air et de tension, à la fois ancré et en lévitation.

— Heureuse que ça te plaise.

— J'adore.

Elle s'était rapprochée de moi dans la cour déserte. Elle sentait la vanille, ses cils formaient comme d'épaisses parenthèses noires. C'était tout. Il n'y avait de place que pour ces deux informations dans mon cerveau.

Abby attend à l'extérieur de la classe de Mme Livingstone, le téléphone de Simon à la main. Je n'arrive pas à la regarder sans rougir.

Elle a toujours mon dessin. Elle l'a gardé.

— Je n'aurai qu'une seule question à te poser, lance-t-elle à Simon. Où trouves-tu le temps de prendre littéralement 360 selfies avec Bieber ?

— Je prends le temps, rétorque-t-il, narquois.

— À l'évidence.

Il lui adresse une grimace.

— Et toi, où trouves-tu le temps de compter mes selfies canins ?

— Aucune idée, ricane-t-elle avant de poser les yeux sur moi. Oh, et Leah…

Elle m'effleure l'épaule.

— Oui ?

— Il faut qu'on s'organise pour notre virée. Tu rentres en bus ce soir ?

J'acquiesce prudemment.

— Cool. (Elle sourit.) En fait, j'ai la voiture de ma mère aujourd'hui, et je me disais qu'on pourrait peut-être faire un crochet par le WaHo après les cours ? Comme ça, on pourrait discuter des détails, et je te ramènerais chez toi après.

— Euh, ouais. (Je déglutis.) D'accord.

— Super ! Bon, j'ai maths, mais ça marche, génial ! Rendez-vous à l'entrée du préau ?

Je hoche la tête, hagarde. Simon me dévisage, les lèvres plissées, comme s'il allait me demander quelque chose. Bon sang. Je n'ai pas envie de parler du dessin. Ni d'Abby. Le plus absurde de tous mes béguins. Enfin, Simon ne sait même pas que je suis bisexuelle. Ce qui ne l'empêche pas de me regarder avec les yeux du *Penseur*, le nez froncé, comme un lapin.

Le plus bizarre, c'est que je devrais pouvoir le lui dire le plus naturellement du monde. C'est Simon, quoi. À croire que mon cœur, mes poumons et mes veines refusent d'en prendre note.

— Leah ? dit-il d'une voix douce.

J'avale la boule qui m'obstrue la gorge.

Il garde le silence un moment. Avant de me regarder droit dans les yeux.

— Tu crois que je prends trop de selfies avec mon chien ?

OK, je ne sais même plus si je dois rire ou m'étouffer.

Sept heures plus tard, je me retrouve dans la voiture d'Abby Suso.

Enfin, celle de sa mère. Peu importe. Je suis dans un espace clos et minuscule, avec Abby, qui porte une foutue robe d'été et de minuscules boucles d'oreilles en pierre de lune. Elle sort de sa place de parking en chantonnant.

Je me sens à bout de souffle, à bout de nerfs.

— Donc, pour le logement c'est bon. On peut avoir l'appartement quand on veut. Mon amie ira chez son copain.

— C'est drôlement sympa de sa part.

— Oui, hein ? D'autant que je ne l'ai rencontrée qu'une fois. C'est la sœur d'un ami de la copine de ma cousine.

Je m'esclaffe.

— Répète un peu pour voir ?

— Ridicule, je sais. (Elle marque une pause, règle la climatisation.) Caitlin, la sœur aînée de Max, le meilleur ami de Mina, la petite amie de ma cousine Cassie.

— Et elle nous prête son appart la semaine prochaine. Comme ça.

Abby acquiesce et tourne à droite pour prendre Mount Vernon Highway.

— On peut même y aller dès demain si on veut.

— Eh bien.

— Mais je pense qu'il vaut mieux y aller du lundi au mercredi, histoire que ce ne soit pas la folie furieuse. À moins que tu ne veuilles voir à quoi ressemble le campus le samedi soir ?

— Non merci. (Je me cale contre l'appuie-tête.) Et lundi c'est parfait. On sera le 4, c'est ça ? Aujourd'hui, c'est le premier…

Mon téléphone vibre. Texto de Simon.

Oh ! Ma déesse intérieure a une question pour toi.

Je fixe l'écran. Il est toujours en train de taper.

ATTENDS.

Il tape encore.

Vous satisfaire est notre priorité, Mlle Steele.

Et encore.

**mais C'EST QUOI CE BAZAR ???*

Je jette un regard en biais à Abby.

— Je crois que Simon me bombarde de citations de *Cinquante nuances de Grey.*

— Hmm… fait-elle.

Il lui arrive parfois d'afficher de petites rides autour des yeux – comme les personnes âgées, sauf que, chez elle, ça fait juvénile. À elle seule, Abby Suso s'est réapproprié la patte d'oie pour notre génération.

Simon continue de me textoter.

Je crois qu'on a hacké mon pucelage.

P-o-r-t-a-b-l-e, pas pucelage !!!

Pourquoi ça affiche pucelage chaque fois que je tape pucelage ??????

Je voulais dire p-o-r-t-a-b-l-e !

— Minute. (Je toise Abby du regard.) Un rapport avec le fait que tu as utilisé le téléphone de Simon ce matin ?

Elle hausse les épaules, les yeux écarquillés.

— Je ne sais pas. Tu crois ?

Oh. Putain.

— Merde, Suso, tu es un génie.

Mon téléphone n'en finit pas de vibrer.

LEAH QU'EST-CE QUI SE PASSE ??? Je te jure que ce n'est pas moi, c'est mon subconscient.

HEIN QUOI MAIS NON, ajoute-t-il. *C'est a-u-t-o-c-o-r-r-e-c-t ! Vous satisfaire est notre priorité, Mlle Steele COMMENT JE FAIS POUR RÉGLER ÇA ?*

J'éclate de rire.

— La vache, il faut que je fasse des captures d'écran.

Abby esquisse un début de sourire.

— Voilà pourquoi il ne faut pas me prêter ton téléphone le 1er avril, Simon.

Abby Suso, rieuse incarnation du mal. Qui l'eût cru ?

Je secoue la tête.

— Je suis grave impressionnée, là.

— Merci.

— Je t'ai envoyé une capture, dis-je alors qu'on arrive devant le Waffle House.

— YES. (Elle ôte le contact et ouvre sa messagerie.) Et… on a hacké son pucelage. J'en peux plus.

Je me frotte les joues, hilare.

— Je ne sais même pas quoi répondre.

— Faut dire que c'est tellement parfait.

— J'ai envie d'encadrer ces textos pour les mettre dans un musée.

Elle sourit.

Je lui rends son sourire. À croire que mes zygomatiques ont pris leur indépendance. Et voilà que mon cœur se met à cogner dans ma cage thoracique comme un oiseau ivre aux yeux bandés.

Ouais… Je ne sais pas comment j'ai pu croire raisonnable de partir en virée avec cette fille alors que je ne sais même pas si je vais sortir vivante du parking du Waffle House. J'aurais dû présenter un certificat médical. *Je soussigné(e), certifie que Leah Catherine Burke devrait être exemptée de toute interaction prolongée avec Abigail Nicole Suso, dont elle n'a aucune raison de connaître le deuxième prénom, d'ailleurs.*

Évidemment que je connais son état civil par cœur.

Je la laisse passer devant et la suis, la tête embrumée. Encore heureux que cette meuf soit capable de faire la conversation à tout et n'importe quoi, parce que mon cerveau est hors service. Il a brutalement cessé de fonctionner, comme une voiture en panne au bord de la nationale.

Elle cherche quelque chose sur son téléphone. C'est fou comme elle parle avec ses mains. Même là, alors qu'elle interroge Google, elle n'arrête pas d'agiter son téléphone pour illustrer son propos.

— Ah. Voilà, annonce-t-elle en inclinant l'écran vers moi. J'ai tellement hâte de les porter.

Je crois qu'elle parle de ses chaussures pour le bal.

Je jette un coup d'œil.

— Des sandales méduses ?

Elle sourit, radieuse.

— Oui !

Ce sont les sandales en plastique les plus classes que j'aie jamais vues – des ballerines tressées translucides, parsemées de paillettes argentées. Du genre que porterait Cendrillon si elle était une gamine de six ans en train de sucer un sorbet fusée au bord de la piscine municipale.

— Elles sont trop géniales, dis-je.

— Je déteste porter des talons. Je refuse. Je veux pouvoir danser !

Un serveur s'arrête, aussitôt charmé par Abby. Genre, il suffit d'un sourire pour qu'il rende les armes. C'en est presque écœurant tellement c'est immédiat. On commande des gaufres toutes les deux, mais je suis sûre à cinquante pour cent qu'il n'apportera que la sienne. Je devrais y être habituée, depuis le temps.

Le plus drôle, c'est qu'elle n'a même pas l'air de s'en rendre compte. Elle me regarde, les lèvres titillées par un sourire.

— Alors comme ça, Garrett et toi…

— Je t'arrête tout de suite.

— Pourquoi ? (Elle plisse les yeux.) Tu lui plais, c'est évident.

Bon sang. Que répondre à ça ? Peut-être que je lui plais. Peut-être qu'on devrait sortir ensemble. Sans doute goûterais-je ses baisers. Et puis, j'aime me sentir désirée. Ça me plaît, d'être l'objet du béguin, pour une fois.

Après tout, il est chou. Mignon. Et oui, un peu agaçant, mais pas mauvais. Il devrait me plaire. J'aimerais qu'il me plaise.

Je change de sujet.

— Alors, Nick et toi ?

— Nick et moi.

Elle exhale. On dirait un soupir.

J'attends un développement qui ne vient pas. Elle se contente de rester assise là en silence. Puis, une minute plus tard, elle reprend ses esprits, radieuse.

— En tout cas, j'ai hâte de faire la route avec toi.

— Il faut que je te donne de l'argent pour l'essence.

Elle secoue la tête.

— Pas la peine. Mes parents s'en chargent.

— Il n'y a pas de raison.

— Ça leur fait plaisir, je te dis.

Mes joues se réchauffent.

— Il faut bien que je contribue, quand même.

C'est vrai, quoi, je déteste ne pas pouvoir payer ma part. Déjà qu'elle me fournit le transport et le gîte. Je devrais au moins couvrir le carburant. Je sais comment ça fonctionne. Bien sûr, je n'en ai pas les moyens. Pas de boulot, pas d'argent. Et pas de voiture, pas de boulot. C'est bien pour ça que j'ai besoin qu'on me conduise, d'ailleurs.

Je déteste les histoires de sous. Sincèrement.

— Tu te chargeras de la musique, lance Abby. À toi de nous concocter la *playlist* de voyage la plus épique de tous les temps.

— D'accord, même si j'avais prévu de faire la deuxième *playlist* la plus épique, seulement.

— Je ne veux pas de la deuxième. Pas suffisant, Leah.

Il me semble qu'une main me serre le cœur, imperceptiblement. D'une pression infime. C'est la façon qu'elle a de prononcer mon nom. Moi, c'est Lee-uh. Parfois, les gens m'appellent Leia, comme dans Star Wars. Mais dans la bouche d'Abby, on tombe à mi-chemin entre les deux.

Je me laisse avoir. À chaque fois.

CHAPITRE QUINZE

La salle de musique est verrouillée pendant les vacances scolaires. Ce qui ne devrait pas poser problème. Je ne suis pas pressée de revivre le fiasco avec Morgan et Anna. Sauf que j'ai fait l'erreur de parler à Taylor de la batterie de Nick. Celle dont il ne sait même pas jouer. Ce qui a persuadé Taylor que son but ultime dans la vie était de répéter dans le sous-sol de Nick.

Alors voilà, on est samedi, et j'attends mon chauffeur pour aller chez Nick. Autrement dit Garrett, notre tout nouveau claviériste. Parce qu'on en est là, apparemment. Et je me sens nerveuse. Déjà parce qu'on ne s'est plus retrouvés seuls depuis que je l'ai invité au bal. Mais il m'a envoyé plein de textos. Beaucoup plus que d'habitude. Au point que Garrett commence à prendre la forme d'une question à laquelle je vais devoir finir par répondre. Comme si son nom était suivi d'un astérisque.

Comme il fait beau et frais, je l'attends sur le perron. Je suis sur les dents. En partie parce que Morgan a quitté le groupe. Par ma faute. Ce n'est pas Anna qui va me laisser oublier ce détail. Mais comment voulez-vous que je discute avec Morgan, sans même parler de faire de la musique avec elle ? Que penserait Abby de moi ?

Bientôt, Garrett apparaît dans le mini-van de sa mère. Il se gare et s'empresse de descendre pour m'ouvrir la portière côté passager. Je demande :

— Ben alors, on ne sait pas déverrouiller de l'intérieur ?

Parce qu'il faut bien que je le charrie. Obligé. C'est de Garrett dont il s'agit.

— Quoi ? Enfin, meuf. Je croyais être un gentleman.

Un gentleman. Qui m'appelle *meuf.* Je ne devrais vraiment pas me laisser charmer par ce détail. Je boucle ma ceinture.

— Qu'est-ce qu'il y a dans l'enveloppe ? demande-t-il en jetant un coup d'œil sur mes genoux.

— Un dessin. Pour l'anniversaire de Taylor.

— Je ne savais pas que c'était aujourd'hui.

Je dois admettre que Taylor force l'admiration. Elle sait exactement ce qu'elle veut et fait en sorte de l'obtenir. Je ne sais pas ce qu'elle cherche au juste avec Nick, mais clairement elle a décidé de passer son anniversaire chez lui. Et bam. Voilà.

— Alors comme ça, Morgan a vraiment jeté l'éponge ? demande Garrett après un silence.

— Eh oui.

— Bizarre. Je me demande pourquoi.

— Je ne sais pas. Peut-être parce qu'elle ne veut pas voir ma tronche.

— Comment est-ce possible, Burke ?

Il me tapote le bras. Mon estomac fait une espèce de salto. Que suis-je censée répondre à ça ?

— Elle n'a pas apprécié que je la critique, dis-je finalement.

Il s'arrête à un feu rouge.

— Au sujet d'Abby, tu veux dire ?

— Ce n'est pas d'Abby dont il s'agit. C'est juste que Morgan se montrait raciste.

— Tu la crois vraiment raciste ?

— Tu étais là, tu l'as entendue.

— D'accord, elle n'aurait pas dû dire ça, mais tu ne crois pas que c'était juste la jalousie qui parlait ? Elle venait de recevoir sa lettre de refus.

Je tourne la tête, violemment.

— La vache, tu comprends vraiment rien.

— OK, dit-il en levant légèrement les mains. Éclaire-moi.

— Enfin, Morgan a tout simplement insinué que si Abby avait été prise, c'était parce qu'elle était noire.

— Très juste. Et, à l'évidence, elle a tort.

— Plus que tort ! (Je joins les mains.) Tu sais qu'Abby a fait un sans-faute en analyse littéraire ? Et c'est une excellente élève.

— Vraiment ?

— Oui, la seule raison pour laquelle elle ne fait pas partie des dix premiers de la promo, c'est qu'elle a été transférée en cours de cursus et que son ancien bahut notait différemment.

— C'est nul.

— Et regarde toutes les activités qu'elle fait en parallèle. Sérieux. Et Morgan proclame qu'elle ne mérite pas d'aller à UGA ? Qu'elle aille se faire foutre.

Garrett ne dit rien pendant un moment – il se contente de prendre la rue de Nick. Le quartier semble tout droit sorti d'un livre pour enfants, avec ses pelouses manucurées, ses volets peints et ses cornouillers en fleurs. On se gare devant la demeure des Eisner.

— On ne t'a jamais dit que tu étais drôlement grossière, comme fille ? me demande-t-il finalement.

— Oh, ta gueule.

Je ne peux réprimer un sourire, pourtant.

— Écoute, tu as raison, Morgan a été conne, dit-il avant de me faire face. Comment ça se fait que tu connaisses aussi bien Suso ?

— Quoi ? Mais pas du tout.

Mon cœur bondit dans ma poitrine.

Garrett me regarde bizarrement.

— Si tu le dis.

On sort du véhicule. Taylor est déjà là, assise sur le perron, encadrée de deux étuis de guitare.

— Joyeux anniversaire, dis-je en me dirigeant vers elle.

Elle m'adresse un sourire de starlette, contredit par un regard éteint.

Je m'installe à côté d'elle et lui donne un petit coup au bras.

— Tout va bien ?

— Bien sûr ! Dites, vous avez des nouvelles de Nick ?

— Euh, non, mais, comment dire… on est devant chez lui.

— Bien sûr. (Nouveau hochement de tête.) Mais… il n'y a personne ?

— Ses parents sont peut-être en séminaire ?

Ils sont médecins. Ça leur arrive.

— Oh, sans doute, répond Taylor sans conviction. Mais Nick devrait être là. On a échangé des textos ce matin.

— Bizarre, dit Garrett.

— Vous croyez qu'il lui est arrivé un truc ?

Je hausse les épaules.

— Je suis sûre qu'il doit être en train de jouer à la console au sous-sol. Il ne t'a peut-être pas entendue frapper.

— Possible. Anna et Nora sont allées voir de l'autre côté.

— À moins qu'il soit en train de comater dans son lit. Je suis sûre qu'il va bien.

Taylor opine encore du chef, une mèche de cheveux entortillée autour de son doigt. Quelques instants plus tard, les deux filles émergent à grands pas du jardin.

— Le sous-sol est verrouillé, explique Anna. Qu'est-ce qu'on fait ? On remet ça à un autre jour ?

Elle nous regarde tour à tour, Garrett, Taylor et moi.

— Je ne sais pas, répond la deuxième.

— Je peux lui envoyer un texto, ajoute le premier.

Taylor soupire.

— On a passé la matinée à le bombarder de textos et d'appels. Il ne répond pas. C'est trop bizarre.

— Je suis sûr qu'il va bien et qu'il nous écrira plus tard, déclare Garrett. Burke, tu veux pas aller manger un morceau ?

— Attendons encore quelques…

Taylor ne termine pas sa supplique car, soudain, la voiture de Nick apparaît dans l'allée et la porte du garage s'ouvre avec fracas. Le visage de Taylor s'illumine. Mais le véhicule ne bouge pas, pas plus que son conducteur, qui se contente de rester figé sur son siège, comme en transe.

Alors je me lève.

— Je vais lui parler.

Je rejoins le nouvel arrivant à petites foulées rapides. Il n'a même pas l'air d'enregistrer ma présence. Je frappe à la vitre, qu'il abaisse lentement.

— Salut, dit-il platement, les yeux humides et bordés de rouge.

— Oh merde. Ça va ?

Il hausse les épaules, le regard perdu.

— Nick ?

— J'ai pas envie d'en parler.

OK, je commence à paniquer un peu, là. Peut-être même plus qu'un peu. Je ne me souviens pas de l'avoir déjà vu dans cet état. En tout cas, c'est la première fois que je le vois pleurer. Franchement, je ne sais jamais comment réagir dans ces moments-là. Ce n'est pas dans mon ADN. Je suis littéralement incapable de dire s'il préfère que je m'en aille ou que j'ouvre la portière pour le prendre dans mes bras. Alors je cherche un juste milieu et me contente de… faire du surplace.

— T'es pas obligé de dire quoi que ce soit.

Il se couvre le visage des mains avec un soupir.

— Qu'est-ce que vous faites tous là ? demande-t-il d'une voix étouffée.

— La répète…

Pas de réponse.

— Emoji ? Notre groupe ?

— Merde, dit-il finalement.

— Le moment est mal choisi ?

Il lève les yeux.

— On peut le dire.

— T'inquiète, je m'en occupe. Rentre tranquillement. (Je déglutis.) Tu es sûr que ça va aller ?

— Je ne sais pas. J'ai… juste besoin d'être seul. (Soupir.) Enfin bref. Merci.

— Pas de souci.

J'hésite un moment avant de me résoudre à passer la main dans l'ouverture de la fenêtre pour lui ébouriffer les cheveux. Parce que je suis maladroite, comme ça. Mais il esquisse un début de sourire. Ça en valait la peine.

À peine me suis-je écartée qu'il remonte la vitre avant d'entrer dans le garage, de couper le moteur et de refermer la porte sans même se retourner.

Je rejoins les autres sur le perron. Taylor bondit aussitôt sur ses pieds.

— Que s'est-il passé ? Il va bien ?

— Ça va aller. (Je me mords la lèvre.) Mais il dit vouloir rester seul.

— Oh.

Elle a l'air effondrée.

Anna hausse les épaules.

— Ça me va.

Garrett agite ses clefs de voiture.

— Prête, Burke ?

Mais Nora me retient d'une main sur le bras.

— Minute. Simon a dit qu'il me tuerait si je ne te ramenais pas chez nous. (Elle brandit son téléphone.) Une urgence, à ce qu'il paraît.

Je me fige.

— Une urgence ?

— Je doute que ce soit une urgence urgente. Il fait juste son Simon.

J'acquiesce, l'esprit envahi par l'image des yeux rougis de Nick. Je ressens comme une sorte de moiteur dans ma poitrine – exactement la même sensation que lorsque mon père est parti, juste avant que ma mère ne me l'annonce. À croire que mon corps devine les choses à l'avance. Peut-être s'agit-il vraiment d'une urgence. Peut-être est-il arrivé quelque chose de grave.

Je suis Nora le long de la route, laissant derrière moi un Garrett visiblement déçu. Ce n'est pas le moment de s'en inquiéter. J'hésite à demander à Nora si je devrais retourner m'assurer que Nick va bien. Avant de me rappeler la vitesse à laquelle il a fermé la porte du garage. Il veut rester seul. Je m'en voudrais de le déranger.

Bon sang, l'amitié... Depuis le temps, je devrais m'y être faite, non ?

Simon nous attend dans l'allée, perché sur le capot de sa voiture. Il se laisse glisser au sol dès qu'il nous aperçoit.

— Heureusement que tu es là ! (Il me serre dans ses bras, fort.) Oh, Leah. Tout part en sucette.

Mon cœur cogne comme un fou.

— Qu'est-ce qu'il s'est passé ?

— Monte.

Il est déjà en train de prendre le volant. Nora reste plantée là, la mine soucieuse.

Il la chasse d'un geste.

— Je te raconterai.

Elle lève les yeux au ciel.

Je m'installe à la place du mort.

— Qu'est-ce qu'il y a ? (Je me tourne vers Simon, l'estomac noué.) Sim', tu as l'air à deux doigts de pleurer.

— J'en suis pas loin. (Il met le contact avec un soupir.) Nick ne t'a rien dit ?

— À quel sujet ?

— Abby a rompu avec lui.

Le monde s'arrête de tourner.

— Abby a cassé avec Nick ?

Il acquiesce, lentement, et sort en marche arrière de l'allée.

— Quand ?

— Ce matin. Il y a une demi-heure à peine. Je viens de lui parler au téléphone.

— Putain de merde.

— Tu l'as dit.

Nouveau soupir.

Et, un instant, je garde le silence. Parfois, il me semble avoir un petit potard sur le cœur, qu'une main invisible tourne juste d'un cran vers la droite pour augmenter le tempo.

— OK, dis-je finalement. Waouh. Tu sais pourquoi ?

— J'ai ma petite idée, dit-il. Je n'ai pas encore eu la version de Nick, mais à en croire Abby, elle ne voulait pas poursuivre une relation à distance.

Une pause.

— Je vois.

— Sauf que, pardon, mais c'est complètement ridicule, tu ne trouves pas ? souffle Simon. Non mais sérieux ? Elle ne veut même pas tenter le coup ? Genre, oh, tiens, je vis une romance extraordinaire, mais c'est pas très pratique, mieux vaut y mettre fin !

Il prend Mount Vernon Highway, les lèvres étroitement serrées.

Je me tourne vers la fenêtre, le cœur dans la gorge.

— Peut-être qu'elle n'est pas si extraordinaire que ça, leur romance, dis-je.

— Quoi ? C'est d'Abby et Nick dont on parle.

— Si tu le dis.

— Leur relation est légendaire. Ils sont parfaits. (Il renifle.) Tout le monde les shippe.

Je murmure :

— Pas tout le monde, non.

Aussi absurde que ça puisse paraître, je me surprends à penser à Taylor. À la façon dont elle et Nick étaient potentiellement, totalement en train de flirter chez Martin. À l'insistance avec laquelle Taylor voulait soudain faire intégrer le groupe à Nick. Peut-être qu'il se passe un truc entre eux. Sauf que… je ne sais pas. Je vois mal Nick tromper sa copine – *a fortiori* Abby. Grand Dieu, non. Il est transi d'amour pour elle. Jamais je n'oublierai son allure durant les premières semaines de leur relation. Il affichait ce mélange détonant de vantardise et d'émerveillement qui caractérise les beaux gosses intellos.

— Et il fallait que ça tombe juste avant le bal.

— La *lose*.

Simon secoue la tête.

— Qu'est-ce qu'on va faire ?

— Ça dépend… en quels termes se sont-ils quittés ?

— Abby m'a sorti le refrain comme quoi, oh, c'est une séparation à l'amiable, on est toujours potes, tout ça, détaille-t-il. Mais Nick ? Je n'en sais rien.

— Il… n'avait pas l'air très heureux.

— Tu crois que je devrais l'appeler ? souffle Simon. Je ferais peut-être mieux de te déposer et d'aller le voir.

— Ça me va.

— Tout va s'arranger.

Il hoche la tête comme pour s'en convaincre. Avant de m'adresser un regard en coin.

— Mais j'ai une minuscule faveur à te demander.

— Minuscule comment ?

— OK, pas si minuscule. Il faut que tu parles à Abby.

Mon estomac se tord.

— Pardon ?

— Vous partez lundi, non ?

J'acquiesce lentement.

— Leah, tu dois lui parler ! C'est juste que… Je ne sais pas. (Il secoue la tête.) Écoute, je ne veux pas m'interposer, mais tout ça, c'est ridicule, non ? Ils n'ont littéralement aucune raison de se séparer maintenant. C'est juste qu'Abby a décidé que ça ne marcherait pas. (Il s'engage dans ma rue, les mains crispées sur le volant.) Ils ne pourraient pas au moins essayer, pour voir ?

— Simon, ce n'est pas à nous de décider pour eux.

— Je le sais bien.

— Tant mieux.

Il se range dans l'allée devant chez moi et met le moteur au point mort.

— Tout ce que je dis, c'est que tu pourrais essayer de la raisonner, dit-il au bout d'un moment. Je parie que toi, elle t'écouterait.

— Tu parles.

— Non, sérieux, elle a énormément de respect pour toi. Même si je crois que tu l'intimides un peu.

Je plisse les yeux.

— Pourquoi ?

— Je ne sais pas. Parce que tu en imposes ? (Je le repousse. Il sourit.) Mais je suis sincère. Elle te trouve vraiment cool, avec le groupe et tout… Je pense qu'elle t'écouterait.

— Ce n'est pas…

Je laisse ma phrase en suspens, les joues empourprées.

— Parle-lui, tu veux ? (Simon s'enfonce dans son siège et tourne la tête vers moi.) Tu pourrais lui rappeler à quel point Nick est génial, et comme ils sont parfaits ensemble. De mon côté, je m'occupe de Nick. On se tient au courant, d'accord ?

— Je crois qu'on ferait vraiment mieux de ne pas se mêler de leurs affaires.

— Mais on se mêle de rien du tout ! On prend soin de nos amis, c'est tout. Tu veux qu'ils restent ensemble, oui ou non ?

Je me prends la question comme un coup de poing – mon corps tout entier se crispe sous l'impact. Évidemment que je préfère les voir ensemble. Je ne souhaite que leur bonheur. Je ne veux pas un bal entaché par le *drama*. Mais la seule idée d'aborder le sujet avec Abby me donne la gerbe.

— Je t'en supplie, parle-lui.

— J'essaierai, dis-je doucement.

Sans le regarder dans les yeux.

CHAPITRE SEIZE

— Es-tu sûre d'avoir bien pris ton chargeur ?

— Certaine.

— L'adaptateur voiture, aussi ?

— Oui, oui.

— Tu m'appelles quand vous arrivez ?

— Maman ! Oui.

Elle fait les cent pas dans la cuisine, les mains dans les cheveux. Je ne sais pas ce qui lui prend. À la voir ainsi, on croirait que je pars pour la Lune.

— Maman, on en a juste pour une heure et demie de route. C'est comme faire le tour du quartier à l'heure de pointe.

— Je sais. Mais ça me fait tout drôle. Tu vas visiter le campus. Je devrais en être, moi aussi.

Elle se laisse couler sur une chaise et pose le menton sur son sac à main.

— Je n'aime pas manquer ce genre d'événement.

— Mais ça va aller. Je serai avec Abby.

— Pas de mauvaise blague, hein, dit-elle d'un ton sévère. Vous n'allez pas fricoter avec des adultes.

— *Maman !*

— Je me fais du souci pour toi, c'est tout. (Elle me triture le nez.) Et pour Garrett.

— Oh, bon sang. C'est fini, plus jamais je ne te raconterai ma vie.

— OK, tant que tu m'appelles au bureau. (Elle se lève et lisse sa jupe.) Je suis sérieuse. Dès que vous êtes arrivées. Et amusez-vous bien, d'accord ?

Je m'enfonce dans ma chaise et porte mon regard sur le plafond. Dans deux heures, Abby vient me chercher, et je ne sais absolument pas à quoi m'attendre. Je ne sais pas si elle sera en larmes à cause de Nick ou si elle voudra sauter sur le premier mec venu. Or, évidemment, Simon compte sur moi pour trouver la formule magique à même de tout remettre en ordre. Comme si j'allais pouvoir la convaincre de rembobiner cette rupture pour vivre heureuse et avoir beaucoup d'enfants. Avec Nick.

Je commence à me dire que c'est la pire idée de l'histoire de l'humanité.

Je me sens complètement à vif, sur les nerfs, sans savoir pourquoi. Comme lorsqu'une chanson part dans la mauvaise tonalité, ou à contretemps, ou change de mesure à mi-parcours. Vous voyez, cette espèce de hoquet dans la poitrine ? Ce petit moment d'incompréhension ? Qui vous fait penser que quelque chose cloche…

À moins que ce ne soit l'annonce d'un changement.

Abby arrive avec quinze minutes d'avance. Et elle ne m'envoie pas de texto depuis sa voiture. Elle frappe à la porte.

Je le savais.

C'est pourquoi j'ai passé tout le week-end à dégager les piles de vêtements et de papiers qui jonchent le salon pour tout accumuler dans mon placard. De l'entrée, la pièce semble presque normale, à l'exception du canapé quelque peu défraîchi et du papier peint datant des années 90. Au moins le sol est-il visible à présent.

Je jette un coup d'œil par la fenêtre. Elle ne pleure pas. Elle a même l'air plutôt joyeuse. À tel point que je la croirais toujours avec Nick sans le débrief larmoyant que m'a fait Simon ce matin. Sans doute Abby est-elle du genre à tout essuyer avec le sourire. Pour autant que je sache, elle a peut-être le cœur brisé.

Je me glisse dehors avant qu'elle ait pu entrer. Le temps, maussade, est assez frisquet pour porter mon cardigan à l'effigie de Poudlard.

— Je les lis enfin, déclare Abby en désignant le blason des Serpentard brodé sur ma poitrine. J'y ai été forcée.

— Par Simon ?

— Et ma cousine Molly. Elle a passé une semaine entière à me bombarder de citations.

— Quel génie.

Elle sourit.

— Pour l'instant, j'aime bien. Je suis à la moitié du troisième.

— Tu aimes bien ?

Je manque de m'étrangler. Abby « aime bien » *Harry Potter*. Ce serait comme dire que M. Rogers était gentil. Que Reece King est pas mal. *Harry Potter*, ce n'est pas un truc qu'on aime bien. *Harry Potter*, ça doit virer à l'obsession.

La brise joue avec ses cheveux tandis qu'elle sort ses clefs de voiture. Elle est en mode décontracté aujourd'hui, avec ses boucles, son jean skinny et son pull bleu un peu lâche. Elle ouvre le coffre, où mon sac de voyage va rejoindre sa petite valise à roulettes. La voiture de sa mère, pas toute récente, est remplie de livres et de piles de papiers. La vision de ce bazar a un effet étrangement apaisant. Je m'attends toujours à ce que rien ne dépasse dans la vie des autres.

— Je vais d'abord entrer l'adresse de Caitlin dans le GPS, annonce-t-elle, après quoi on pourra lancer la deuxième *playlist* à la manque la plus épique de tous les temps, que tu t'es donné tant de mal à bâcler.

Elle m'adresse un sourire mordant.

— Waouh. Tu n'y vas pas de main morte, Suso.

Je prends place dans le véhicule.

Elle hausse les épaules dans un geste exagéré, avec mains en l'air et tout le reste.

Je fais mine de la foudroyer du regard.

— OK, en fait, j'en ai préparé deux. À toi de choisir.

— Vraiment ? (Elle met le contact.) Ça sent le test.

— Tout juste. Je ne vais pas me priver de te juger.

Elle s'esclaffe.

— Je le savais.

— Joyeuse ou dépressive, la musique ? *Go.*

Elle bronche.

— Tu parles d'une question.

— Traduction : je m'appelle Abby Suso et je veux du bonheur.

— Par opposition à je m'appelle Leah Burke et tout ce que je veux, c'est pleurer jusqu'à Athens.

— Pfff. Je ne pleure jamais.

— Ah, ça, c'est un défi que tu me lances !

Je souris de toutes mes dents.

— Je vois.

Eh bien. Comme c'est étrange. Elle n'est clairement pas attristée par sa rupture. Elle joue celle qui n'a jamais pleuré de sa vie. Et ces taquineries… Même quand on était amies, jamais on ne s'est chauffées comme ça. Jamais je n'avais eu l'aplomb nécessaire pour lui parler normalement – quant à badiner, ça relevait de la fiction pure et simple. Mais une minuscule porte vient de s'ouvrir dans mon esprit. Je me sens étonnamment lucide. Pour une fois, j'arrive à lui tenir tête.

C'est assez merveilleux, comme sensation.

Une fois sur la nationale, un silence paisible s'installe entre nous. Je regarde par la fenêtre, l'oreille bercée par Vampire Weekend. La voix d'Ezra Koenig part en decrescendo. Pour laisser la place à Rilo Kiley. Un instant plus tard, Abby laisse échapper un rire.

Je la regarde.

— Qu'est-ce qu'il y a ?

— Cette chanson de rupture, waouh. Sacré *timing.*

— Oh merde. (Dans ma poitrine, un ascenseur se décroche et chute.) Je n'y ai même pas fait attention. Je suis désolée.

— Pourquoi ?

— Parce que. (Je déglutis.) Je ne voudrais pas te mettre mal à l'aise.

— Ce n'est pas le cas.

— Est-ce que tu veux en parler ?

— Quoi, de Nick ?

Elle serre les lèvres. Je m'empresse d'ajouter :

— On n'est pas obligées.

— Non, ce n'est pas un problème. C'est juste que… (Elle hoche la tête, les yeux glués à la route.) Bon, tu me promets que ça reste entre nous ?

— Bien sûr. (Je souris.) Tout ce qui se passe à Athens reste à Athens.

— On n'est pas encore à Athens.

Je jette un regard aux panneaux de signalisation.

— D'accord, tout ce qui se passe à… Lawrenceville…

— Promis ?

Elle me tend la main, l'auriculaire étiré.

J'y accroche le mien.

— Promis.

Je n'avais pas refait ce genre de serment depuis mes dix ans.

— Je ne sais pas quoi faire, Leah.

— Au sujet de Nick ?

Elle coince une mèche rebelle derrière son oreille.

— Oui. Si on veut. Disons que j'ai parlé à Simon, qui pense évidemment que je commets une énorme erreur, mais… je ne sais pas. Est-ce que je me sens merdique, là, tout de suite ? Oui. Mais pas parce que je veux me remettre avec lui.

Je la regarde sans mot dire. Je ne sais même pas quoi répondre. Simon voudrait que j'insiste, ou au moins que je lui fasse vider son sac. Mais j'ai l'impression d'avoir été poussée sur scène pour réciter un texte que je n'ai jamais répété. Comment pourrais-je savoir ce que ça fait, une rupture ? Je n'ai jamais embrassé personne.

Abby laisse échapper un soupir.

— Je me sens tellement garce. On sort ensemble depuis plus d'un an. Je l'aime. Vraiment. C'est juste que… (Elle tapote le volant.) Je n'ai pas envie d'une relation à distance. Du tout. Mais je ne peux pas m'empêcher de penser que je lui dois au moins ça, puisque je ne le suis pas en Nouvelle-Angleterre ou je ne sais quelle connerie. Ce qui est ridicule, bien sûr, mais je me sens tellement coupable.

— Quoi, parce que tu ne veux pas renoncer à ta bourse et t'endetter pour l'éternité ?

— C'est ça. (Nouveau soupir.) Enfin, oui, bien sûr. Comment peut-on même se poser la question ?

— Tu sais, s'il avait voulu simplifier les choses, il aurait pu poser sa candidature à UGA.

— Vrai. (Elle se mord la lèvre.) Même si je suis contente qu'il ne l'ait pas fait.

Oh.

— OK.

— Est-ce que ça fait de moi une ordure ? C'est un mec incroyable. Qui fait un incroyable petit copain. Enfin, c'est Nick, quoi. C'est juste que je ne peux pas… (Elle esquisse un sourire cynique.) Tu sais, je n'arrêtais pas d'essayer de voir un truc entre lui et Taylor, parce qu'alors, au moins, j'aurais eu une raison de casser.

— Parce qu'il te faut une raison ?

— Parce que c'est nul qu'il n'y en ait pas. Je ne le sentais pas, c'est tout. Du moins, pas autant que j'aurais dû. Genre, je suis triste, mais ça ne m'a pas détruite. Or j'ai l'impression que ça aurait dû me détruire.

Je lui adresse un regard en biais.

— Est-ce que tu veux que ça te détruise ?

— Est-ce que je voudrais l'aimer suffisamment pour que le fait de le quitter me mette en pièces ? Oui.

Et comme ça, ce simple mot enfle comme un ballon pour remplir la voiture. *Oui.*

— Dans ce cas, je pense que tu as pris la bonne décision, dis-je au bout d'un moment.

Je me sens étrangement rechargée. Touchez-moi, et je vous électrocute.

— Je sais, murmure-t-elle.

On garde le silence une minute.

— La vache, je me sens tellement mal. Son anniversaire approche. Il y a le bal dans deux semaines. Je suis à peu près sûre d'avoir gâché la fête pour tout le monde. (Elle laisse échapper un rire forcé.) Ça va être marrant, l'ambiance, dans la limousine.

— Tu ne peux pas rester en couple juste pour que le bal soit sympa.

Elle esquisse un embryon de sourire.

— Ça semble tellement ridicule, dit comme ça.

Je hausse les épaules.

— C'est juste trop bizarre comme sensation. C'est la première fois que je romps.

— Vraiment ?

— Je n'ai eu qu'un seul vrai copain avant Nick, et c'est lui qui m'a plaquée. (Elle se passe une main dans les cheveux avec un sourire triste.) Comment est-ce que ça marche, au juste ? Est-ce que j'ai le droit de me sentir bien ?

— Sans doute pas devant Nick. Ni Simon.

— Ouais… (Elle rit aux éclats.) Oh, bon sang, les mecs… pfff. Fini les garçons pour moi.

— Tu devrais peut-être passer aux filles, je suggère.

Elle sourit de toutes ses dents.

— C'est une idée.

Je tourne aussitôt la tête vers la fenêtre, les joues en feu.

Putain. Je l'ai dit. Tout haut.

Ce n'était pas prévu. Je ne sais pas d'où c'est sorti. Mais je l'ai dit, et la phrase se pose là, entre nous, avec comme un début de tension. Soudain, je visualise l'habitacle empli de fumée. Mais je dois me faire des films, parce que Abby se met à chanter en chœur avec Wham ! comme si de rien n'était.

Ça ne voulait rien dire, pour sûr. Pas plus que le dessin.

Sauf qu'elle l'a gardé, ce dessin, et que je ne m'explique pas pourquoi. Je me demande ce qu'elle en pense – si elle y pense tout court. Sans doute a-t-elle aimé la façon dont j'ai colorié le fond. À moins qu'elle n'ait oublié qu'il se trouve toujours sur son téléphone.

Sauf qu'il y a un truc que Simon ne sait pas : il se trouve aussi sur le mien.

Soudain, le trafic sur la route 29 se révèle fascinant. Devant nous roule un mini-van, avec une famille de figurines bâton dans un coin du pare-brise arrière. La cellule hétéro parfaite dans toute sa magie : maman, papa, deux filles et un garçon. Je me surprends à imaginer mon propre foyer sous forme de sticker. Maman et moi blotties au coin gauche ; papa, en haut à droite, presque entièrement sorti du cadre. Sans oublier Wells, bien sûr, qui se tape l'incruste sur le côté. La romance américaine de base, quoi.

Nouveau morceau. Passion Pit. Beaucoup trop enjoué. J'aurais dû opter pour la *playlist* dépressive. Alors qu'on continue de rouler, encore et toujours, il me semble faire la funambule au bord d'un gouffre. Voilà dix minutes qu'on n'a pas prononcé un mot. La musique semble à la fois trop forte et trop douce. Sous la ligne de basse, j'entends le souffle d'Abby.

CHAPITRE DIX-SEPT

Et nous voilà à Athens. Abby coupe par Prince Avenue tandis que je contemple le défilement coloré des boutiques et des cafés. Il y a une petite librairie indé avec de grandes fenêtres en arches, une épicerie solidaire au coin de la rue et deux types qui déambulent, main dans la main. Je crois que je n'ai pas encore enregistré le fait que j'allais vivre ici. Que je ne serai pas qu'une touriste, dans une voiture, le nez collé à la vitre. Tout ça ne me semble pas réel.

L'amie d'Abby habite dans un immeuble près du centre-ville – sobre et moderne, avec un parking couvert.

— Caitlin m'a dit de me garer n'importe où, déclare Abby. Elle nous prête son passe.

— C'est dingue.

— Je sais.

Je jette un regard par la fenêtre pendant qu'on fait le tour du terrain. Drôle de mélange de voitures – certaines rutilantes et visiblement chères, les autres toutes bosselées et rayées. Pléthore d'autocollants à l'effigie de l'université de Géorgie. Apparemment, le quartier n'abrite que des étudiants.

On se gare au troisième niveau avant de prendre l'ascenseur jusqu'au rez-de-chaussée et d'inscrire nos noms sur une feuille à la réception. Puis de prendre un autre ascenseur jusqu'au sixième, où se trouve l'appartement de Caitlin, à mi-parcours d'un long couloir tapissé de moquette.

En se voyant, Abby et elle échangent des cris et un câlin dans l'entrée. Alors même que ce n'est que leur deuxième rencontre. La sœur du pote de la copine de sa cousine, hein ? Tu parles d'une amie intime. Enfin, avec Abby, qui sait.

— Et tu dois être Leah, dit Caitlin. Donnez-moi vos bagages.

On la suit dans une cuisine américaine lumineuse, avec comptoir de marbre, électroménager chromé et vaisselle en céramique aux couleurs vives. Tout semble parfaitement adulte. Certes, je savais qu'elle habitait hors campus, aussi ne m'attendais-je pas à voir une chambre de dortoir, mais cet appartement a l'air tout droit sorti d'une émission de déco. Je ne me doutais même pas que les étudiants de licence pouvaient mener ce genre de vie.

— Bon, tout est là. Chambre, salle de bains, je vous ai inscrit le mot de passe pour le wifi, et tu as mon numéro. Vous allez visiter le campus demain, c'est bien ça ?

Abby acquiesce.

— Dans l'après-midi.

— Cool. Si ça vous dit, mon amie Eva reçoit du monde demain soir. Ielle vit au cinquième étage, pile sous cet appart. Leah, tu l'adorerais ! Ielle joue de la batterie.

Cet emploi du pronom non binaire, *ielle*... Ce n'est même pas le mien, mais ça me réchauffe le cœur. Parce que si Caitlin ne sourcille pas devant le choix de pronom de son amie NB, il y a fort à parier qu'elle ne serait pas gênée par ma bisexualité non plus.

— Enfin bref, je vous enverrai les détails par texto.

— C'est une soirée, alors ? demande Abby.

Caitlin hausse les épaules.

— Sans doute. Enfin, pas vraiment. Je crois que ça s'annonce très relax. (Elle s'entortille les cheveux derrière la tête avant de les relâcher.) En tout cas, vous devriez y faire un tour. Et voici le passe pour le parking. Tu n'as qu'à le mettre en évidence sous le pare-brise.

— Je m'en occupe tout de suite, dit Abby.

— Parfait. Je t'accompagne. Je crois n'avoir rien oublié.

— Merci, dis-je. Sincèrement.

— Oh, mais je t'en prie, voyons !

Elle me prend dans ses bras. J'ai l'impression de faire un câlin à une fleur. C'est comme ça avec les maigres, j'ai toujours peur de les écraser.

Elles partent, me laissant soudain seule dans cet appartement inconnu. Mais j'entends le rire d'Abby résonner dans le couloir.

J'appelle maman au bureau.

— Enfin ! Je commençais à m'inquiéter. Comment s'est passé le trajet ?

— Bien.

— C'est tout ce que tu trouves à dire ?

— C'était extraordinaire, dis-je. Comme des licornes vomissant des arcs-en-ciel.

Je pousse deux coussins blancs pelucheux et me laisse couler sur le canapé.

— Et Abby va bien ?

— Impec.

— Vous avez croisé des canons ?

— Maman.

— Simple question.

— Bon, déjà, on est là depuis cinq minutes. Et puis je t'interdis d'employer le terme « canon ». (Je lève les yeux au ciel.) Et je ne suis pas là pour coucher.

— Comme tu voudras, mais tu connais la rengaine. Digue buccale ! Capote !

La règle d'or maternelle. Non qu'elle soit d'un quelconque intérêt, vu que je n'ai pas de vie sexuelle. Et quand bien même, je ne m'y adonnerais certainement pas pendant ce voyage. Pas chez Caitlin, encore moins devant Abby. Je me vois mal ramener une fille dans l'appart. Abby ne comprendrait même pas de quoi il retourne. Je suis sûre à quatre-vingt-dix-neuf pour cent qu'elle me croit hétéro. Même Simon me croit hétéro.

Ça me gêne un peu, parfois, de savoir que Simon m'a fait son *coming-out* mais que je ne lui ai pas fait le mien. Un peu comme quand Leia dit *Je t'aime* et que Han Solo lui répond *Je sais*. Ça semble un peu déséquilibré. Ça me perturbe. Mais la seule idée de lui en parler maintenant me donne la nausée. J'aurais dû le faire il y a un an.

Je doute que ça aurait posé problème à l'époque, alors que maintenant, ça me paraît insurmontable. Comme si j'avais sauté un temps quelque part, si bien que tout le morceau est décalé.

Ce qui résume assez bien mon sentiment lorsque je raccroche. Je me blottis contre l'accoudoir du canapé, les membres parcourus de fourmillements. J'ai envie d'explorer les lieux, mais ça ne semble pas correct. Peut-être parce que je préférerais mourir que de laisser quiconque seul chez moi. Ça me rend malade d'y penser. Tous ces vêtements sales et ces dessins inachevés. Je ne comprends pas comment certains peuvent faire leur vie toutes fenêtres ouvertes.

J'entends le bouton de la porte tourner : Abby est de retour du parking. Elle se pose à côté de moi.

— Cet endroit est incroyable.

— À qui le dis-tu.

— C'est un deux-pièces, en plus. Comment peut-elle se le payer ? (Elle ôte ses ballerines et remonte les pieds sur le canapé.) Je crois que je n'aimerais pas.

— Quoi, d'avoir les moyens ?

— Non, la solitude. Moi, je veux une coloc. Quitte à partager la chambre.

— Ce serait moins cher, c'est sûr.

— Ce ne serait pas du luxe, acquiesce-t-elle.

Avant de se redresser et de me regarder dans les yeux.

— Tu y as pensé, toi ?

— Quoi, à la coloc ?

Elle opine du chef, marque une pause.

— On pourrait partager une chambre, toutes les deux.

— C'est le rêve de Simon.

— Je sais, il m'en a parlé. Mais ce n'est pas une mauvaise idée, tu sais.

Elle se fout de ma gueule. *Pas une mauvaise idée ?* Abby dans ma chambre ? Je perdrais la tête en une semaine.

— Ou pas, s'empresse-t-elle d'ajouter. Ce n'est qu'une possibilité. On n'est pas obligées de décider maintenant.

J'acquiesce, silencieuse.

— Au fait, j'ai demandé plus d'infos à Caitlin au sujet de la fête.

Je plisse le front.

— Apparemment, c'est juste une soirée relax, en petit comité. Après tout, c'est mardi. (Elle se mord la lèvre.) Ce ne sera pas une teuf à proprement parler.

— Laisse-moi deviner. Tu veux y aller.

— Seulement si tu viens aussi.

— Hmm, je ne sais pas.

— On pourrait juste passer vite fait. (Elle se rapproche, les mains jointes.) Histoire de me remonter le moral après ma rupture ?

— C'est toi qui l'as plaqué !

Cette meuf, je vous jure.

— Ça ne m'empêche pas de me sentir merdeuse.

— Et tu crois qu'une soirée arrangerait tout ?

— Totalement.

Je réfléchis un moment avant de laisser échapper un soupir.

— Tu vois, c'est exactement pour ça qu'on ne peut pas se mettre en coloc, toi et moi.

— Hein ? Mais pourquoi ?

— Parce que tu me traînerais dans des soirées. Tu me ferais tes yeux de biche jusqu'à ce que je cède.

— Oh. (Elle se ragaillardit.) Tu as sans doute raison.

Je me détourne avec un sourire.

— Laisse tomber. C'est demain, c'est ça ?

— Tout juste.

Je lève les yeux au ciel.

— D'accord, mais je ne boirai pas d'alcool.

— Ahhhhh ! (Elle porte les mains à ses joues.) J'ai tellement hâte. Leah, on va à une soirée d'étudiants !

— Hmm-hmm.

— Non mais sérieux, ça va être génial. Tu te rends compte que c'est le début ?

— Le début de quoi ?

Elle se laisse retomber contre le dossier avec un sourire rêveur.

— De la vraie vie. De l'âge adulte.

— C'est terrifiant.

— C'est extraordinaire.

Je lève les yeux au ciel. Mais quand elle me dédie son fabuleux sourire, je ne peux m'empêcher de le lui rendre.

CHAPITRE DIX-HUIT

On passe l'après-midi à se balader dans le centre-ville, ignorant les clubs et salles de concert pour entrer dans les boutiques de vêtements vintage, où Abby dépense son budget nourriture pour acheter une paire de bottines en simili cuir. Dehors, les flyers pullulent, annonçant des soirées DJ, des pièces étudiantes et un groupe nommé Motel/Hotel qui doit jouer ce mercredi. Et il y a des restaurants à perte de vue. Abby annonce qu'elle meurt de faim – heureusement, ses parents lui ont confié une carte de retrait. On fait donc un arrêt au distributeur.

— Petite, chaque fois que ma mère tirait de l'argent, je croyais qu'on avait touché le jackpot, raconte-t-elle. Et je me disais, vas-y, maman est trop une championne !

— Moi, j'adorais la texture des billets tout neufs qui sortaient de la machine.

— J'aime toujours autant ce détail.

— Je crois que pour ma part j'aime juste le fait que ce soit de l'argent.

Elle sourit.

— Comme c'est mignon, Leah. Tu l'aimes comme il est !

On se pose dans un *diner* pour manger des sandwiches au fromage grillé pleins de beurre, suivis de crème glacée, avant de regagner l'appartement de Caitlin. Sur le chemin du retour, je sens comme un doux ronronnement dans mon estomac. L'impression qu'on y est. Voilà à quoi ça ressemble, la vie d'étudiante.

De retour à l'étage, on s'installe de part et d'autre du canapé avec nos téléphones. Abby textote ses cousines pendant que j'échange avec Simon.

Comment elle va ??? demande-t-il.

Elle a l'air bien.

Vraiment ? Arf. Nick, lui, c'est la cata.

Abby me donne un coup de coude.

— Tu veux voir une photo de mes cousines ?

Elle se rapproche pour me présenter son écran. Je scrute l'image : Abby prise en sandwich entre deux filles blanches aux yeux clairs et au sourire radieux, avec des cheveux vaguement ondulés.

— La brune, c'est Molly, et la blonde, Cassie, dit-elle. C'était au mariage de leurs mamans.

Elle parcourt quelques clichés encore, avant de s'arrêter sur l'image de deux femmes échangeant un sourire sous une arche florale. L'une est blonde comme les blés, avec un côté nature, même en robe de mariée. L'autre porte un pantalon et arbore le visage d'Abby. Non, sérieux, on dirait Abby en plus âgée. Très perturbant.

— Je ne savais pas que tu avais des tantes *queer*, dis-je finalement.

— Oui, ma tante Nadine est lesbienne. Patty est bi, il me semble.

Je rejette un coup d'œil à la photo.

— Nadine, c'est la sœur de ton père ?

— Tout juste. Il en a deux. C'est la plus jeune.

— Et il n'a pas de mal avec son homosexualité ?

— Pas le moins du monde.

— Ça m'étonne un peu.

— Vraiment ?

Elle esquisse un sourire.

Mes joues s'enflamment.

— Je ne sais pas. Tu m'as toujours dit qu'il était vachement strict et à cheval sur les traditions.

— Oh, c'est vrai. Mais pour ça il est cool. Enfin, je ne sais pas comment il réagirait si mon frère ou moi-même lui annoncions un jour qu'on est gay…

Elle s'interrompt en rougissant.

Et soudain, le silence. Je tripote la télécommande de la télé. Abby fixe l'objet un moment.

Puis son téléphone se met à vibrer, et elle reprend ses esprits.

— C'est Simon, dit-elle.

Elle décroche, les yeux plongés dans les miens. Avant de se glisser dans la chambre de Caitlin, portable collé à l'oreille.

L'espace d'une minute, je contemple le ventilateur au plafond. Mon téléphone vibre à plusieurs reprises. Parfois, je me dis qu'il n'y a pas pire avancée technologique que le texto. Parce que oui, bien sûr que c'est pratique. Mais à certains moments, on dirait un boulet qui vient vous tapoter de l'index pour vous harceler.

Évidemment, c'est Nick, le roi de la décontraction.

Salut, comment ça se passe de votre côté ? Vous avez prévu des trucs sympa ?

Je parie que ça doit grouiller de beaux gosses, là-bas. Je doute qu'Abby ressente mon absence.

Est-ce qu'elle a parlé de moi ? Lol

Je fixe l'écran. Que dire ? Enfin, merde, quoi. Je me sens mal pour lui. Sincèrement. Mais je n'ai vraiment pas signé pour ça. Je ne sais pas par où commencer. Alors je laisse tomber. Je repose l'appareil et me mets en quête de mon carnet et de mes crayons. J'ai besoin de me recentrer. Ça m'arrive, de temps en temps, quand je dessine. Comme si le monde cessait d'exister. Tout disparaît à l'exception de la mine de mon crayon. Je n'arrive jamais à l'expliquer correctement. Parfois, j'ai une image en tête, et tout ce dont j'ai besoin, c'est de la traduire en courbes et en ombres. À d'autres moments, je ne sais pas ce que je dessine avant d'avoir fini.

Je me pelotonne dans le canapé et commence mon esquisse – et, presque aussitôt, mon corps se détend. La plupart du temps, je me contente de dessiner des fanarts. Ça marche assez bien sur Tumblr.

Mais aujourd'hui, je dessine une boîte.

Non, pas une boîte – un distributeur de billets.

Je le représente comme une borne d'arcade, entouré de flippers et de machines attrape-jouets. De la gueule du distributeur, je fais jaillir les billets qui volent dans les airs. Je dessine Abby, ébahie, extatique, comme si elle avait décroché le jackpot. Et je me dessine à ses côtés, les mains sur la bouche.

C'est la première fois que je dessine Abby depuis un an et demi. C'est aussi la première fois que je me dessine depuis le fameux dessin.

— Qu'est-ce que tu notes ? demande Abby.

Je lève le nez. Un sourire plein d'espoir sur la figure, elle prend place sur le canapé et pose son téléphone sur la table basse.

— J'adore te voir assise, comme ça, à rigoler toute seule.

— Je dessine.

— Je peux voir ?

Elle se rapproche.

J'oriente le carnet vers elle. Elle éclate de rire.

— Je rêve. C'est nous ?

J'acquiesce.

— On joue au distributeur de billets !

— Et on gagne.

— Évidemment, qu'on gagne. On est des championnes. (Ses fossettes se creusent.) Bon sang, Leah, t'es tellement douée. Je suis jalouse.

— Tu parles.

Le nez baissé sur mon carnet, je laisse mes cheveux faire écran pour masquer mon sourire.

— Je suis sérieuse. Je suis sûre que les gens seraient prêts à payer pour tes dessins.

— Jamais de la vie.

— Pourquoi pas ?

— Parce que.

Je hausse les épaules.

Parce que je ne suis pas à la hauteur. Parce qu'il y a toujours un truc qui ne va pas dans mes dessins. Une oreille plus haute que l'autre, des doigts trop courts, des marques de gomme qui sautent aux yeux. Ce n'est jamais parfait.

— Je te jure, tu n'as pas conscience de ton talent. Moi, je paierais pour ce dessin, sans hésiter.

Je rougis.

— Je te le donne.

Elle sursaute.

— Vraiment ?

— Bien sûr.

Je détache la feuille, avec soin, et la lui tends.

Elle la contemple un moment avant de la serrer sur son cœur.

— Tu sais, j'ai toujours l'autre dessin que tu as fait de nous.

Tout se fige : mon palpitant, mes poumons, mon cerveau.

Elle lève les yeux vers moi.

— Je peux te poser une question ?

— Vas-y.

Elle réfléchit. Ferme la bouche. L'ouvre de nouveau. Avant de murmurer :

— Qu'est-ce qui a mis fin à notre amitié ?

Mon estomac fait un salto.

— On est toujours amies.

— Oui, bien sûr, mais l'an dernier… Je ne sais pas. (Elle se mord la lèvre.) Je n'arrêtais pas de me demander ce que j'avais pu faire ou dire pour te froisser. Pendant un temps, tu étais ma meilleure amie ici, mais du jour au lendemain, tu as cessé de me parler.

Bordel. Je vous assure qu'il doit y avoir un petit connard miniature dans ma poitrine qui me boxe les poumons. Tout en remontant mon cœur jusqu'à la surcharge et en faisant du trampoline sur mon estomac. Je n'arrive plus à aligner les pensées. Tout ce que je sais, c'est que je n'ai pas envie d'en parler. Je préférerais parler de tout et n'importe quoi. Littéralement. Tout. Mais. Pas. Ça.

— Je ne l'ai pas fait exprès, dis-je finalement.

— Qu'est-ce qu'il s'est passé, alors ? C'est un truc que j'ai fait ?

— Non, c'est juste que…

Mais la phrase meurt sur ma langue.

C'était juste qu'elle était drôle. Et belle. Et que je me sentais plus lucide en sa présence. Tout semblait amplifié. Qu'on attende le bus, ou qu'elle me parle de son ancien bahut, et je me surprenais à sourire, sans raison. J'ai même rêvé une fois qu'elle m'embrassait la clavicule. Doucement, furtivement – à peine un baiser.

Je m'étais réveillée en état de manque. Je n'avais pu la regarder de la journée.

Sans parler de cette fêlure dans sa voix quand je lui avais montré mon dessin. *J'adore. Leah. Je crois que je vais pleurer.*

Elle m'avait alors regardée de ses yeux presque liquides. Si j'avais eu plus de courage, je vous jure que je l'aurais embrassée. Facile. Je n'aurais eu qu'à me pencher en avant.

Sauf qu'elle avait replié les jambes et tapé dans ses mains.

— Je peux te dire un secret ?

Elle m'avait examinée une minute, avant de porter les mains à ses joues avec un sourire.

— Haha, je suis tellement nerveuse.

C'était étrange. Elle semblait à bout de souffle.

— Nerveuse pourquoi ?

— Parce que… Je ne sais pas. (Elle avait tapoté le bord de la feuille.) Comment je kiffe ce dessin. Je sais exactement à quel moment il correspond.

— Si tu le dis, avais-je répondu à voix basse.

Sa main avait alors effleuré la mienne et mes organes avaient déménagé. C'était vraiment ce que j'avais ressenti en cet instant. Comme si on m'avait touillé les entrailles. J'avais remonté les genoux contre ma poitrine, gênée, à vif. Abby m'avait dévisagée un quart de seconde, effleuré ses lèvres et cligné des yeux.

— Tu sais quoi, je crois que mon bus ne va pas tarder. (Elle avait dégluti.) Je devrais rejoindre l'arrêt.

— Alors quoi, tu me plantes là avec ton secret, Suso ?

Elle avait esquissé un fantôme de sourire.

— Je te le dirai peut-être demain.

Mais elle n'en avait rien fait. Elle m'avait envoyé un texto. *Joyeux anniversaire*, accompagné d'un emoji ballon. À quoi j'avais répondu d'un *Merci* avec un smiley heureux.

Et c'était tout. Pas de réponse.

Le lundi suivant, tout était redevenu douloureusement normal. Plus de regards nerveux. Plus de tension. Abby et Nick avaient passé le cours de littérature à se bousculer et à faire mine de se battre sur le canapé. Au déjeuner, Simon et elle s'étaient plaints de leurs répétitions pour le spectacle. À croire que le secret s'était évaporé.

Et voilà qu'Abby me dévisage comme si j'étais un film en langue étrangère. Dont elle cherche les sous-titres.

— C'est juste que quoi ? demande-t-elle finalement.

— Pardon ?

— Tu n'as pas fini ta phrase…

— Oh.

Je fixe mes mains.

Une pause.

— Si tu préfères ne pas en parler…

— OK.

— OK quoi ?

— Je préfère ne pas en parler.

Abby lève les yeux au ciel, imperceptiblement.

On passe notre première soirée athénienne à manger des chips soufflées en regardant *Tiny House Hunters*.

L'épisode du jour met en vedette un couple de hipsters – enfin, ça vaut pour tous les épisodes, je suppose. Alicia et Lyon, qu'ils s'appellent. Lyon n'arrête pas d'employer des mots comme *reconverti* et *durable*.

— C'est forcément bidon, décrète Abby.

— Oh, c'est bien réel.

— Mais comment ça marche ? Et leur voiture, ils la mettent où ?

— Ils gardent leur ancienne demeure. Ils ont juste installé la *tiny house* dans le jardin.

— Je rêve, maugrée Abby avec une moue.

Elle secoue la tête, incrédule. Avant d'ajouter :

— Eh, on devrait commander de ces cookies servis dans des boîtes à pizza.

— Tu lis dans mes pensées.

— Pas vrai ?

En cet instant, je n'ai aucun mal à imaginer un avenir à cette amitié. Peut-être qu'on pourrait partager une chambre. Traîner en pyjama, discuter avec Simon via Skype, se goinfrer de cookies tous les soirs et décrocher d'excellentes notes dans toutes les matières. Elle pourrait se trouver un copain, je pourrais me languir pour un ou une camarade de licence, et on serait d'authentiques meilleures amies. Au moins, comme ça, je n'aurais pas à cohabiter avec une inconnue.

Sauf que vers 23 heures, Abby s'étire avec un bâillement.

— Je crois que je vais aller me coucher.

Et soudain, je me rappelle que Caitlin n'a qu'un lit. Je m'empresse de proposer :

— Je dors sur le canapé.

— Quoi ?

Elle me regarde comme si je racontais des salades.

— C'est ridicule. C'est un lit *king size*. Il fait littéralement la surface de la maison de Lyon et Alicia.

— C'est vrai.

Elle a raison. Je suis ridicule. On a déjà dû se côtoyer dans des espaces aussi confinés des dizaines de fois, Abby et moi, que ce soit chez Simon, chez Nick ou à n'importe quelle soirée pyjama. Même dans sa voiture, on était à l'étroit. On devrait pouvoir gérer une distance de soixante centimètres dans ce foutu pieu.

Et puis, c'est juste Abby.

Elle étudie mes traits, le front plissé.

— Ou je peux prendre le canapé, moi.

— Ça va pas ? Caitlin est ton amie, pas la mienne.

— La sœur du pote de la copine de ma cousine, tu veux dire.

— C'est vrai. (J'esquisse un sourire.) Comme tu veux. Ça m'est égal.

Évidemment que ça m'est égal.

CHAPITRE DIX-NEUF

Je me réveille au son de la pluie qui martèle le balcon de Caitlin. Assise en tailleur contre la tête de lit, Abby lit *Harry Potter*.

Une vague de panique me submerge. Aussi difficile que ce soit à expliquer, la seule idée qu'Abby ait pu me regarder dormir me donne la nausée. Non qu'elle m'ait observée. Elle semble totalement absorbée par sa lecture. Ce qui n'empêche pas mon cerveau de me rappeler avec insistance que j'ai l'air repoussante dans mon sommeil. Je parie que je pionçais la bouche ouverte. Et que je ronflais.

— Oh, tu es réveillée ! remarque-t-elle en cornant la page où elle s'est arrêtée.

Je la dévisage, incrédule.

— Je rêve ou tu viens de corner *Harry Potter* ?

— C'est parti, soupire-t-elle, amusée. J'aurais dû me douter que tu étais ce genre de personne.

— Que je ne suis pas un monstre, tu veux dire ?

Je secoue lentement la tête. Parce qu'on lui donnerait le bon Dieu sans confession, avec ses bouclettes et son bas de pyjama couleur lavande. Sauf qu'on aurait tort.

— OK, ça va te paraître dingue, dis-je, mais sais-tu qu'il existe des…

— Marque-pages. Oui. Je sais. (Elle lève les yeux au ciel.) Nick n'arrêtait pas de me casser les pieds avec ça. Il a dû m'en offrir une centaine quand on était ensemble.

— Alors, où sont-ils passés ?

— J'ai dû m'en débarrasser, bien sûr.

— Parce que…

— Parce qu'on a rompu ? (Elle hausse les épaules.) Je ne sais pas. Tout ce qui a trait à Nick m'attriste. Est-ce que c'est bizarre ?

— Pourquoi ce serait bizarre ?

Elle esquisse un sourire mélancolique.

— C'est moi qui ai cassé. Je n'ai pas le droit d'être triste.

— Tu as le droit de ressentir ce que tu veux.

— Je le sais bien… mais c'est compliqué.

Et soudain, elle a l'air au bord des larmes. Peut-être que Simon avait raison. Peut-être qu'Abby et Nick n'auraient jamais dû se séparer.

— Enfin bref, il pleut, dit-elle.

— Oui, j'entends ça.

— Tu crois qu'ils vont annuler la visite ?

— Je ne sais pas.

— Ça semble peu probable, quand même, non ? Peut-être qu'il fera beau cet après-midi. (Elle regarde son téléphone avec un soupir.) Les mecs quittent Boston aujourd'hui. C'est Simon qui me l'a dit. Apparemment, Nick vient d'apprendre que Tufts lui offrait une bourse, or l'endroit lui plaît beaucoup…

— Où vont-ils après ça ?

— Wesleyan. Ils logent chez Alice. Et demain, NYU.

— Simon va s'éclater.

— Tu m'étonnes ! (Elle s'étire.) Il me fait tellement rire. Il n'arrête pas de proclamer que ça ne le dérangerait pas d'entretenir une relation à distance avec Bram, et que c'est vraiment une coïncidence s'il a choisi New York.

— Ça lui ressemble, dis-je.

Abby esquisse un embryon de sourire.

Je me sens un peu plus calme, mon pouls retrouve un rythme normal. On quitte le lit pour le canapé et, à midi, on est habillées et gavées de Fruit Loops. L'averse a laissé place à de la bruine. Ça pourrait être pire. Bien sûr, Abby a emporté des bottes en caoutchouc – vert pomme à pois blancs.

— Tu savais qu'il allait pleuvoir ?

— Non, mais j'aime bien les porter avec cette tenue. C'est bizarre ?

— Plutôt, oui.

Elle fronce le nez et fait mine de me repousser.

Sauf qu'elle n'a rien de bizarre. Elle a tout de l'étudiante modèle. J'ai toujours été jalouse du talent avec lequel elle assemble ses tenues. Rien ne semble laissé au hasard. Son look du jour en est le parfait exemple : jean skinny et chemise de flanelle marine sous un pull gris ajusté, aux manches retroussées jusqu'aux coudes. Plus les bottes. Moi, quand je superpose les couches, on croirait que je cache quelque chose.

Je range mes cheveux derrière mes oreilles.

— Prête pour aller au bureau des admissions ?

— Fin prête !

Elle sort un parapluie de sa valise. Évidemment qu'elle a pensé à en prendre un.

Le campus n'est pas loin en voiture. Après avoir signé le registre au bureau des admissions, on nous oriente vers un auditorium au bout du couloir. Nous avons quelques minutes d'avance, mais l'endroit se remplit vite.

Presque tout le monde est venu avec un parent au moins. Tout le monde, sauf Abby et moi.

— On devrait s'inventer de fausses identités, chuchote-t-elle en s'installant à côté de moi au dernier rang.

— Pourquoi ?

— Pourquoi pas ? On est ici incognito.

— Tu as conscience qu'on va retrouver toutes ces personnes en cours dans cinq mois ?

Elle regarde droit devant elle avec un sourire.

— Et alors ?

— Alors tu racontes n'importe quoi.

Elle m'ignore.

— Désormais, tu m'appelleras Bubo Yass.

Je m'esclaffe.

— Pardon ?

Elle m'adresse un petit rictus supérieur.

— C'est une anagramme de mon nom.

— Très Voldemort, dis-moi.

— Oh, justement j'ai lu ce passage il y a une semaine à peine ! s'exclame-t-elle avec excitation. Très bien. De ton côté, tu t'appelles Hue Barkle.

Je la dévisage, médusée.

— Comment as-tu trouvé ça aussi vite ?

— Je ne sais pas.

— C'est le retour d'Abby la championne du SAT ! (Je secoue la tête.) Encore heureux que tu cornes les pages de tes bouquins.

— Comment ça ?

— Autrement, tu serais trop parfaite. Ce serait pénible.

— Pardon ?

— Non mais c'est vrai, quoi. (J'énumère sur mes doigts :) Pom-pom girl, danseuse, actrice, rédactrice de l'almanach, déléguée de classe. Sans oublier le score maximal aux examens…

— En analyse littéraire, seulement.

— Bon, d'accord, tu t'es vautrée en maths et en rédaction.

— Pas tout à fait, non.

J'esquisse un sourire.

— Qu'est-ce que je disais ? Parfaite.

— Je n'ai pas le choix, marmonne-t-elle dans un haussement d'épaules.

— Pourquoi ?

— À ton avis ? Parce que c'est ma vie. Parce que les Noires doivent travailler deux fois plus dur. Et même dans ce cas… enfin, tu as bien entendu ce qu'a dit Morgan.

— Arf, je suis désolée. (Je me masse les tempes.) Morgan est juste…

— S'il n'y avait qu'elle… Crois-moi, elle est loin d'être dans la minorité. J'y ai tout le temps droit. Tout. Le. Temps.

— C'est nul.

— Grave. (Elle penche la tête vers moi.) Je ne sais pas. Je me dis parfois que c'est perdu d'avance.

J'ouvre la bouche pour répliquer, mais ne trouve rien à dire. Alors on se regarde toutes les deux, une minute. Son expression m'est totalement indéchiffrable.

Elle finit par sourire avec tristesse.

— C'est comme ça.

— Je suppose.

— Promets-moi de ne plus me traiter de parfaite. D'accord ? insiste-t-elle avec une moue boudeuse.

— Entendu.

Un homme de l'âge de ma mère monte sur l'estrade pour prononcer un discours de bienvenue. Avant de présenter les guides – trois filles et un garçon, tous en dernière année. Ils nous répartissent en deux groupes avant de nous mener vers le parking où des cars nous attendent.

— J'aurais préféré un bus à impériale, dis-je.

— Ou un bus amphibie.

Je la dévisage.

— Ça existe, ces conneries ?

— On parie ?

— Non merci.

On prend place à bord.

— Eh bien, figure-toi qu'ils existent, oui. (Quelque chose dans mon expression la fait glousser.) Je t'assure, t'as qu'à interroger Google. Il y en a dans le district de Columbia.

Je m'apprête à lui répondre, avant de me rendre compte que l'une des guides – Fatima – est en train d'expliquer un truc important.

— Vous l'apercevrez juste sur votre gauche, dit-elle. C'est couvert par la demi-pension.

Aussitôt, un père la bombarde de questions concernant le régime alimentaire de son fils. Fatima ne se laisse pas démonter.

— La cafétéria propose tout ce qu'il faut pour les étudiants souffrant d'allergies alimentaires, commence-t-elle à expliquer.

— Ma fille à moi est végane, renchérit une mère, une lueur de défi dans le regard.

— Aucun problème. Ce ne sont pas les options véganes qui manquent…

La mère l'interrompt.

— J'aimerais une réponse plus précise que ces prétendues « options véganes », dit-elle en dessinant des guillemets du bout des doigts.

Sa progéniture se ratatine dans son siège comme pour tenter de disparaître.

— Maintenant, tu sais pourquoi je ne voulais pas venir avec mes parents, marmonne Abby.

— Tu m'étonnes.

— Je te garantis que si mon père était là, il serait en train de demander comment l'université compte veiller à la séparation des garçons et des filles dans la résidence.

— Euh… on est à la fac, non ? C'est une résidence mixte, dis-je, amusée.

— Lui n'a pas reçu le message.

Parce que évidemment c'est la solution miracle pour empêcher les gens de coucher, M. Suso. Infaillible, si l'on oublie l'existence des gays. Comment le père d'Abby peut-il ignorer ce fait ? Comment un homme dont la sœur est lesbienne peut-il ne pas songer à cette possibilité ?

Non que ce soit une possibilité. Pas pour Abby, en tout cas. Plus hétéro, tu meurs.

Quelques heures plus tard, je me trouve dans la salle de bains de Caitlin, à tenter d'appliquer de l'eye-liner. J'ai déjà laissé tomber la coiffure. Mes cheveux me détestent aujourd'hui.

— Fais chier.

— Ça va ? demande Abby en jetant un coup d'œil par la porte entrouverte.

— Attaque d'eye-liner.

— Je connais. (Elle grimace.) Je peux ?

— Bien sûr.

Je me pousse pour lui faire de la place. Elle dépose un flacon de lotion blanche épaisse près du lavabo et s'humecte la chevelure.

— Qu'est-ce que c'est ? je lui demande.

— Du lait coiffant, répond-elle en en déposant un peu au creux de sa paume. Pour faire rebondir les boucles.

J'adore tes cheveux.

— Bon à savoir, je me contente de dire.

— Comment tu vas t'habiller ? demande-t-elle en se passant les mains dans la tignasse.

— Comme je le suis déjà ? Avec mes rangers ? Je n'ai rien apporté d'autre.

— Ça marche.

— Et toi ?

Sourire espiègle dans le miroir.

— T'es vachement préparée, fais-je remarquer en débouchant mon mascara.

Elle m'examine un moment.

— Tu as les yeux incroyablement verts.

Je rougis.

— C'est la lumière.

— Ben voyons. Ils sont vraiment jolis.

Mon estomac sursaute. Je me concentre sur mes cils. Qui n'ont rien à voir avec les siens. Les cils d'Abby mériteraient un code postal à eux seuls.

Elle sort de la pièce et revient avec une trousse de maquillage. Voilà qui répond à mes interrogations. Pour autant que je sache, ce n'est pas une adepte du make-up, du moins pas pour aller en cours. Mais elle sait ce qu'elle fait. Juste ce qu'il faut pour mettre en valeur l'éclat de sa peau et la profondeur de ses prunelles.

— Ça va être sympa, pas vrai ? dit-elle en me jetant un coup d'œil.

— Si tu le dis.

Nos regards s'aimantent dans le miroir. Elle sourit, avant de regagner la chambre pour se changer.

La soirée commence à 20 h 30, mais Abby refuse de descendre avant 21 heures.

— Crois-moi, on n'a vraiment pas intérêt à arriver les premières, décrète-t-elle.

En attendant, on prend des selfies – il faut environ un millier de prises avant qu'elle se déclare satisfaite. Ce que je trouve étrangement rassurant. J'ai toujours cru que les princesses comme Abby réussissaient leurs autoportraits du premier coup. Elle envoie le cliché à Simon, qui répond aussitôt.

Waouh.

Avec un simple point. C'est drôle comme ce point final semble cimenter le propos. Je fixe mes genoux.

Abby me donne un petit coup de coude.

— On descend ?

— Si tu veux.

On marche jusqu'à l'ascenseur – Abby me saisit la main, qu'elle presse, furtivement, avant d'appuyer sur le bouton du cinquième étage. Moment étrange et surréaliste. Comme un mini-voyage dans le temps. Voilà où on sera peut-être l'année prochaine, à s'aventurer dans des soirées du mardi, hors campus.

Je ne suis pas sûre de savoir quoi en penser.

Ni du fait qu'elle me tient toujours la main. C'est quoi, cette manie qu'ont les filles hétéros de se montrer tactiles ? Comment dois-je l'interpréter ?

Elle vérifie le numéro de l'appartement une dernière fois avant de frapper.

La porte s'ouvre aussitôt à la volée.

— Abby ! lance Caitlin.

Dans sa main, un gobelet de plastique transparent rempli d'un liquide rose.

— Tout le monde, je vous présente Abby et Leah ! Elles sont potes avec mon frangin.

— Pour info, je n'ai jamais rencontré le frère de Caitlin, murmure Abby à un millimètre de mon oreille.

Je la suis à l'intérieur, le cœur battant.

L'appartement est identique à celui de Caitlin – même disposition des pièces, même électroménager chromé –, mais la déco est tellement différente que c'en est perturbant. Quelques lampes sur pied et des guirlandes de Noël éclairent les lieux. Une immense tapisserie en batik rouge et violet recouvre l'un des murs, et la moindre surface semble parsemée de coussins tissés. Je vous parie tout ce que vous voulez qu'il n'y a pas de télé.

Hormis nous, il n'y a que huit ou neuf convives, entassés sur le canapé et autour de la table de la cuisine. Un barbu joue de la guitare tandis que deux filles chantent en harmonie. On fait la connaissance d'Eva, qui est juste à tomber par terre de beauté – d'une taille élancée, plutôt androgyne, la peau mate et les cheveux coupés ras. Caitlin nous pose une main sur l'épaule et nous demande si on veut un verre.

Abby répond par l'affirmative, ce qui me contrarie un peu. Parfois, il me semble être la seule personne dans l'univers à ne pas boire d'alcool.

— Oh, Abby, j'adore tes bottines ! s'exclame Caitlin quelques instants plus tard en lui tendant un gobelet en plastique.

On s'assied en tailleur par terre.

Abby porte les chaussures qu'elle s'est achetées la veille, avec une robe courte imprimée. L'ensemble est désarmant. Cette meuf a l'air tellement authentique. Elle m'en taperait presque sur le système.

— Yo, dit-elle en me piquant de l'index. Pourquoi tu me regardes comme ça ?

— Comment ça ?

Oh, putain de merde. J'ai les joues en feu.

— Comme si tu voulais me tuer.

Je reste sans voix un moment. Jamais je n'ai été aussi heureuse d'avoir l'air si peu commode. Jamais.

Eva se pose à côté de moi.

— Alors, d'après Caitlin, tu joues de la batterie ?

— Si on veut.

— Si on veut ?! (Abby me pousse légèrement.) C'est une batteuse du tonnerre, oui ! Elle déchire !

— Hmm, dit Eva en se tournant vers le guitariste sur le canapé. Tom ! L'amie de Caitlin ici présente joue de la batterie.

— Pas possible, dit le barbu.

— Eh si, répond Eva.

Avant de se tourner vers moi.

— Bon, je ne sais pas si Cait t'en a parlé, mais ils vont avoir besoin de quelqu'un pour me remplacer. Tu seras en première année, c'est bien ça ?

J'acquiesce.

— Intéressant, dit Eva.

Tom et ses choristes nous ont rejoints. Les filles se présentent – Victoria, Nodoka – et me font un câlin comme si on se connaissait depuis des lustres. Ou comme s'il s'agissait d'une simple poignée de main. Elles font de même avec Abby.

On dirait que mon cerveau s'est désolidarisé de mon corps. Je suis là sans être là. Je souris par réflexe. Acquiesce sans savoir pourquoi.

— Mais on ne veut pas te mettre la pression, dit Nodoka.

Je lève les yeux, surprise. Tout le monde me regarde.

— Je…

— Tu as déjà joué sur un kit électronique ? demande Eva. Il faut un peu de temps pour s'y faire, mais je ne jure plus que par ça.

— C'est pas ce qu'a Nick dans son sous-sol ? demande Abby.

J'acquiesce lentement.

— Si ça te dit, on adorerait t'écouter, propose Tom.

— Là, tout de suite ?

— Mais oui.

— D'accord, dis-je, hébétée.

La vache. Me voilà, dans une soirée étudiante, entourée de personnes magnifiques, et invitée à auditionner pour un groupe.

— Attends, je vais chercher mon casque, lance Eva.

Cinq minutes plus tard, je prends place sur un tabouret dans la chambre de notre hôte pendant qu'Abby se pelotonne dans la chaise de bureau, les bras autour des genoux. Eva, Nodoka, Tom et Victoria sont étalés sur le lit. Mon cœur cogne comme un fou contre mes côtes. Je ne sais même pas pourquoi je me donne la peine de jouer. Je pourrais me contenter de coller un micro à ma poitrine.

J'ajuste le casque d'Eva sur ma tête, tente quelques frappes sur la caisse claire. Il me faut toujours un temps d'adaptation face à un e-kit. Sans parler du fait que je dois me produire devant de vrais musiciens.

Plus Abby.

Je suis tellement obnubilée par sa présence, parfois.

Mais là, on parle de jouer de la batterie. Et ça, ça me connaît. Si j'ai pu tirer mon épingle du jeu au spectacle de fin d'année du lycée deux années de suite, je devrais pouvoir m'en sortir maintenant. D'autant que le casque me facilite la vie. Ça me donne l'impression de jouer en secret, de dérouler ma rythmique pour mes seules oreilles. Même si je sais bien que c'est faux. Le son n'est pas aussi assourdissant que sur un kit analogique, mais on distingue la moindre frappe sur les pads. Faut juste que j'arrête de me prendre la tête.

Faut que je me recentre. Que je prenne le pouls du morceau pour me couler dedans. Je ferme les paupières tandis que mes baguettes effleurent les *pads*. Je suis juste en train de déconner dans le sous-sol de Nick. Même pas besoin de jouer un vrai morceau. Je n'ai qu'à me laisser guider par mes mains.

Lorsque je rouvre les yeux, Tom hoche la tête en rythme et tapote des doigts sur son pouce comme sur des frettes, comme le ferait Nick. Nodoka a les paupières closes. Du coin de l'œil, j'aperçois Eva qui murmure un « waouh » silencieux à Victoria.

Je souris, les joues en feu. Abby sourit, elle aussi.

Je ne dirais pas qu'Abby est bourrée, mais elle affiche une mine radieuse et un regard brillant. Elle s'appuie sur moi tout le long du trajet jusqu'à l'appartement de Caitlin.

— C'était incroyable ! s'exclame-t-elle. On a bien fait d'y aller, non ?

— C'est vrai, je concède.

— Tu as été géniale. Je n'en revenais pas, de te voir jouer pour tous ces étudiants comme si de rien n'était.

Je m'esclaffe.

— Si tu le dis.

— Tu vas les appeler, hein ? Tu vas rejoindre leur groupe, et j'irai à tous vos concerts, et quand vous serez célèbres, je dirai à tout le monde comme on est proches. (Elle se laisse tomber sur le canapé et ôte ses bottines.) Tu vas prendre un nom de scène, tu crois ?

— Je crois surtout que tu mets la charrue avant les bœufs.

Je retire mes rangers, moi aussi, et me pose à l'autre bout du canapé. C'est drôle, hein, ça ne fait même pas quarante-huit heures qu'on est là, et pourtant on s'est déjà réparti le canapé. Moi à gauche, Abby à droite. Avec un océan de vide entre nous.

Elle se cale contre le dossier avec un soupir heureux.

— Je suis tellement contente d'être célibataire, tu sais. Parce que comme ça, je peux traîner avec toi sans me soucier d'appeler mon petit copain. (Elle étend une jambe pour me tapoter le pied.) Je peux profiter à fond de cet instant. J'adore.

— Tant mieux.

Elle me jette un regard en biais.

— Faut que tu arrêtes d'être aussi douée. J'en peux plus.

— Désolée.

Elle sourit.

— Ne t'excuse pas.

Mon cœur s'agite doucement. Quelques centimètres à peine nous séparent.

— Enfin, si, tu devrais t'excuser.

Je laisse échapper un rire nerveux.

— Pourquoi ?

— Parce qu'à cause de toi, je me pose tellement de questions.

Je la dévisage.

— À quel sujet ?

— Plein de trucs.

— Je ne saisis pas.

— Disons que j'ai pris beaucoup de plaisir à te regarder jouer.

Elle m'adresse un sourire imperceptible.

— Et ça te pousse à t'interroger ?

— Tout juste.

Elle baisse le regard.

— Dis, je peux te poser une question ?

D'un coup, mon palpitant s'affole. Quelque chose vient de changer. Je ne saurais expliquer quoi, mais je le sens.

— Vas-y.

— J'aimerais savoir qui tu aimes.

— Question piège. Je déteste tout le monde.

Elle s'esclaffe.

— D'accord. Qui détestes-tu le moins, alors ?

— Je n'ai pas envie de répondre.

Ses fossettes se mettent à danser.

— Dans ce cas, on passe au défi.

— Je ne savais pas qu'on jouait à « Action ou vérité ».

— Évidemment !

Elle replie les jambes et me fait face. Elle a l'air au bord du fou rire. Fou rire qui ne vient pas, pourtant.

J'en perds le souffle.

— Je te mets au défi de m'embrasser.

CHAPITRE VINGT

Court-circuit cérébral. Je la dévisage, ébahie.

— Si tu en as envie, ajoute-t-elle.

— Est-ce que tu en as envie, toi ?

Elle acquiesce avec un embryon de sourire, les lèvres pincées.

— Vraiment ?

— T'es pas curieuse ?

— Je ne sais pas.

Mon cœur n'en finit pas de danser la gigue. Je n'ai jamais embrassé qui que ce soit. J'ai passé tellement de temps à me torturer à ce sujet. Sérieux, je vais me prendre les pieds dans le tapis. Je le sais. Je vais être négligente, baveuse, trop passive ou trop empressée, c'est sûr.

Abby rit sous cape.

— Leah, relax.

— Je suis relax. C'est juste que…

Soudain, sa bouche est sur la mienne. Et je me fige.

Parce que.

Oh, putain.

On y est. J'embrasse quelqu'un, et ce quelqu'un s'appelle Abby Suso. Je n'arrive pas à enregistrer l'info.

Mais voilà que ses doigts caressent ma mâchoire et que son pouce se pose sur mon menton. Un million de détails se font jour d'un coup. Ce contact entre nos genoux. Les mouvements de mes lèvres contre les siennes. Elle a un goût de ti-punch et de vodka. Je n'arrive pas à y croire. Mes mains trouvent ses joues, et…

Bordel. Qu'est-ce que je fous ? Je n'aime pas Abby. Je n'en ai pas le droit, et je n'ai certainement pas le droit de l'embrasser. Je n'en ai même pas envie. OK, peut-être que j'en ai eu envie, avant. Mais ça ne voulait rien dire. Ça a duré un mois, il y a des lustres. C'est fini et enterré. Terminé. Et je ne peux pas…

Waouh. Mon cœur n'en finit pas de battre la chamade. Putain. De bordel. De merde. Parce que ce n'était pas il y a des lustres. Peut-être que c'est maintenant. Peut-être que ça vaut pour toujours.

Une lampe clignote dans ma poitrine. Dans ma gorge. Sous mon estomac. Je n'arrive même pas à l'expliquer. Je doute que mon cerveau soit en état de marche.

Abby se dégage finalement pour se laisser couler contre les coussins. Elle semble troublée, presque à bout de souffle. On se dévisage l'espace d'un instant.

Puis elle s'esclaffe.

— On ne se débrouille pas trop mal, pour deux filles hétéros.

— Je ne suis pas hétéro.

Elle se fige.

— Merde… sérieux ?

Il y a comme une fuite dans mes poumons.

— Leah…

Abby veut me prendre la main, mais je m'écarte.

— Arrête.

— Je suis désolée, murmure-t-elle en fermant les paupières. Je… je n'en avais aucune idée.

— Ben maintenant, tu sais.

Je hausse les épaules. Parce que bon, voilà, quoi. On ne va pas en faire un fromage.

Sauf que soudain, je tremble de rage.

— Bon sang, Abby, t'es débile ou quoi ? Sérieux ? Je nous dessine quasiment dans les bras l'une de l'autre, et toi, tu ne te demandes même pas si peut-être, par le plus grand des hasards, je pourrais être amoureuse de toi ?

Elle secoue la tête.

— Je n'ai pas…

— Puis tu me sors, *oh, au fait, j'ai un secret, je suis trop nerveuse.* Qu'est-ce que j'étais censée en déduire ? Mais peu importe, puisque, ta-dah ! Voilà Nick. Et voilà que tu flirtes avec lui. Et que tu sors avec lui. Et, dès l'instant où tu casses, te revoilà, à m'allumer comme une tarée. Sauf que bien sûr, ça ne veut rien dire, parce que t'es hétéro jusqu'à la moelle. Et c'est là que tu m'embrasses ?! (Ma voix se brise.) Abby, c'était mon premier baiser.

Son visage s'effondre.

— Je suis désolée.

— Je m'en tape. (Je serre les paupières.) Qu'est-ce que j'en ai à foutre. Juste, arrête de me retourner le cerveau, par pitié.

— Ce n'était pas volontaire.

— Dans ce cas, pourquoi m'avoir embrassée ?

— Parce que j'en avais envie, dit-elle. Tout comme j'en avais déjà envie chez Morgan.

Mes poumons se vident d'un seul coup.

— Quoi ?

— C'était ça, le secret. Je te jure. Je mourais d'envie de t'embrasser, mais j'avais trop peur. (Elle bute sur ses mots.) J'ai essayé de te le dire des millions de fois, mais j'en étais incapable.

— Pourquoi ?

— Parce que, Leah, tu me terrifies. Sérieux. La moitié du temps, j'ai l'impression que tu me détestes.

Faut dire que je n'arrive même pas à la regarder dans les yeux. Alerte rouge. Verrouillage des portes.

Abby est au bord des sanglots.

— Je me sens tellement… Je ne sais pas quoi faire. J'entends souvent ma cousine Cassie maudire les « hétérotes » assez égoïstes pour flirter avec des lesbiennes par simple curiosité ou par ennui…

— Ou juste parce qu'elles viennent de casser avec leur mec.

— Ou ça, aussi. (Elle grimace.) Mais je te croyais hétéro. La vie de ma mère.

— Et donc tu me roules une pelle ? Ça n'a aucun sens.

— Disons que je croyais que c'était juste une expérience entre potes.

Mon cœur se serre.

— Eh ben non.

— Je sais… (Elle renifle.) Je regrette. C'est juste que… Je ne voudrais pas que tu te sentes utilisée. Mais d'un autre côté, peut-être que je ne suis pas vraiment hétéro. Je ne sais pas. J'ai déjà eu des attirances, plusieurs fois, sans jamais…

— Pour des filles ?

Elle hausse les épaules.

— Alors quoi, tu penses être bi, c'est ça ?

— Disons que tu me pousses à l'envisager.

Mon cœur s'arrête.

Elle se couvre le visage des deux mains.

— Je ne sais pas. Je ne sais plus. (Elle inspire profondément.) Tu veux que je te parle de mes coups de cœur ? Tu veux savoir pourquoi j'ai gardé le contact avec Caitlin ?

La déprime.

— Pas vraiment, non.

— Leah, ce n'est pas… Oh, punaise. Elle est hétéro, d'accord ? J'avais un copain, elle aussi, puis de toute façon elle n'aime pas les filles, et je suis en train de tout foutre en l'air. Merde. (Elle soupire.) Je ne suis pas amoureuse de Caitlin, OK ? Je la connais à peine.

— Laisse tomber. Elle est jolie.

— Toi aussi, murmure Abby.

Je ne peux m'empêcher de la regarder en coin. Elle serre ses genoux contre sa poitrine, ses cils alourdis par les larmes.

— Et j'ai envie qu'on soit amies. Ou autre chose. Je ne sais pas. Je déteste cette situation.

Elle s'essuie les yeux du bout des doigts. Mon cerveau se délite. Je perds tous mes moyens face à cette meuf. Sérieux.

Elle me donne envie de me plonger la main dans la poitrine pour m'arracher le cœur.

Abby passe la moitié de la nuit à essayer de me dissuader de dormir sur le canapé.

— Je me sens déjà tellement merdeuse, dit-elle. Prends au moins le lit, s'il te plaît.

— Non mais je rêve, dis-je en traînant un oreiller et une couverture dans le salon. Je m'en tape, OK ? Arrête un peu ton cirque.

— Dans ce cas, je dors dans le fauteuil.

Je lève les yeux au ciel.

— C'est ton choix.

On doit être aussi têtues l'une que l'autre, car le lit reste vide toute la nuit. À mon réveil, je trouve Abby dans le fauteuil IKEA de Caitlin, la tête penchée sur le côté, comme une voyageuse assoupie dans l'avion. Je l'observe un moment. Ce qui fait potentiellement de moi un vampire craignos à paillettes. Mais c'est plus fort que moi.

L'oreiller qu'elle serre entre ses mains se soulève en cadence avec son souffle. Elle a les lèvres légèrement entrouvertes. Soudain, je l'imagine enfant – et je ressens un tiraillement inexplicable. Pas du désir, bien sûr, parce que je ne suis pas une perverse attirée par les gosses. Plutôt une forme de nostalgie. Un regret étrange – celui de ne pas l'avoir connue à cet âge-là.

Elle se réveille peu après. On fait nos bagages en silence. C'est à peine si j'arrive à respirer, tellement je me sens tendue, gênée. Quelque chose me dit que ma peau pourrait se craqueler au moindre contact. Comment allons-nous survivre au trajet du retour ?

Caitlin passe sur les coups de 10 heures pour récupérer sa clef et nous dire au revoir. En la voyant, je ne parviens pas à m'ôter la phrase d'Abby de la tête. *Tu veux savoir pourquoi j'ai gardé le contact avec Caitlin ?*

Sauf que je ne peux pas être jalouse. Cette meuf m'a prêté son appart, son pass pour le parking, et peut-être même décroché une place dans un pur groupe.

— J'ai tellement hâte de vous retrouver l'année prochaine ! dit-elle en nous serrant dans ses bras.

Soubresaut dans mon estomac. Je n'arrive toujours pas à me faire à l'idée que ce week-end n'était pas qu'une parenthèse enchantée, mais bien un aperçu de notre quotidien futur. Ces lieux, ces gens, cet étrange avant-goût de liberté…

On regagne la voiture d'Abby. Nouveau câlin de Caitlin.

— On se tient au courant, OK ?

Elle nous aide à charger nos bagages avant de nous laisser seules toutes les deux. Je traîne maladroitement près du coffre et propose :

— Tu veux que je conduise ?

— Oh, t'inquiète.

Elle hésite, pourtant.

— Sauf si tu en as envie, bien sûr.

— Ça m'est égal.

Elle me toise.

— Abby, je m'en tape, je te dis.

Elle acquiesce lentement.

— Très bien. (Début de sourire.) Alors je garde le volant. Profites-en pour te détendre.

Je prends la place du mort et lance la musique tandis qu'on rejoint la nationale. *Playlist* dépressive cette fois, ça s'impose : Nick Drake, Chris Greene, Sufjan Stevens. Près de vingt minutes s'écoulent sans qu'on ne prononce le moindre mot. Abby souffre le martyre, ça se voit. Elle n'arrête pas d'ouvrir et de fermer la bouche en me jetant des regards en coin. Moi qui croyais Abby Suso incapable de se taire !

Qu'est-ce que je vous disais : on n'a même pas quitté Watkinsville qu'elle brise déjà le silence.

— Alors, tu vas auditionner pour le groupe ?

— Je ne crois pas, non.

— Ah bon ? (Elle fronce les sourcils.) Pourquoi ?

— Parce que je ne suis qu'une batteuse médiocre.

— Tu rigoles ?

Je hausse les épaules.

— Je ne suis même pas équipée.

— Et alors, tu n'auras qu'à acheter un kit.

— Je n'en ai pas les moyens.

Ses doigts se crispent sur le volant.

— Combien ça coûte ?

— Je ne sais pas. Quelques centaines de dollars.

— Tu pourrais peut-être bosser ? (Elle grimace aussitôt.) Mince, c'était vraiment condescendant de ma part. Pardon. Ce n'est pas ce que je voulais dire.

Je secoue la tête.

— T'inquiète. Mais bon, je n'ai même pas de voiture, alors…

— Mais ça va changer. On sera à deux pas du centre-ville d'Athens… Il y aura peut-être des opportunités sur le campus. Je vais essayer de me trouver un job, moi aussi.

— Si tu le dis.

Je me tourne vers la fenêtre.

— Sinon… ajoute-t-elle.

Sa voix a changé de timbre.

— Tu pourrais peut-être gagner de l'argent avec tes dessins ?

— Hmm. J'en doute.

— Je suis sérieuse. Tu as déjà pensé à les poster sur le net ? Histoire de voir ce que ça donne ?

— Abby, je suis déjà sur Internet.

— Tu as un blog ?

— Je t'enverrai le lien, si tu veux.

— Je veux ! (Elle sourit de toutes ses dents.) Leah, c'est parfait.

— Bof, c'est juste du fanart. Il n'y a rien à en tirer.

Elle réfléchit un moment.

— Et si tu prenais des commandes ?

C'est drôle – j'y ai déjà songé. Il m'arrive de recevoir des messages privés à ce sujet. Jamais je n'avais envisagé concrètement cette option. Disons que j'ai du mal à croire qu'on puisse vouloir me donner des espèces sonnantes et trébuchantes en échange de mes gribouillis.

— Ou bien… (Abby me jette un regard en biais.) Tu pourrais ouvrir une boutique en ligne. Où les gens commanderaient des *prints* ou des coques de téléphone avec tes dessins dessus, ce genre de conneries.

— Hmm-hmm.

— Je pense sincèrement que tu pourrais te faire des sous de cette manière, tu sais ? Comme ça, tu pourrais te payer une batterie. Ce serait la solution parfaite.

— Je ne comprends pas pourquoi ça te travaille autant.

Elle se rembrunit.

— Parce que c'est important.

Mais bon sang. Ce que je peux être garce. J'en ai bien conscience. Abby essaie simplement de m'aider. Et ses idées ne sont pas si mauvaises. Franchement, ce ne serait pas cool de gagner de l'argent avec mes dessins ? De pouvoir me payer des affaires, pour une fois ? Je pourrais même aider ma mère après le lycée. Je ne suis pas opposée à toutes ces suggestions. J'ai juste envie de lui mener la vie dure.

Ça craint, je sais. Mais on en est là.

CHAPITRE VINGT ET UN

De retour à la maison, je trouve un sac de Nordstrom sur mon lit. La robe jaune. Pas besoin de vérifier le contenu pour le savoir. La seule vue de l'emballage me tord l'estomac.

J'appelle maman au boulot via FaceTime.

— C'est quoi, ces conneries ?

— Eh bien. Ce n'est pas la réaction que j'espérais.

— On n'a pas les moyens. (Mes joues s'embrasent.) Je vais la rapporter.

— Leah…

— On ne va pas dépenser 250 dollars pour une…

Elle m'interrompt.

— Pour commencer, elle ne m'a pas coûté 250 dollars. Elle était en solde.

— Je ne te crois pas.

Elle lève les mains en signe de défaite.

— C'est pourtant vrai. Dix pour cent de réduction, à quoi j'ai pu ajouter un coupon de quinze pour cent en m'inscrivant à leur newsletter.

— Ça fait toujours presque 200 dollars.

— Lee, ce n'est pas à toi de t'en préoccuper.

— Comment pourrais-je ne pas m'en inquiéter ?

Une boule se forme dans ma gorge. Encore. Ridicule. Je ne suis même pas du genre à pleurer, mais je passe la moitié de mon temps au bord de la crise de nerfs.

— Leah, tout va bien. Tu le sais, non ? (Elle se frotte l'arête du nez.) J'ai fait pas mal d'heures sup le mois dernier, et ton père doit nous envoyer un chèque...

— Hors de question qu'il paie cette robe.

— Mais ça ne te dérange pas qu'il paie ton portable et tes carnets de croquis ? Lee, c'est le principe même de la pension alimentaire.

— Ben c'est moche.

— Tu veux que je te dise ? Il en a encore pour deux mois, après quoi tu pourras jouer les indépendantes si ça te chante. En attendant, ce qui est fait est fait. La robe est à toi. Il peut se le permettre. (Elle secoue la tête.) Es-tu vraiment obligée de tout compliquer ?

— Pardon ?!

On se dévisage un moment, toutes les deux.

Elle exhale, les épaules baissées.

— Écoute, est-ce que ça peut attendre mon retour ?

— Si tu veux.

— OK. Très bien. Ne t'inquiète pas pour les sous, d'accord chérie ? Ça va aller, je te le promets.

Je serre les lèvres.

— Leah, je t'assure. Ce n'est pas un problème. Je ne l'aurais pas achetée si c'était hors de nos moyens. Tu le sais, non ?

— Si tu le dis.

Je m'adoucis un peu.

— Je t'aime, gamine. Je rentre vers 18 heures. J'ai hâte que tu me racontes ton voyage.

Je marmonne :

— Je t'aime aussi. Et merci pour la robe. Je suppose.

Elle ricane.

— Ne perds pas ton sang-froid, surtout, Leah. Et je t'en prie.

Sauf que je n'ai pas la moindre once de sang-froid. Au contraire. Je me jette pratiquement sur le paquet dès l'appel terminé. Et je contemple la robe.

Elle est aussi parfaite que dans mon souvenir. Peut-être plus encore. J'avais oublié comme ça pouvait être badass, les fleurs.

J'ôte mon jean pour enfiler le chef-d'œuvre et tire sur le zip dorsal. La jupe balaie le sol jusqu'à la salle de bains. On se croirait dans *La Belle et la Bête*. J'adore.

J'allume la lumière pour examiner mon reflet. Et c'est un putain de miracle : je n'ai pas l'air d'une merde. Le jaune de l'étoffe m'adoucit le teint, mes cheveux ondulent le long de mes épaules. Même mes joues prennent une teinte rouge pomme. J'ai envie de me regarder jusqu'à me graver cette image dans la tête. Pour la projeter dans toutes mes rêveries. Cette Leah pourrait tout déchirer. Cette Leah pourrait rouler des pelles jusqu'au bout de la nuit.

Quand je regagne ma chambre, l'écran de mon téléphone s'illumine. Je me laisse couler sur mon lit, toujours en robe.

Texto d'Anna. *Tu es rentrée ?*

J'ai envie de répondre par la négative. Je pourrais peut-être disparaître. Juste le temps des vacances. Je pourrais me terrer dans ma chambre, sans parler à personne, passer les quatre prochains jours à me repasser mon répertoire de plus en plus vaste de fantasmes. Comme celui où je joue de la batterie sous les stroboscopes, en robe de bal, une vraie tuerie, et une silhouette accroche mon regard dans le public, la musique ralentit, c'est Abby, qui m'adresse ce demi-sourire serein dont elle a le secret et dont elle se sert dans le seul but de me foutre en l'air.

Tu me manques ! ajoute Anna. *On se fait un Starbucks vendredi ?*

Ouais. Maintenant je me sens conne, parce que ça fait des jours que je n'ai pas pensé à Anna. C'est à peine si je me rappelais son existence. Et même si j'ai la rage contre Morgan, Anna, elle, n'a rien fait de mal. Quelle piètre amie je fais.

Ça marche ! Juste nous deux ?

Elle me répond d'un emoji souriant.

Heureusement, Anna est du genre matinal, si bien que je la retrouve au Starbucks directement après avoir déposé maman à son bureau. Sauf que j'avais oublié à quel point c'était le bordel là-dedans, le vendredi matin. Il y a tellement de véhicules en attente que j'arrive à peine à pénétrer sur le parking, et que je dois me résoudre à prendre une place du côté réservé au club voisin. En dépit de mes cinq minutes d'avance, la voiture d'Anna est déjà là. Dès que je mets le pied à l'intérieur, je repère sa chevelure noire, serrée en une queue-de-cheval impeccable, dos à la porte.

En face d'elle siège Morgan.

Je pourrais en vomir de rage. Je ne plaisante pas : je ressens un haut-le-cœur. Morgan croise mon regard et murmure quelques mots à Anna, qui fait volte-face avec un sourire et me fait signe d'approcher.

Je me contente de les fixer, immobile.

Anna se penche vers Morgan, les mains sur la table, et se lève. Avant de marcher droit sur moi. Je lui demande :

— Tu te fous de ma gueule ?

— Leah, non. Arrête. Vous devriez vous parler, toutes les deux.

— Je n'arrive pas à croire que tu m'aies menti.

Elle grimace.

— Je n'ai pas menti.

— Tu m'as dit qu'on serait toutes les deux.

— Techniquement, je t'ai envoyé un emoji très ambigu.

— Un smiley ! Ça n'a rien d'ambigu.

Je jette un regard par-dessus son épaule à Morgan, qui m'adresse un sourire hésitant. Ouais, non. Je détourne précipitamment le regard.

— Tu savais que je n'avais pas envie de lui parler.

Anna lève les yeux au ciel.

— Non mais tu te rends compte que tu es ridicule ? On est en terminale. Il nous reste deux mois de cours. C'est tout. Vous êtes amies depuis le collège. Et tu vas tout foutre en l'air ? Parce que tu es une tête de mule ?

— Je t'interdis de me mettre ça sur le dos.

— Mais arrête, bon sang ! soupire Anna. Leah, elle sait qu'elle a merdé. Elle était bouleversée. Elle a dit une connerie. Tu veux bien accepter ses excuses ?

— C'est à Abby qu'elle devrait les présenter, pas à moi.

— Pourtant c'est toi la plus énervée.

— Parce que tu crois qu'Abby n'est pas énervée ?

Mes joues s'enflamment soudain. Je ne peux même pas prononcer son nom sans rougir.

— Comment saurait-elle ce qu'a dit Morgan ? demande Anna en plissant les yeux. À moins que tu ne le lui aies répété ?

— Pas moi, non. Mais elle est au courant, et le moins qu'on puisse dire c'est qu'elle a moyennement apprécié.

Anna se masse le front avec un soupir.

— OK, je ne savais pas.

Je hausse les épaules.

— Viens quand même lui parler. S'il te plaît ? (Sa voix s'adoucit.) J'en ai vraiment marre d'être coincée entre vous deux.

— Personne ne t'oblige à t'interposer.

— Tu veux bien arrêter deux minutes ? Tout ce que je veux, c'est revenir à la normale. Il ne nous reste pas beaucoup de temps.

Je la regarde. Soudain, je retourne à mes onze ans. Je suis une petite de sixième, constellée de taches de rousseur, sans amis. Littéralement aucun. Je vais en cours, rentre à la maison, et regarde la télé avec maman. Je passe la pause déjeuner à lire des mangas aux toilettes. C'était juste après le départ de mon père. Ma mère oscillait entre colère et chagrin. Le truc avec Morgan et Anna, c'est qu'elles étaient les premières à se préoccuper de moi. On est devenues amies à une époque où je ne savais même pas que Simon et Nick existaient. Peut-être que je suis vraiment une ordure. Peut-être que j'exagère.

Quelqu'un m'a fait un nœud à l'estomac, je vous jure.

Anna secoue lentement la tête.

— Alors, c'est quoi la suite ? Tu vas trouver une raison de me haïr, moi aussi ? Et Nick ? Pourquoi pas Simon ? Tu vas tous nous repousser, les uns après les autres, parce que tu es incapable de gérer les adieux ?

— Ça c'est des conneries, et tu le sais.

— Vraiment ?

J'éructe :

— Ce n'est pas de moi dont il s'agit. Morgan a fait un commentaire raciste. Et elle n'a pas demandé pardon à Abby. C'est aussi simple que ça. C'est terminé.

Je tourne les talons et quitte le Starbucks en trombe, laissant Anna plantée devant le comptoir, bouche bée.

CHAPITRE VINGT-DEUX

Simon me textote avant même que j'aie pu rejoindre ma voiture. *Tu peux venir au WaHo ? Genre tout de suite ?*

Je lui réponds aussitôt. *Quel* timing *parfait. Je sors juste du Starbucks.* C'est à se demander s'il le savait. Le Waffle House est si près que je pourrais y aller à pied.

Oh, génial – on est au fond, viens nous trouver !

Mon cœur se serre. *Nous ?*

Nick et moi, répond-il.

Merde. Putain de bordel à queue.

Bon sang, la seule idée de faire face à Nick, là, tout de suite… Je ne sais même pas si j'arriverais à le regarder dans les yeux. Et s'il savait ? Et s'il pouvait le lire sur mon visage ? *Eh, Nick, tu sais quoi ! Devine ce que j'ai fait ! Avec ton ex ! Celle dont tu es toujours amoureux !*

Parce que ce n'est pas d'un petit dérapage dont on parle, là. Mais d'une trahison pure et simple.

Je contemple l'écran de mon téléphone. Comment me sortir de ce pétrin ? Le moment semble bien choisi pour une de ces crises de diarrhée fictives dont Simon est si étrangement friand.

Ou pas. Qui sait. Je devrai bien faire face à Nick à un moment donné, de toute façon.

Je suis là dans cinq minutes.

T'es la meilleure, répond Simon.

Le temps est tellement doux, avec cette petite brise… Je crois que je vais y aller à pied. Je n'ai qu'à laisser ma voiture sur le parking du club. Ce ne sera pas la première fois qu'un véhicule y restera plusieurs heures d'affilée.

Je les trouve affalés de part et d'autre d'un box, à se partager une gaufre du bout de la fourchette. Scène de désolation.

— Coucou, dis-je en me glissant à côté de Simon.

Nick se requinque.

— Coucou ! Bienvenue à la maison. Alors, c'était comment, cette virée ?

Mon cœur se serre à ces mots. Peut-être qu'un jour le terme *virée* ne me rappellera plus Abby. Je replie les jambes pour m'asseoir en tailleur, les lèvres pincées.

— C'était sympa.

— Bien. (Il hoche la tête.) Au fait, je me demandais…

— Ça recommence, murmure Simon.

Une serveuse apparaît. Je commande une gaufre et un café noir. Comme une cheffe. À peine a-t-elle tourné le dos que Nick plante ses crocs.

— Comment était Abby ? Genre, elle avait l'air normale, ou… je sais pas moi… est-ce qu'elle était bizarre ?

Et merde.

— Elle semblait…

— Est-ce qu'elle a pleuré, par exemple ?

— Euh… un peu ?

Enfin, c'est vrai. Elle a versé quelques larmes. Quand je l'ai mise devant ses responsabilités. Juste après qu'elle m'a embrassée.

— Waouh. OK. (Il écarquille les yeux.) C'est… bon à savoir.

Je cherche frénétiquement une diversion.

— Et votre voyage, à vous ?

— C'était génial, dit Simon, un petit sanglot dans la voix.

Mais avant que j'aie pu lui demander ce qui ne va pas, Nick est reparti, bille en tête.

— C'est juste qu'elle me manque, tu comprends ? On ne s'est pas parlé depuis une semaine. Je suis toujours à deux doigts de l'appeler. C'est comme un automatisme. Je… Arf. (Il se masse les tempes.) C'était une erreur, pas vrai ? On n'aurait pas dû casser.

— Oui, enfin… hasarde Simon. C'est elle qui t'a plaqué.

Nick ne l'entend même pas.

— J'aurais dû me battre. (Sa voix vacille.) Elle était ce qui m'est arrivé de mieux dans la vie, et je l'ai laissée partir. Où avais-je la tête ?

Simon me jette un regard.

— Tu n'as rien fait de mal, dis-je finalement.

— Mais je ne me suis pas assez battu. (Nick secoue la tête.) J'aurais dû présenter ma candidature à UGA.

— Mais tu as adoré Tufts, avance Simon, incertain.

— Et j'adore Abby.

Je commence à avoir le vertige. Je n'arrive plus à aligner mes pensées. Tout ce que je sais, c'est que Nick adore Abby, que j'ai embrassé la même Abby, et que, s'il l'apprenait, il ne s'en remettrait sans doute jamais. C'en serait fini de lui.

— Attends. (Soudain, il me fixe.) Est-ce qu'elle a rencontré quelqu'un ?

— Quoi ?

— Merde. C'est ce qui s'est passé, avoue ?

— Nick… soupire Simon.

— Dis-le-moi. (Il se penche en avant.) Qui est-ce… un de ces beaufs dans une fraternité ?

— Euh.

— Fait chier ! Je le savais. (Il s'enfonce dans son siège.) Merde. Je n'arrive pas à le croire.

Je pourrais mourir, là, je vous jure. Mon estomac part dans vingt directions à la fois. Je n'arriverais pas à parler, même si je le voulais.

— Quoi ? s'exclame Simon, incrédule. Abby ne ferait jamais ça ! Elle ne va pas se taper un beauf. Pas vrai, Leah ?

J'acquiesce lentement.

— Tu vois ? Ça va aller, martèle Simon en se calant le menton sur la main. Cette semaine a été bizarre, c'est tout.

Je demande :

— Ah bon ?

Il se contente d'opiner du chef. Nick, lui, fixe le vide devant lui.

— Simon ?

— Hmm ?

Je ne sais pas quoi faire de Simon dans ces moments-là. J'ai parfois l'impression qu'il voudrait que je lise dans ses pensées. Genre, il reste assis à essayer de déverser ses réflexions directement dans mon cerveau, afin de ne pas avoir à les formuler à voix haute.

Je pointe ma fourchette sur lui.

— Allô.

— Oui ?

— Vide ton sac.

Il pousse un petit rire.

— OK. (Je l'entends déglutir.) Je crois que je suis tombé amoureux d'une fac, admet-il finalement.

— D'accord.

— Et ce n'est pas NYU.

— Ça, j'avais compris. (Je pose ma fourchette.) Quelle fac, alors ?

— Haverford. Elle est minuscule.

— C'est près de Philadelphie, ça, non ?

Il acquiesce en se mordant la lèvre.

— Sauf que Bram va à New York, rappelle Nick.

Simon soupire.

— Ouaip.

— Ah.

Il triture les sachets de sucre. Je reviens à la charge.

— Est-ce que tu lui en as parlé ?

— Non.

— Tu devrais.

— Je sais. (Une pause.) Ou pas. Je n'en sais rien. NYU était géniale aussi. Je suis ridicule, n'est-ce pas ?

— Comment ça ?

— Je complique les choses pour rien.

— Ouaip, rétorque Nick.

— Pas nécessairement, dis-je dans un haussement d'épaules. Qu'est-ce que Haverford a de si génial ?

— Ah, je ne sais pas.

Simon fait la grimace. À croire que je lui ai demandé de proclamer son amour pour l'arithmétique.

— Ça m'a plu, comme endroit, c'est tout.

— Je vois.

— Je vais pisser, annonce brutalement Nick. Attendez-moi.

Mais Simon se tourne vers moi.

— Tu n'imagines pas la proportion d'étudiants gays là-bas. On n'arrêtait pas d'en croiser. Il y a même une fille qui organise un bingo des fiertés tous les jeudis dans sa chambre. Il me suffirait d'aller là-bas pour me faire plein d'amis gays.

— Sympa.

— Je ne peux pas m'empêcher d'imaginer ce que ça ferait d'avoir enfin des amis *queer*.

La remarque me provoque un pincement au cœur. C'est difficile à expliquer. Mes potes me croient hétéro. Ça me met mal à l'aise. Et en même temps ça me rassure. C'est nul.

— Je crois que ça me plairait bien, ajoute-t-il.

— Enfin, tu sais qu'il y a aussi des personnes LGBT à New York. Je suis sûre que ça doit être super gay à NYU.

— Je sais, mais là-bas, ce sont des gays hipsters. J'ai besoin de gays intellos.

— Et on les trouve à Haverford ?

— Les étudiants sont à 99 % intellos là-bas. Je n'invente rien.

Je réprime un sourire.

— Je crois que tu as trouvé ton chez-toi.

Il se couvre le visage avec un grognement.

— C'est juste que… j'ai ressenti un truc, sur place. Quand j'ai mis les pieds sur le campus, je me suis senti à ma place. Comme s'il m'avait choisi. Tu vois ce que je veux dire ?

Prise de court par la question, je laisse mon esprit revenir sur ces derniers jours. Drôle comme la visite du campus semble déjà loin. Je me rappelle surtout l'expression d'Abby quand elle a soufflé *peut-être que je ne suis pas hétéro*. C'est vrai qu'elle n'avait pas l'air si hétéro que ça quand elle m'a embrassée.

— Je ne sais pas, dis-je finalement. Je crois que dans mon cas, c'est différent. Je savais déjà que j'allais à UGA. Je ne cherchais pas la révélation.

— Moi non plus, marmonne Simon. Enfin, à quoi je joue ? Tout était parfait, et il a fallu que je gâche tout.

— Tu n'as rien gâché, Simon.

Mon café et ma gaufre arrivent en même temps. Je commence par mettre du sirop – une minuscule goutte dans chaque case.

— Au pire, qu'est-ce qui se passe ?

Il cligne des yeux.

— On se sépare.

— C'est ce que tu veux ?

Il me regarde comme si je venais de le gifler.

— Tu rigoles ? Non !

— Et Bram ?

— Non. Bien sûr que non. Pas du tout.

— Alors, où est le problème ? (Je prends une bouchée de gaufre.) Tout va bien se passer.

— C'est ridicule. Je devrais aller à NYU. C'était le plan. Je ne sais même pas pourquoi je me pose la question. (Il secoue la tête.) Je devrais aller à NYU, n'est-ce pas ?

— Bien sûr. Sauf que tu préfères le paradis arc-en-ciel.

Il grogne.

— Tu ne m'aides pas beaucoup.

— Quelle est la distance entre Philly et New York ?

— Une heure et demie en train, répond-il du tac au tac. (À l'évidence, il a potassé le sujet.) Un peu moins si je prends l'express.

— Ce n'est pas si terrible, Sim'.

— Je sais. Mais… (Il fronce les sourcils.) On sera quand même à distance.

— Et tu n'as pas envie d'une relation à distance.

— Enfin, je n'ai rien contre, en théorie. Mais je ne sais pas si ça pourrait marcher.

— Il y a plein de gens pour qui ça marche.

— D'accord, mais regarde Nick et Abby. (Il esquisse un geste en direction des toilettes.) Quel bazar !

Mon cœur manque de s'arrêter. Les gens, va falloir me prévenir si vous comptez passer votre temps à prononcer son nom de but en blanc. Surtout si c'est pour parler de sa relation compliquée avec Nick.

Mais punaise. Faut vraiment que j'arrête. Je poignarde ma gaufre de ma fourchette pour l'enfourner dans ma bouche. C'est ridicule. Littéralement. Comme si Abby Suso, princesse Disney en chair et en os, allait se jeter dans mes bras. Et quand bien même, je ne pourrais pas faire ça à Nick. Elle n'en fera rien, de toute façon. Enfin, merde, quoi, elle n'est même pas vraiment bi.

Sauf qu'elle s'interroge. À cause de moi.

— Leah… tout va bien ? demande Simon en me jetant un regard nerveux par-dessus ses lunettes.

— Quoi ? (Je lève la tête.) Impec. Pourquoi ? Et toi, ça va ?

— Tu me fais flipper, là.

— N'importe quoi.

Il hausse les sourcils. On se toise mutuellement. Je maugrée finalement en détournant les yeux :

— C'est toi qui me fais flipper.

— Je sais. (Il se couvre le visage.) J'ai juste besoin de réfléchir.

— Je crois surtout que tu devrais en parler avec Bram. Quand le vois-tu ?

— Pas avant le match, demain.

— Foot ?

Il acquiesce.

— T'as qu'à aller lui parler juste après.

Il soupire.

— Je ne sais pas.

— Simon. Tu te sentiras mieux, je t'assure.

Mais oui, Simon. Sois franc, dis-lui tout ce que tu as sur le cœur. D'accord ? Tu devrais totalement suivre mes conseils, parce que je suis tellement douée pour toutes ces histoires de partage et de sollicitude. Foutus sentiments. Je suis la championne dans ce domaine.

— Bon, d'accord. Mais à condition que tu viennes avec moi au match, pour m'encourager.

— Vous venez voir le match ? demande Nick en réapparaissant dans le box. Cool.

— Euh. (Je jette un regard à Simon.) Je suppose.

— Oui. Bien. Très bien.

Simon acquiesce frénétiquement. Avant d'engloutir le reste de sa gaufre, les joues gonflées comme un hamster.

CHAPITRE VINGT-TROIS

Le match du samedi se joue sur le terrain de foot derrière l'annexe de gym. Aussitôt arrivée, je repère Simon qui broie du noir dans les tribunes.

Je me pose à côté de lui.

— Comment tu te sens ?

— J'ai pas envie de le lui dire, laisse-t-il échapper.

Vous voulez que je vous dise ? Je ne comprends pas les couples. Désolée, hein, mais ce besoin de se morfondre une heure durant au sujet d'un train express ? Je comprends que ce ne soit pas idéal, comme situation, mais à entendre Simon, on croirait que c'est l'Apocalypse.

Il soupire.

— C'est juste que… je panique un peu. C'est littéralement pour ça que Nick et Abby ont rompu, tu vois ?

— Vous, c'est différent.

— Mais comment ? En quoi c'est différent ?

Il m'implore presque du regard.

— C'est complètement différent.

Mon cerveau part dans toutes les directions. J'ai besoin de me calmer et de me concentrer.

— Ça n'a rien à voir, Simon. Nick part à Boston.

— C'est nul, maugrée-t-il, les yeux perdus au loin.

Suivant son regard, je contemple la pelouse fraîchement tondue, encadrée par les buts et envahie par les garçons. Ils sont si nombreux. Il y a des centaines de mecs dans ce bahut, sans même parler de l'université de Géorgie. Ce serait tellement facile de craquer pour l'un d'eux.

Tellement plus facile – et moins dangereux – que de craquer pour Abby Suso.

Au bout d'un moment, je demande :

— Et Nick, ça va ?

— Je crois, oui, répond Simon.

Avant de m'attraper la main et de la serrer fort. Une sensation étrangement parfaite que celle de nos mains entrelacées. Pas la moindre ambiguïté. Mais je me sens chez moi.

— Maintenant, il prétend vouloir revenir à la normale, ajoute-t-il. Il ne veut pas changer le programme pour le bal.

— Oh bon sang. Le bal.

C'est dans une semaine. Jour pour jour.

— J'avais complètement oublié.

— Je sais, dit-il.

— Ils n'y vont pas ensemble, quand même ?

Simon secoue la tête.

— Ils viennent bien au dîner et au bal, mais en solo.

— En solo… Ça se dit comme ça ?

— Aucune idée, concède-t-il avec un rire.

Je pose les yeux sur le terrain juste à temps pour voir Nick frapper de toutes ses forces dans le ballon, avec une violence qui m'arrache presque une grimace. Il a le visage tout rouge, les yeux brûlants d'une intensité inédite. Sur le banc, l'entraîneur applaudit lentement, approbateur.

Je me tourne vers Simon, les sourcils haussés.

— On est sûrs qu'il va bien ?

— Ça sent pas bon, murmure-t-il.

Une minute plus tard, pourtant, ses fossettes s'activent. L'effet Bram. Qu'est-ce que je vous disais : son petit copain entre sur le terrain et lui adresse un sourire.

— LES YEUX SUR LA BALLE, GREENFELD ! hurle le coach. ET LAUGHLIN. ON SE CONCENTRE. BON SANG.

Je lève les yeux : Garrett me fait signe des deux bras.

— Salut, Garrett, dis-je en roulant les yeux.

Simon s'esclaffe. Je dois admettre que ça ne me déplaît pas d'être poursuivie, même si c'est par Garrett. C'est plutôt sympa, comme sensation. Rafraîchissant, aussi. Parce qu'Abby Suso me fait ressentir plein de choses, mais aucune que je qualifierais de « sympa ».

Arrête. De. Penser. À. Abby. *Bordel.*

— C'est trop bizarre, murmure Simon.

Il n'a pas tort.

Parce qu'il y a comme une anomalie : j'ai un cavalier pour le bal, alors qu'Abby Suso y va seule.

Je ne sais pas si je devrais lui écrire.

Parce que bon, ce n'est pas comme si on s'était fâchées. Et la gêne n'est pas obligatoire. C'était rien qu'un baiser. Dont je suis sûre qu'il était alimenté par l'alcool. Je devrais lui envoyer un texto relax, amical, parce qu'on est des amies relax qui s'envoient des textos relax. Mais chaque fois que j'essaie de taper un truc, mon cerveau bugge. Je ne peux même pas envoyer un « salut » à cette fille sans que ça vire à la combustion spontanée.

Je suis prête à parier que ce genre de béguin peut vous être fatal.

Pour me distraire, je parcours les archives de mon Tumblr, du post le plus récent au plus ancien. Plus je remonte dans le temps, plus mes dessins sont merdiques – problèmes de proportions, ombrages ratés. Même si je devrais me féliciter d'avoir progressé, je ressens une gêne bizarre à l'endroit de mes anciens travaux. Si seulement j'étais née avec un talent parfaitement formé. Je n'aime pas montrer mon évolution. C'est comme sortir de scène pour s'apercevoir que tout le monde a vu votre culotte. Non que mes dessous métaphoriques soient particulièrement bien dissimulés à présent. Partout où je regarde, je vois encore des défauts. C'est épuisant, humiliant, presque insoutenable.

Sauf que.

OK.

Un nouveau message anonyme a atterri dans ma boîte, pour me demander si j'accepte les commandes. *J'adore tellement tes dessins, je les aime d'amour,* dit l'anon'.

Elle ou il les aime au point de vouloir me payer. Au point de demander à pouvoir me payer. Je pense à cette batterie que je n'ai pas. À la voiture qu'on n'a pas les moyens de faire réparer. À ma robe de bal à 250 dollars.

Je pense à Abby.

Mais je ne peux pas prendre de commandes. Et si le dessin, une fois fini, se révélait de la merde en barre ? Est-ce qu'anon' demanderait un remboursement ? Et si je poste mes tarifs et que tout le monde se moque de moi ? Et si personne ne me contacte ? Peut-être que cet anon' n'est qu'un troll. Peut-être que c'est l'équivalent sur Tumblr de ces mecs qui invitent l'intello de service au bal dans les comédies pour ados.

Ma bouche s'assèche. C'est difficile à expliquer. Peut-être ferais-je mieux d'effacer mon Tumblr une bonne fois pour toutes. Sauf que.

Je ne sais pas.

Je suis curieuse.

Ce qui ne veut pas dire que je vais le faire, hein. Ça ne veut rien dire du tout.

CHAPITRE VINGT-QUATRE

Lorsque je descends du bus le lundi, Garrett surgit de l'escalier comme un diable de sa boîte.

— Burke !

Je sursaute.

— Bon sang, Garrett !

— Alors, devine, dit-il.

Je plisse les yeux.

— Devine quoi ?

— Je t'en veux.

— Pourquoi ?

Il m'ébouriffe les cheveux avec un sourire.

— Tu as disparu avant la fin du match. Encore ! Pourquoi cette manie ?

— Parce que.

Mon esprit se vide. Enfin non, pas totalement. Mais il ne me donne aucune matière exploitable.

Parce que.

Parce qu'Abby m'a embrassée. Parce qu'elle n'est peut-être pas hétéro. Ce qui veut dire que j'ai dû mettre à jour chacune de mes rêveries en conséquence. C'était une refonte massive, Garrett. Je crois que tu n'as pas idée du nombre de fantasmes liés à Abby qui se bousculent dans cette boîte crânienne.

— C'étaient les vacances de printemps les plus barbantes de toute ma vie, dit-il en marchant à côté de moi, en rythme. Tu aurais dû rester pour me divertir.

— Pardon ?

Je lui adresse un regard en biais.

— Enfin, c'est pas ce que je voulais dire, Burke, précise-t-il avant de me donner un coup de coude. Mais maintenant que tu y fais allusion…

Il conclut d'un clin d'œil. Je vois. Très peu pour moi.

— On se voit au déjeuner, Garrett, dis-je en lui donnant une petite tape sur le bras avant de prendre un couloir adjacent.

— J'ai réservé pour le dîner ! lance-t-il derrière moi. Notre dîner de bal !

Je lui adresse un pouce par-dessus mon épaule. Quel adorable crétin.

Je n'ai pas reparlé à Abby depuis que je suis sortie de sa voiture mercredi – cette révélation me déstabilise. Ça ne semble pas si loin, pourtant. Mais il faut dire que depuis, j'ai pensé à elle environ dix milliards de fois par jour.

Toute la matinée, je ressens comme un discret bourdonnement. Je n'ai pas cours avec Abby avant l'après-midi. Mais il y a le déjeuner. À midi. Dans six minutes et demie. Je n'arrive pas à détacher mes yeux de l'horloge.

Bram est déjà à table quand j'arrive. Je m'installe à côté de lui, face à la porte. Avant de m'apercevoir que je ne sais même pas si Simon lui a parlé, finalement. La gêne. *Eh, Bram – ton mec va peut-être déménager à Philadelphie, et il me l'a dit en premier.*

Soudain, ça me tombe dessus : Simon me l'a dit en premier. Pour être tout à fait honnête, je m'en réjouis un peu. Personne ne me fait jamais passer en premier. Mais lui, si. Une vague d'affection me submerge soudain. Je crois bien que Simon est le meilleur ami que j'aie jamais eu.

Peut-être devrais-je lui dire que je suis bi. Je vois d'ici sa réaction. Je crois que ça le ferait rire. Pas méchamment, hein. Simplement, il serait content.

— Qu'est-ce qui te fait sourire comme ça ? demande Bram.

Je hausse les épaules et détourne le visage.

C'est alors que je l'aperçois, à l'entrée du réfectoire. Abby la discrète, reine de la sobriété. Jean, cardigan long, lunettes. Je viens de passer deux nuits avec elle, littéralement, et je ne me doutais même pas qu'elle portait des lunettes. Évidemment, elles lui vont à ravir.

Elle esquisse un petit sourire. C'est à peine si j'arrive à la regarder. Je ne sais même plus si je suis censée lui en vouloir ou pas. Elle me fait signe d'approcher. Mon premier réflexe est de tourner la tête pour voir à qui elle s'adresse.

— *Oui, toi*, mime-t-elle, hilare.

Je me lève de table alors que Simon s'assied. Abby attend dans le couloir, juste à côté de la porte.

— Salut, dit-elle avec un sourire timide.

— Salut.

— Je ne peux pas manger avec vous.

— À cause de Nick ?

Elle hausse les épaules.

— Ça ne serait pas sympa.

On reste silencieuses un moment, adossées contre le mur, à observer les secondes qui déferlent par groupes dans la cafétéria. Abby tapote les moulures du bout du pied. Dans son regard brille une lueur que je n'avais encore jamais vue. Et que je ne parviens pas à déchiffrer.

— Bon, il faut vraiment qu'on parle, dit-elle finalement.

— Toi et Nick ?

— Mais non, glousse-t-elle, les yeux au ciel. Toi et moi.

Mon cœur fait un salto.

— OK.

— Tu serais libre cette semaine après les cours ?

— Quel jour ?

— N'importe. Disons vendredi ? (Elle marque une pause.) J'ai juste besoin de…

Mais elle s'interrompt brutalement et s'écarte imperceptiblement de moi. Je lève le nez. Voilà Garrett.

— Mesdemoiselles, bonjour.

L'instant gêne du jour, avec Garrett Laughlin en vedette. Dans cet épisode : Garrett n'a pas eu le message concernant l'interdiction d'appeler les filles *mesdemoiselles.*

— Je faisais justement le point avec tout le monde pour le dîner avant le bal. On a une réservation à 18 heures, à l'American Grill Bistro du centre commercial de North Point. C'est à vingt minutes environ du centre Nature.

— J'adore le fait qu'ils organisent le bal là-bas, dit Abby. C'est parfait pour nous.

— Parce qu'on est naturellement géniaux ? demande Garrett.

— Parce que nos camarades sont de vraies bêtes, répond Abby.

Ce qui arrache un gloussement à Garrett. Si, si. Je secoue la tête avec un sourire.

— Sur ce, j'y vais, s'empresse d'ajouter Abby en se tournant vers moi. Mais… (Elle me tapote l'orteil du bout du pied.) Vendredi après-midi. Je te retrouverai.

Elle me lance un sourire avant de se mettre en marche. Puis de disparaître à l'angle du couloir.

CHAPITRE VINGT-CINQ

Bien sûr, je passe le reste de la journée dans l'état d'agitation le plus total. Je pars tellement en cacahuète que ce n'en est même plus drôle. Mon cerveau est réduit en bouillie. Je vous jure. Que ça m'arrive en présence d'Abby, c'est une chose, mais là, on atteint un tout autre niveau. Ça vaut pour tout ce que je fais, partout où je vais. Les gens essaient de me parler, mais je ne les entends même pas.

Simon m'intercepte sur le chemin de l'arrêt de bus.

— Allez viens. Je te ramène.

— T'es pas obligé.

— Ce n'était pas une question. On y va.

Il passe un bras autour de mes épaules et m'oriente vers le parking. Avant de m'escorter tout du long, comme si j'étais une frêle petite arrière-grand-mère trébuchante.

— Tu es ridicule, je l'informe.

Il ouvre la portière pour moi.

— Tu comptes aussi boucler ma ceinture à ma place ?

— Très drôle.

— Au fait, où est Nora ? je lui demande tandis qu'il s'installe enfin au volant.

— C'est marrant que tu poses la question.

— Marrant comment ?

— Enfin, quand je dis marrant, je veux dire pas amusant du tout, explique-t-il.

— Ah.

Il sort lentement en marche arrière de son emplacement, les lèvres serrées. Je hasarde :

— Tout va bien ?

— Hein ? Oh, oui, c'est juste que… (Il secoue la tête.) Tu savais qu'elle allait au bal ?

— Qui, Nora ?

Il acquiesce.

— Oh. Avec Cal ?

Il profite d'un feu rouge pour se tourner vers moi, ébahi.

— Tu étais au courant ?

— Non, mais je les ai vus flirter pendant le spectacle.

— N'importe quoi ! (Il renifle.) Je l'aurais remarqué. Je remarque toujours ce genre de détails.

Je m'esclaffe. Il plisse les yeux.

— Quoi ?

— Rien.

— Hmpf.

— Alors, ils sortent ensemble ?

Il soupire.

— Je ne sais pas.

— Tu veux que je lui demande ? Je peux. Je ne crains rien.

— Tu ne trouves pas ça étrange ? dit-il en hochant la tête d'un air sérieux. Il flashait sur moi, avant.

— Et tu as un copain. D'ailleurs, à ce sujet… tu as parlé à Bram ?

— Non. Mais je vais le faire. Et, Leah, franchement. Je ne suis pas jaloux, d'accord ? Tout ce que j'en dis, c'est que ça fait bizarre.

— Rien de bizarre à ça. Vous vous ressemblez beaucoup, tous les deux.

Il frappe le volant.

— Justement, c'est ça qui est bizarre !

— Ce mec connaît ses goûts.

— Ça ne me plaît pas.

— C'est surtout l'idée que ta petite sœur roule des pelles à quelqu'un qui te déplaît.

— ILS NE SE ROULENT PAS DE PELLES.

Je secoue la tête avec un sourire.

— Mais elle reste au lycée après les cours pour s'occuper avec lui de l'almanach, et il la ramène en voiture tous les jours, gémit-il.

— C'est bien ce que je disais, ils se roulent des pelles.

— Mais non ! souffle Simon.

Il prend Roswell Road et, pendant cinq minutes, c'est le silence. Je ne dis pas un mot jusqu'à ce qu'on arrive devant chez moi.

— Sérieux, tout va bien ? je lui demande finalement.

— Quoi ? Oui.

— Il faut vraiment que tu parles à Bram.

— Je sais.

— Genre, là, tout de suite. Aujourd'hui.

Il acquiesce, la mâchoire serrée.

— C'est stupide. Je devrais compléter mon inscription à NYU, n'est-ce pas ?

— Simon, je ne peux pas faire ce choix à ta place. Bon, viens avec moi.

Je lui prends la main.

— Chez toi ?

Il fronce les sourcils.

— Chez moi.

— Hmm. D'accord. Tu sais, je crois que ça fait des années que je ne suis pas entré dans ta maison.

— J'en ai conscience, dis-je, bêtement mal à l'aise.

Ce n'est un secret pour personne que ma famille n'est pas riche. Et ce n'est pas Simon qui va me juger parce que je vis dans une bâtisse étriquée, en désordre, remplie de meubles IKEA d'occasion. Mais ça me gêne de recevoir du monde. Comme si je ne pouvais m'empêcher de me rappeler que la moquette est tachée et mes draps dépareillés. Ou que ma piaule tout entière fait la taille du placard de Simon.

On entre par le garage. Il me suit dans le couloir.

— Je ne sais même plus à quoi ressemble ta chambre.

— Elle est toute petite. J'aime mieux te prévenir.

Puis j'ouvre la porte et entre. Il s'attarde sur le seuil.

— C'est extraordinaire, murmure-t-il.

Je le regarde. Il plaisante, ou quoi ?

— C'est toi qui as dessiné tout ça ?

Il s'approche de la cloison pour examiner de près un de mes croquis.

— Certains, oui. Les autres viennent d'Internet.

Mes murs sont couverts de dessins – crayonnés, portraits de personnages encrés avec soin, en format *chibi*, couples *yaoi*. Si je craque pour un truc sur DeviantArt, je l'imprime. Certains m'ont été offerts par Morgan et Anna. Dernièrement, j'épingle de plus en plus mes propres dessins. Mes croquis de Harry et Draco, Sailor Neptune et Sailor Uranus, des personnages originaux, aussi. Et le dessin que j'ai fait d'Abby et moi chez Morgan. Je croise les doigts pour que Simon ne le remarque pas.

— Ça te ressemble tellement, dit-il avec un sourire.

— Sans doute.

Il se laisse tomber en arrière sur mon lit. C'est le truc, avec Simon. Où qu'il aille, il se sent parfaitement chez lui. Je m'étends à côté de lui. Ensemble, on regarde mon ventilateur de plafond.

Puis il se couvre le visage avec un soupir.

— Eh, je fais.

— Eh, toi-même.

— Je sais que tu t'inquiètes.

Il renifle, avant de tourner la tête pour me regarder. Une larme coule le long de sa joue, glissant sous ses lunettes. Il l'essuie de la paume d'une main.

— J'aime pas les adieux, c'est tout.

— Je sais.

— Je n'ai pas envie de l'abandonner, ni toi, ni Abby, ni le reste de la bande. (Sa voix se brise.) Je ne connais personne à Philadelphie. Je ne sais pas comment font les gens.

Je sens ma gorge se nouer.

— Je crois que même Taylor va me manquer.

— Parle pour toi.

Il s'esclaffe, avant de renifler de plus belle.

— Avoue, toi aussi, elle va te manquer, et tu le sais. Comment on fera pour savoir si son métabolisme est toujours au top ?

— Il y aura ses mises à jour quotidiennes sur Instagram.

— OK, pas faux.

— Et encore, je suis gentille.

— Je sais.

Il se rapproche de moi, si près que nos têtes se touchent. Avant de soupirer doucement dans mon oreille. Son souffle soulève mes cheveux. Je crois que jamais je ne l'ai plus aimé qu'en cet instant. On reste étendus, comme ça, à regarder tourner le ventilateur.

Je devrais le lui dire.

Là, tout de suite. Jamais, dans l'histoire, il n'y a eu de moment plus parfait pour un *coming-out*.

Mais je n'en fais rien.

C'est l'énigme la plus totale. Je suis allongée dans ma chambre, avec mon meilleur ami gay, dont les probabilités de réagir positivement sont de cent pour cent. Le risque zéro, littéralement.

Pourtant, les mots refusent de sortir.

CHAPITRE VINGT-SIX

Et puis il y a le cas Nick Eisner. En dépit de son craquage au Waffle House, il paraît normal le lundi et le mardi suivants – tellement normal que c'en est inquiétant. Avant de complètement perdre les pédales le mercredi après-midi.

Je me prépare à rejoindre l'arrêt de bus quand j'entends la voix – reconnaissable entre toutes – de Nick dans le système d'annonce du lycée.

— Simon Spier et Leah Burke, dans le préau, immédiatement.

Je me fige, les yeux rivés sur le haut-parleur.

— Je répète, Simon et Leah, dans le préau, immédiatement.

Je ne sais pas ce qu'il trafique, mais c'est sur mon chemin de toute façon. Je chope Simon dans l'escalier.

— De quoi s'agit-il ? me demande-t-il.

Je secoue la tête.

— Aucune idée.

Je suis Simon dans l'atrium. Lequel grouille d'élèves – qui rient, se bousculent et affluent vers le parking.

Pas trace de Nick, pourtant. Enfin, il doit bien être quelque part. Puni, sans doute, parce qu'aux dernières nouvelles, personne n'a le droit de se servir de l'interphone.

— C'est une blague, tu crois ? demande Simon.

— Franchement… (Je penche la tête.) Si c'est le cas, je ne saisis pas.

Quelques instants plus tard, l'intéressé surgit du secrétariat, hagard et échevelé.

— Ah, vous êtes là. Cool, cool.

Simon le dévisage.

— Tout va bien ?

— Quoi ? Bien sûr ! (Il acquiesce frénétiquement.) Nickel.

Pendant un moment, personne ne parle. Finalement, je demande :

— Alors, qu'est-ce qu'il se passe ?

Nick balaie la pièce du regard. Il réfléchit.

— Vous êtes libres tout de suite ?

— Moi, oui, acquiesce Simon.

— OK, super. Parce que j'ai besoin que toi (il me désigne) et toi (il pointe Simon), vous m'accompagniez à la maison pour bouffer des cochonneries et jouer à la console. Comme au bon vieux temps. Pas d'Abby, pas de Bram, pas de Garrett.

— Écoute, Garrett et moi on n'est pas…

Il m'interrompt.

— Rien que nous. Le trio originel.

— Rien que nous, répète Simon. OK, faut juste que je prévienne Nora. Si tu peux me raccompagner après, je lui laisse la voiture.

— Excellent, clame Nick en nous attrapant par les épaules.

Simon n'en mène pas large.

On traverse le parking en silence. Le ciel, maussade, est chargé de nuages bas. Un vilain pressentiment me serre la gorge tandis que je m'assieds à la place du mort. Nick n'habite pas très loin en voiture, et Simon meuble le trajet de ses bavardages effrénés – au sujet de Nora et Cal, des locations de smokings. Nick ne pipe mot. Il se range dans le garage, à la place habituellement occupée par sa mère.

— Ils sont tous les deux de garde cette nuit, nous informe-t-il. Et il y a de la bière.

Bon, c'est ce genre de soirée.

Il attrape un pack de bières et sa guitare acoustique avant de prendre la direction du sous-sol. Je me pelotonne dans un des fauteuils *gaming*, Simon s'étale sur le canapé. Nick, lui, snobe tous les sièges confortables et opte pour le sol, où il s'assied en tailleur avant de commencer à s'accorder. Puis de prendre une gorgée de bière et de tenter quelques accords expérimentaux, ses épaules enfin relâchées.

— Euh, Nick ? tente Simon au bout de quelques minutes. Qu'est-ce qu'on fait là ?

— Tu veux dire, sur un plan évolutif ou existentiel ?

Simon fronce les sourcils.

— Non, je veux dire, qu'est-ce qu'on fait dans ton sous-sol ?

— On est amis, et c'est à ça que servent les amis. À traîner ensemble dans les sous-sols. (Il fait résonner un accord et prend une longue gorgée de bière.) Et puis, tout le monde est nuuuuuuul.

Il chante la dernière syllabe, carrément.

Puis il repose sa bière, ajuste la position de sa guitare et se met à jouer une mélodie si sophistiquée que je n'arrive plus à suivre ses doigtés.

Simon glisse du canapé pour le rejoindre par terre.

— OK, c'est génial comme morceau.

— C'est de la merde, oui, rétorque Nick en parcourant le manche à toute allure.

Il sourit, pourtant.

Une pause.

— Sérieux, tout va bien ? demande Simon.

— Non.

— Tu veux en parler ?

— Non.

— OK.

Simon m'adresse un regard désespéré.

Je me penche en avant.

— Nick, tu nous fais flipper.

— Pourquoi ?

— Parce que tu es trop bizarre.

— Mais non. (Il joue un accord sonore.) Je suis juste. (Accord.) En train de faire. (Accord.) De la musique. (Accord.) Avec mes deux. (Accord.) Meilleurs amis.

(Soudain, ses mains s'immobilisent.) Vous savez ce qui est vraiment génial ?

— Quoi ? demande Simon, plein d'espoir.

— Le fait qu'à partir de maintenant, et pour le restant de mes jours, je pourrai dire à chacun que je me suis fait larguer deux semaines avant le bal.

Mince. Je regarde Simon. Qui gonfle les joues, avant de pousser un soupir sonore.

— C'est pas hilarant ? demande Nick.

Je le regarde.

— Pas vraiment, non.

— J'étais amoureux d'elle, dit-il d'une voix étrangement calme. Et elle, elle a déjà tourné la page. Comme si de rien n'était. Juste comme ça.

— Je ne crois pas que ce soit... commence Simon.

— Est-ce que vous savez au moins ce que c'est, d'être amoureux de quelqu'un comme elle ?

Je manque de m'étouffer.

— Écoute, mon pote, je suis sincèrement inquiet, là, dit Simon.

Il me lance un nouveau regard.

— Pourquoi ? Je vais bien. (Nick affiche un sourire éclatant.) Parfaitement bien. Vous savez de quoi j'ai besoin ?

— Non, quoi ?

Il pose sa guitare et écluse le reste de sa bière. Avant d'en attraper une autre et de la vider aussi.

— De ça, répond-il, radieux. Je me sens déjà tellement mieux.

— OK, hasarde Simon. Super.

— Je viens d'avoir une idée, s'exclame Nick.

— Laquelle ?

— On devrait jouer au foot !

— Euh…

— Mais oui. C'est une excellente idée. On fait ça. (Nick acquiesce énergiquement.) Je vais chercher mes boules. Ha. Ma balle.

On échange un regard, Simon et moi. Il secoue la tête sans mot dire. On reste assis là une minute, à écouter Nick fouiller le placard en fredonnant. Il a déjà entamé sa troisième canette. Et, bon, ce n'est pas comme si je ne l'avais jamais vu bourré, mais jamais je ne l'ai vu aussi détraqué.

— Je l'ai, annonce-t-il avant d'émerger, triomphant, un ballon de foot à la main. Ça va être incroyable.

— Mais il pleut, gémit Simon.

Nick sourit.

— Encore mieux.

Il sort dans la cour et commence à jongler tranquillement. Il ne pleut pas encore, à vrai dire, mais le fond de l'air est humide.

— Allez, lance Nick. Leah, je te fais une passe.

— Rappelle-moi pourquoi on fait ça ?

— Parce que, répond-il.

Avant de m'envoyer la balle d'un coup de pied ferme. Je frappe mollement le vide, à un kilomètre du projectile.

— OK, OK. Joli jeu de jambes, déclare Nick en tapant sa main contre son poing.

Je récupère la balle à la main et marche vers lui.

Il s'esclaffe.

— Avec les pieds, Leah.

— Je ne crois pas que ce soit une bonne idée.

Il pose le ballon par terre.

— Vous saviez qu'on faisait ça tout le temps, avec Abby ? Elle est vraiment douée au foot. (Il ne nous laisse pas le temps de réagir.) Je vous assure. Vraiment, vraiment douée. Mais vous savez quoi ?

On se garde de répondre.

Il sourit.

— Elle m'a plaqué !

Puis il frappe la balle si fort qu'elle s'écrase contre la clôture du voisin.

— Nick... dit Simon en faisant un pas vers lui.

Mais il s'écarte, brusquement, pour aller courir après la balle.

Qu'il rapporte en dribblant.

— Mais c'est pas grave. Tout va bien. Ça allait pas marcher, de toute façon, parce qu'il n'y a rien de pire que les relations à distance. J'ai pas raison ?

Simon grimace.

— Bien sûr.

Je m'empresse de le contrer :

— N'importe quoi.

— Mais si, insiste Nick en faisant une passe à Simon. Elles sont vouées à l'échec, avant même de commencer.

— Pas nécessairement, rétorqué-je avec un regard lourd de sens vers Simon. Si on est prêt à faire ce qu'il faut, ça peut marcher.

Le front plissé, Simon regarde droit devant lui.

— Mec, t'es censé me la renvoyer.

— Oh.

Les yeux sur la balle, Simon la pousse vaguement du pied. Elle avance d'un demi-mètre avant de s'immobiliser.

— Est-ce que tu as parlé à Abby, au moins ?

— Non. Pas intéressé. (Il sourit.) Je m'en fous.

— Tu t'en fous, répète Simon, sceptique.

— Tu sais combien de meufs il y a à Tufts ? demande calmement Nick.

— Des tas ?

— Des millions. Que dis-je des millions, des milliards. (Il tapote la balle de l'orteil.) Franchement, elle m'a rendu un fier service.

Simon me jette un regard.

— Et puis, de toute façon, j'ai déjà tourné la page, ajoute Nick.

Oh oui, Nick, clairement. Tu n'as pas l'air du tout en train de nous faire la crise de nerfs du siècle. Bon sang. J'ai beau ne pas être stupide, qu'est-ce que j'aimerais le croire. Parce que s'il avait vraiment tourné la page, alors, peut-être que ce ne serait pas salaud de ma part d'espérer. Oh, pas pour tout de suite, bien sûr. Juste… un peu plus tard, dans un mois ou deux, quand les plaies auront un peu cicatrisé. Je pourrais l'embrasser pour de vrai.

D'un coup de pied rageur, Nick envoie la balle vers la maison.

Ou peut-être pas.

Cette fois, c'est Simon qui va la chercher.

— Alors, Leah, c'est toi qui donnes dans la romance à présent, dit Nick.

On dirait qu'il vient d'abattre le poing sur le clavier d'un piano. Mon cœur s'enfonce dans ma cage thoracique pour s'enfuir tout simplement de ma poitrine.

— Qu'est-ce que tu racontes ?

J'ai la voix toute molle.

— Allez. (Il se tapote l'arête du nez.) Tu sais que Garrett est complètement fou de toi. Mais ne va pas lui dire que je t'en ai parlé, s'empresse-t-il d'ajouter. Je ne suis pas censé lâcher le morceau.

— T'inquiète.

Mon estomac se carapate. J'ai soudain l'affreuse impression que je risque d'éclater en sanglots. Ce qui est dingue. Je devrais être heureuse. Ou flattée. Ou quelque chose.

— Vous devriez vous rouler des pelles au bal, dit-il. C'est le plus beau des trophées du lycée, pas vrai ?

— Le plus beau des clichés, oui, je réponds platement.

Respire.

— En tout cas, vous devriez, réitère Nick.

— Pas envie.

— Pas envie de quoi ? demande Simon, de retour, le ballon sous le bras.

— Les enfants. Combien de fois il faut vous le dire ? Arrêtez de prendre la balle dans vos mains, merde.

Simon lâche son chargement. Je répète un peu trop fort :

— Je n'ai pas envie de rouler des pelles à Garrett.

On dirait une déclaration d'intention. Soudain, ma certitude est telle que j'en ai presque le souffle coupé.

— Je n'ai pas envie d'embrasser Garrett.

— Dans ce cas, ne le fais pas, s'esclaffe Simon.

Nick frappe la balle, qui roule doucement vers moi. Tout comme mes pensées.

Je n'ai pas envie d'embrasser Garrett. Je n'ai envie d'embrasser personne.

Sauf elle.

Ce qui serait la plus folle, la plus intrépide, la plus mauvaise idée de l'histoire de l'humanité. Autant piétiner le cœur de Nick et le mien dans la foulée, tant que j'y suis. Je ne peux pas craquer pour une fille hétéro. Je ne peux pas craquer pour l'ex de mon meilleur ami.

J'inspire un coup. Et la balle… je la défonce. Je la percute comme une grosse caisse. Je la frappe si fort qu'elle vole jusqu'à la lune.

CHAPITRE VINGT-SEPT

— Simon est bizarre en ce moment, déclare Bram le jeudi, le menton dans la main.

Lui, Garrett et moi avons réquisitionné une table dans un coin de la bibliothèque.

— On dirait qu'il me cache un truc.

— Il est peut-être gay, chuchote Garrett.

— Tu sais, je me posais justement la question, réplique Bram, tellement pince-sans-rire que je ne peux m'empêcher de sourire.

Mais, punaise ! Je n'arrive pas à croire que Simon ne lui ait rien dit. Croit-il vraiment que la distance entre New York et Philadelphie va tout foutre par terre ? On ne parle pas de Paris ni de Tokyo. Ils ne seront qu'à une heure et demie de train l'un de l'autre.

— Je ne sais pas, reprend finalement Bram.

Garrett me regarde avec un haussement d'épaules. Et soudain, je suis frappée de voir combien c'est inhabituel, pour moi, de passer la matinée à la bibli avec ces deux-là. Pas avec Simon et Nick, ni Morgan et Anna. Rien que Bram, Garrett, et moi. Ce ne serait pas arrivé il y a un an. Je ne crois même pas que ça aurait été possible il y a six mois.

— Burke, je n'arrive pas à savoir si tu contemples le vide ou le cul de Taylor.

— Le cul de Taylor, bien sûr, je réplique par automatisme.

Avant de cligner des yeux. La voilà, à quelques mètres de nous. Accroupie, en train d'aider un type de première à rassembler un tas de papiers éparpillés, semble-t-il. J'oublie parfois son côté *girl scout*.

— Je crois qu'elle en pince pour Eisner, murmure Garrett.

J'acquiesce.

— On est bien d'accord.

— Mais, et Abby alors ? demande Bram.

Garrett hausse les épaules.

— Après tout, elle l'a plaqué. Il est libre de convoler.

— Sans doute. (Bram se mord la lèvre.) Voilà qui devrait rendre le bal intéressant, non ?

— Avec Eisner et Suso dans la même limousine ? Spectacle garanti.

— Tu crois que ça va mal tourner ?

— Pour eux ? Oh oui. Nous, en revanche, on va bien s'amuser, Burke, je te le promets.

Il sourit, une pointe de tendresse dans le regard.

Je me fige.

La cloche sonne. Sauvée par le gong.

— Faut que j'aille en cours.

Je me lève précipitamment, manquant de renverser ma chaise au passage.

Parce que, la vache. Je ne peux pas. Garrett et ses yeux de merlan frit, Nick et son cœur brisé – c'est trop. Sans parler de mon coup de foudre pour cette fille hétéro. Faut que je m'achète un paratonnerre.

Faut que je me calme sur le dossier Abby.

Il ne peut pas y avoir de dossier Abby.

Sauf que je n'arrête pas de penser à demain après-midi. À cette mystérieuse rencontre qu'Abby manigance. Elle ne m'en a pas reparlé de la semaine. Je commence même à me demander si elle n'a pas oublié, tout simplement.

Mais, alors qu'on sort du cours de littérature, elle tire sur la manche de mon cardigan.

— Dis, tu prends le bus demain ?

Feux d'artifice dans mon estomac.

Non mais sérieux ? Merde, à la fin. Font chier, les papillons. Ça suffit, les réactions de comédie romantique. *Est-ce que je prends le bus.* C'est, genre, un cran au-dessus de la pluie et du beau temps. Ce qui n'empêche pas mon organisme de traiter ça comme une demande en mariage.

Je cligne des yeux, hoche la tête et laisse échapper un souffle.

— Cool. Je te ramène en voiture, alors. (Sourire radieux.) J'ai trop hâte.

Je n'arrive même pas à répondre. Je ne suis qu'un gros tas d'émotions brûlantes.

Je passe tout le trajet du retour comme un mixeur en *stand-by*. Un instant, je crois m'être enfin ressaisie, avant que l'anticipation ne me renvoie une méga décharge électrique. Demain, tête-à-tête avec Abby. Ce qui ne veut pas dire qu'il arrivera quoi que ce soit. Je dirais même que je suis une grosse morue de ne serait-ce qu'*espérer* qu'il arrive quelque chose.

Mais peut-être que je perds la tête. Mon humeur est des plus étranges. Je suis à deux doigts d'écarter les bras pour aller courir à flanc de montagne, façon *La Mélodie du bonheur*.

Je me sens intrépide.

Et je veux accomplir quelque chose.

À peine rentrée, je me connecte à mon Tumblr. Parce que, pourquoi pas ? Je n'hésite pas une minute. Je tape quelques mots, charge quelques images, retiens mon souffle, et clique *publier*. C'est fait. Je mets le lien dans ma bio.

Sans doute que tout le monde s'en tape et que personne ne me contactera – mais en cet instant, ça m'est égal. Sincèrement. Parce que j'ai fait le truc, je l'ai posté, et maintenant, je me fais l'effet du yeti. Comme si chacun de mes pas laissait un cratère.

C'est juste là, sur mon Tumblr : j'accepte officiellement les commandes.

CHAPITRE VINGT-HUIT

Sauf que ma folie des grandeurs s'estompe dès que je remets les pieds au lycée le lendemain matin. Nick m'attend devant mon casier. À mon arrivée, son visage s'illumine.

— Salut, j'ai entendu dire que tu allais traîner avec Abby aujourd'hui ?

— Euh... (J'hésite.) Oui. Ça ne te dérange pas ?

— Bien sûr que non. Évidemment. Je ne voudrais pas gâcher votre amitié. (Il laisse échapper un rire étranglé.) C'est marrant, parce que je ne savais même pas que vous étiez amies. Mais maintenant si ! Bref, j'ai aucun problème avec ça.

— Tu en es sûr ?

— Totalement sûr. Ultra-sûr.

Il acquiesce comme un Muppet. Putain.

Il est clairement en train de sombrer – à la seule idée qu'on puisse être amies, Abby et moi. Des amies platoniques, hétéros, qui glandent après les cours. S'il savait, il mourrait. Genre, littéralement. Super. Maintenant j'ai envie de vomir.

— Alors, dis… (Il fixe mon front.) Tu veux bien me faire signe si elle parle de moi ?

— Bien sûr.

— Cool. Génial. Oh, punaise. J'apprécie, vraiment.

La culpabilité me tord l'estomac.

Évidemment, c'est la plus longue journée de l'histoire de l'humanité. Le temps avance à reculons.

Abby vient me trouver devant mon casier, à l'endroit même où Nick se tenait le matin.

— Prête ? me demande-t-elle avec un sourire.

Je me contente de la contempler un moment.

Elle a les cheveux attachés, et ses joues irradient quasiment. Je crois qu'elle porte de l'eye-liner, mais difficile d'être sûre. C'est vous dire l'épaisseur de ses cils. Et elle porte une robe – à manches courtes, avec une ceinture, assortie d'un collant et de bottines.

— Celles que j'ai achetées à Athens, précise-t-elle en suivant mon regard.

Je manque de m'étouffer avec ma salive.

— Je sais.

— J'adore ta tenue.

Ma robe galactique. On ne va pas se mentir : en dehors de ma tenue de bal, c'est mon vêtement le plus précieux.

— La météo nous sourit. Je sais exactement où je veux t'emmener.

Waouh. OK. Où elle veut m'emmener ? Je ne voudrais pas flipper ou quoi, mais ça ressemble de plus en plus à un rendez-vous galant. Je parviens à bredouiller :

— Tout me va.

— Depuis quand es-tu aussi accommodante ?

Je souris.

— Je l'ai toujours été. Je ne vois pas de quoi tu parles, Suso.

— Chaque fois que tu m'appelles par mon nom de famille, j'ai l'impression d'être face à Garrett affublé d'un masque de Leah.

— Ça existe, ça, les masques de Leah ?

— Ils devraient, répond Abby.

Avant de prendre un couloir adjacent puis de descendre l'escalier. Il y a une double porte au bout du couloir de musique – c'est drôle, je passe ma vie dans ce coin, mais je ne l'avais jamais remarquée. Abby pousse un battant, qu'elle retient de sa hanche. Je sors dans la chaleur de l'après-midi. On se trouve dans une cour, derrière le bâtiment, avec un sentier qui mène au stade de football américain.

Je demande :

— Tu vas me faire jouer ?

Parce que c'est exactement ce dont j'ai besoin. Un nouveau jeu de ballon tendu du string. Qu'est-ce que c'est, le rituel post-rupture universel ?

— Évidemment. Tu joues cornerback, c'est bien ça ?

— OK. Je peux te poser une question ?

— Bien sûr.

Je foule le sentier, mon pas réglé sur le sien.

— Il y a une différence entre cornerback et quarterback ?

— T'es sérieuse ?

Elle semble amusée.

— Je me disais que c'était peut-être une question d'accent…

— OK. Waouh. T'es vraiment trop chou.

— N'importe quoi.

— Oh, que si.

Mes joues dépassent tous les records de chaleur. Je pourrais griller des steaks dessus. Faire péter les thermomètres, vous lisser les cheveux, vous infliger des brûlures au deuxième degré.

— Sérieusement, pourquoi tu m'emmènes au terrain de foot ?

— Parce qu'à l'évidence, tu n'y as jamais mis les pieds de ta vie.

Je retiens un sourire.

— Faux. J'ai assisté à un match, une fois, il y a cinq ans. À UGA.

— Laisse-moi deviner… avec Morgan ?

— Bingo.

Je roule les yeux.

— Je t'ai dit qu'elle m'avait demandé pardon ?

— Vraiment ?

— Il y a quelques jours, oui. Elle avait l'air vraiment mal.

Soudain, elle oblique à gauche, en prenant soin de vérifier que je la suis, et me guide à travers une ouverture dans les tribunes jusqu'à la piste qui fait le tour du terrain.

— Elle a intérêt. Elle a bien merdé.

— Tu l'as dit, acquiesce Abby. Mais je suis contente qu'elle se soit excusée.

Soudain, elle se met à courir jusqu'au centre de la pelouse et s'y laisse tomber. Le temps que je la rattrape, elle est couchée sur le dos, appuyée sur ses coudes.

Je m'installe à ses côtés.

— Alors, vous vous êtes réconciliées ?

— Je suppose. (Elle hausse les épaules.) On va pas se mentir : elle a dit de la merde. C'était hyper-blessant. Et c'est un truc qu'on me sort tout le temps. Ce qui me pousse à vouloir détromper tout le monde, en atteignant une perfection incontestable, ce qui n'est sans doute pas très sain, en plus d'être terriblement épuisant. Je déteste. (Elle soupire.) Mais je déteste aussi le conflit, surtout avec le peu de temps qu'il nous reste ici. Alors, je ne sais pas.

— Tu m'étonnes.

— Disons que je lui pardonne, mais je ne sais vraiment pas si je peux lui refaire confiance. Ça tient la route ?

— Totalement. (Je hoche la tête.) C'est même logique.

Abby incline le visage vers moi.

— Mais je trouve ça cool que tu aies pris ma défense.

— Je ne prenais pas ta défense. C'était une question de principe.

— Oh oui, les principes aussi, c'est cool, bien sûr, commente-t-elle avec un embryon de sourire.

Je n'arrive pas à détacher mes yeux de ses genoux – le drapé de sa robe, les ondulations de l'étoffe au gré de la brise.

— Enfin bref.

Elle fronce le nez. Je l'imite.

— Arrête, dit-elle en se couvrant les yeux.

— Arrêter quoi ?

— Ce truc. (Elle agite la main.) Ce truc que tu fais, avec ton nez et tes taches de rousseur. Oh mon Dieu.

— Comprends pas.

Je me tapote le nez de l'index.

Elle secoue la tête, le visage toujours masqué. Avant de me regarder à travers ses doigts.

— T'es juste adorable, murmure-t-elle.

— Oh.

— Et voilà que tu rougis.

— N'importe quoi.

— Oh, que si, insiste Abby. Ce qui est tout aussi adorable, alors arrête.

Je n'arrive pas à le croire. Soit elle m'allume, ce qui fait d'elle une connasse, soit elle est sincère, et alors… je ne sais pas.

Je m'étends sur la pelouse, les jambes en équerre. Elle me regarde un moment avant de s'allonger à son tour. Quelques centimètres à peine nous séparent. Comme en première, dans la chambre de Morgan. Il y a une petite brise, douce et fraîche. Je regarde danser sa frange. Elle est si belle que j'en ai mal au ventre. Je détourne rapidement la tête, les yeux rivés sur les nuages.

— Je ne comprends toujours pas pourquoi tu m'as amenée ici.

Elle s'esclaffe.

— Je sais.

Puis elle prend une inspiration. Je crois qu'elle est nerveuse.

— Je m'en suis voulu d'avoir choisi le vendredi.

— Pourquoi ?

— Parce qu'il y a un truc que je voulais te dire depuis le week-end dernier, et que ç'a été le martyre.

Je lui jette un coup d'œil furtif. Elle fixe le ciel, un spectre de sourire sur les lèvres.

— Tu voulais me dire un truc ?

— Oui.

— OK.

Je suis dans l'expectative, mais elle se contente de se mordre la lèvre en silence. Je la regarde en biais.

— Alors, tu vas me le dire ?

— Accorde-moi une seconde.

J'acquiesce, le cœur battant.

— OK. Bon. (Elle respire un grand coup.) J'ai fait mon *coming-out* ce week-end.

— Genre… tu es sortie du placard ?

— Pas publiquement, s'empresse-t-elle de préciser. Pas à mes parents, ni à qui que ce soit d'ici. Juste à mes cousines. Les jumelles. (Elle se tourne vers moi.) J'étais tellement nerveuse. C'est pas étrange ?

— Pourquoi ce serait étrange ?

— Je ne sais pas. Parce qu'elles ont la famille la plus *queer* du monde ? (Elle hausse les épaules.) Elles l'ont très bien pris, évidemment. Elles étaient folles de joie.

— C'est génial. (On échange un regard.) Sérieux, félicitations.

Elle sourit, muette. On reste silencieuses un moment. Puis, je dis :

— Attends une minute. Je peux te poser une question ?

— Vas-y.

— Tu as fait ton *coming-out* en tant que quoi ?

Elle s'esclaffe.

— Qu'est-ce que tu veux dire ?

— Aux dernières nouvelles, tu étais hétéro, donc…

— Je doute de l'être vraiment, dit-elle.

Mon cœur manque de s'arrêter.

— Je ne sais pas, ajoute-t-elle. Disons que je suis vaguement bisexuelle ?

— Je ne crois pas que ça soit possible.

— Quoi ? Bien sûr que si. (Elle me tapote le bras.) Vaguement bi.

— Soit t'es bi, soit tu l'es pas. C'est comme si tu disais être un peu enceinte.

— Ça aussi, c'est possible. Pourquoi on ne pourrait pas être un peu enceinte ?

— Je crois qu'on dit juste enceinte.

— Ben moi, je suis un peu bi, et je m'y tiens.

Je me redresse.

— Je ne te comprends pas.

— Qu'est-ce qu'il y a ?

Je secoue la tête.

— Vaguement bi, un peu bi… Sois *bi*, tout simplement. Assume.

— Quoi ? Non. (Elle se redresse à son tour.) Ce n'est pas à toi de déterminer mon étiquette.

— Ce n'est même pas une vraie étiquette !

— Pour moi, si. (Elle pousse un soupir lourd.) Bon sang, par moments, je ne sais même pas…

Ma mâchoire se crispe.

— Tu ne sais même pas quoi ?

— Ce que tu attends de moi. (Elle lève les mains.) Est-ce que tu pourrais juste… Je ne sais pas. J'ai besoin de m'y faire, d'accord ?

— Ce que j'attends de toi ?

Elle acquiesce en clignant frénétiquement.

— Mais putain, Abby. (Je presse mes mains sur mes yeux.) Tout ce que je veux, c'est que tu arrêtes de me retourner la tête.

— Ce n'est pas…

— Non mais sérieux ? Vaguement bi ? (Je pars d'un rire fêlé.) Autrement dit, tu es bi mais tu refuses de l'admettre ? Je ne te demande pas d'aller défiler à la Gay Pride. Tu n'es pas obligée de faire ton *coming-out* non plus. Mais enfin ! Au moins, assume. (Je hausse les épaules.) Ou pas. Je m'en fous.

— Leah…

Je n'arrive même pas à la regarder. Franchement. Quelle perte de temps. Non qu'on ait jamais eu la moindre chance, de toute façon. Quelle amie de merde se mettrait dans la tête d'embrasser l'ex de son meilleur pote ? Deux semaines après leur rupture. *La veille du bal.* Sans parler du pauvre et naïf Garrett, que je n'ai même pas pris la peine de repousser. Je ne peux pas me jeter là-dedans. Je ne suis même pas *out*.

Je me relève brusquement en époussetant ma jupe.

— OK, tu sais quoi ? Je laisse tomber. Je me casse.

— Quoi ?

Elle me regarde, incrédule.

— Je rentre.

— Laisse-moi te raccompagner.

— Je prendrai le dernier bus.

Elle serre ses genoux contre elle.

— J'essaie, OK ?

Sa voix vacille.

— Tu te fous de moi ? (Je serre les poings.) Tu essaies ? De faire quoi, au juste ?

— Je ne sais pas.

— Tu veux que je te dise ? Tu veux être « vaguement bi » ? Très bien pour toi. Prends ton pied. Mais si tu n'assumes pas à fond, laisse-moi en dehors de tout ça. Ne t'avise pas de venir me chercher avec ta crise d'identité post-rupture. (Je la regarde droit dans les yeux.) Tu m'as pris mon premier baiser, Abby. Tu me l'as volé.

— Je suis vraiment…

— Dire que tous te croient tellement sérieuse. (J'avale la boule qui se forme dans ma gorge.) Alors que tu n'en fais qu'à ta tête, avec la bénédiction de tout le monde. Sans te soucier du mal que tu fais, ni à qui.

Son visage se défait.

— Tu crois que je m'en fous ?

— Je ne sais plus quoi penser.

— Bien sûr que je ne suis pas parfaite. (Une larme dévale sa joue.) Je suis en train de tout foutre en l'air. Je ne suis pas comme toi. Je n'ai pas toutes les réponses. Je n'ai pas la moindre idée de ce que je fous, et je suis juste tétanisée.

— Par quoi ?

— Je ne sais pas. Par l'idée que je puisse me tromper. Que tu puisses me haïr.

— Je ne te hais pas.

— Que je puisse te faire du mal. C'est le contraire de ce que je veux.

Le temps semble s'arrêter. On reste plantées là les yeux dans les yeux. J'ai le souffle court, instable.

— Écoute, moi, ça va, dis-je finalement. OK ? Tu vas les trouver, tes réponses. Tu gères. Je suis contente pour toi. Tu ne me dois rien.

Je hausse les épaules avec un soupir.

— Ce n'est pas…

— Tout va bien. On est amies. On se verra au bal.

— D'accord, murmure-t-elle.

Je ne prends pas la peine de répondre. Je pars sans me retourner.

CHAPITRE VINGT-NEUF

— On va y arriver. Promis, juré.

Maman consulte son téléphone avant de me regarder dans le miroir.

— J'ai regardé le tutoriel une cinquantaine de fois.

— Je te crois sur parole.

J'esquisse un vague sourire.

— Mais ça ne prend pas. Pourquoi suis-je aussi nulle ?

— T'es pas nulle.

Une petite boucle pendouille bizarrement au-dessus de mon oreille. Je tire dessus. Et voilà que je me retrouve avec une mèche toute raide qui me fait comme une patte géante. Oups.

Maman gronde.

Une heure que je suis dans sa chambre, à jouer les cobayes pendant qu'elle s'éclate avec tout le matériel de coiffure jamais inventé. Je suis toujours en pyjama, il nous reste cinq heures avant l'arrivée de Garrett. Ce qui n'empêche pas maman de vérifier sans cesse l'heure sur son portable, comme s'il pouvait surgir à tout moment.

— Bon. On recommence de zéro.

Elle passe les doigts dans mes cheveux pour en retirer environ dix mille épingles. Avant de vaporiser ma tignasse avec de l'eau et de me brosser pour tout lisser.

— Je te jure…

Quant à moi, je suis apathique. Je n'en ai strictement plus rien à foutre. Je sais que le bal est censé être une occasion de malade – mais de quoi ? Pourquoi tous ces efforts ? Honnêtement, je m'en tape, d'impressionner mon cavalier. Peut-être qu'une part, aussi idiote que minuscule, de mon esprit tient à impressionner *quelqu'un* – ou plutôt *quelqu'une* –, mais si cette personne est hors d'atteinte, à quoi bon ?

Maman se pourlèche les babines.

— Je te repasse un coup de sèche-cheveux.

— Fais-toi plaisir.

Il ne faut pas le lui dire deux fois.

C'est drôle. Jamais je n'aurais cru aller au bal, mais voilà que je me plie à tous les rituels qui s'y rapportent. On va prendre des photos chez Simon, monter dans une authentique limousine pour rejoindre un restaurant chicos à Alpharetta. Un vrai fantasme de lycéenne bourgeoise.

Maman éteint l'appareil.

— Ça m'énerve que tu sois fâchée avec Morgan et Anna, dit-elle de but en blanc.

— Pourquoi ?

— Je n'aime pas cette tension. J'aimerais que tu passes une soirée parfaite.

— C'est un mythe.

— Quoi, au juste ?

— La soirée de bal parfaite.

Maman s'esclaffe.

— Que veux-tu dire ?

— Encore un cliché de film pour ados. Avec le numéro de danse synchronisée, les échanges de regards énamourés, et le gros baiser de la mort qui tue.

— Ça donne envie, dit-elle.

— C'est une blague.

— Bon sang, Leah. (Elle joue avec une mèche de mes cheveux.) Comment peux-tu être aussi cynique ?

— C'est plus fort que moi. Je suis Serpentard.

Et la pire de la maison, en plus. Du genre à flasher grave sur une Gryffondor, au point de ne plus pouvoir rien faire. Je suis le Draco d'une fic Drarry merdique que son auteur aurait abandonnée au bout de quatre chapitres.

— Figure-toi que mon bal, à moi, a été merveilleux, déclare maman. L'une des soirées les plus romantiques de ma vie.

— T'étais pas enceinte ?

— Et alors ? Ça n'enlève rien à la magie. (Elle sourit.) Je t'ai dit que j'avais fait une échographie la veille ?

— C'est… cool ?

— Totalement ! La plus importante, en plus. C'est là que j'ai appris que tu étais une fille.

— Le genre n'est qu'une construction sociale.

— Je sais, je sais. (Elle me tapote la joue de l'index.) Je ne sais pas. J'étais surexcitée. Je me foutais de connaître ton sexe, en fait. Je voulais juste tout savoir de toi.

Je m'esclaffe.

— Ça te ressemble bien.

— Je me revois encore, étendue sur la table, à te regarder sur le petit moniteur. Tu étais si…

— Embryonnaire ?

— Tout juste, dit-elle avec un sourire. Mais aussi… je ne sais pas. Tu avais l'air tellement concentrée, là-dedans. Je me souviens d'avoir été très émue par ce détail. J'étais là, avec tout ce bazar, le lycée, le bal, ton père, alors que toi, tu faisais ta vie, imperturbable. Tu grandissais, encore et encore. Rien ne pouvait t'arrêter.

— En même temps, c'est un peu le minimum syndical pour un fœtus, non ?

— Je ne sais pas. Je trouvais ça extraordinaire. C'est encore le cas. Regarde-toi !

Je lève les yeux pour croiser son regard dans le miroir. On reste silencieuses un moment. Lorsqu'elle reprend enfin la parole, c'est dans un murmure.

— Tout le monde me répétait que ça passait trop vite. Ça m'énervait tellement.

— Ha !

— Il fallait toujours que ça vienne d'inconnues, quand je faisais les courses. Tu piquais une crise, tous bras et jambes dehors et, immanquablement, il se trouvait une enflure pour venir me dire combien ça me manquerait plus tard. *Oh, elle aura vite fait d'entrer à l'université. Profitez-en tant qu'il est temps.* À quoi j'étais tentée de répondre, *cool, merci, allez vous faire foutre.*

Elle passe une mèche autour du fer à friser.

— Ils avaient tous raison, pourtant.

— C'est comme ça.

— Je n'arrive pas à croire que tu vas partir.

Elle cligne des paupières, un peu trop vite.

— Tu te rends compte que je serai à une heure et demie de route ?

— Je sais, je sais. (Elle esquisse un sourire triste.) Mais tu vois ce que je veux dire.

Je fronce le nez.

— Je t'interdis de pleurer.

— Pourquoi, parce que tu vas t'y mettre aussi ?

— Jamais de la vie. Tu rêves.

Elle rigole doucement.

— Ça va être très bizarre sans toi, Leah.

— *Maman.*

— D'accord, j'arrête. Il ne faudrait pas que tu gâches ton esthétique à coups de sanglots.

— Tu parles d'une esthétique.

Je roule les yeux avec un sourire – qu'elle me rend.

— Tu vas tellement t'amuser ce soir, Lee.

— Ça va être bizarre.

— Quand bien même. J'ai adoré ma soirée bizarre au bal. (Elle hausse les épaules.) Empare-toi du truc. C'est ce que j'ai fait. Je me rappelle m'être regardée dans le miroir en me disant que ma soirée serait d'enfer, même si elle ne se passait pas comme prévu.

— La mienne risque plutôt d'être infernale.

Je lui fais une grimace dans la glace.

— Pourquoi ? Rien ne le dit. (Elle se penche et pose le menton sur le haut de mon crâne.) Promets-moi juste de ne pas te prendre la tête.

Soudain, le coup de massue.

— Merde !

Elle me regarde dans le miroir, circonspecte.

— Tout va bien ?

— Quelle idiote je fais.

— Permets-moi d'en douter.

— Je n'ai pas de soutif.

— Hmm-hmm. (Elle épingle une dernière mèche avant d'admirer son œuvre.) Pas mal, non ?

Oui, bien sûr, elle a tout déchiré. Je ne sais pas comment elle y est parvenue, mais j'ai les cheveux soyeux et ondulés, remontés sur les côtés, avec de petites mèches qui me chatouillent les joues. Bon, vu que je suis encore en pyjama, tête et corps ont l'air d'appartenir à deux personnes distinctes. Mais je suppose qu'avec la robe, ce sera parfait.

Sauf que je n'ai pas de soutien-gorge adéquat.

— Il me faut un modèle sans bretelles.

— Tu n'en as pas ?

— Pourquoi j'en aurais un ?

Elle fait la moue.

— Parce que tu as une robe sans bretelles ?

— C'est pas drôle, maman. Je suis à deux doigts de paniquer.

— Lee… (Elle pose les mains sur mes épaules.) Garrett ne sera pas là avant quelques heures. On a le temps de t'acheter un soutif.

— Mais où ?

— N'importe. Que dis-tu de Target ? Va mettre un jean. (Elle attrape son sac.) C'est parti.

Sauf que la voiture refuse de démarrer.

— Ah non, alors, dit maman par-dessus les vains cliquètements de la clef. Pas aujourd'hui, Satan.

— C'est une blague ?

— Minute. (Elle bouge le volant, ouvre et referme sa portière.) Je réessaie.

Toujours rien.

Elle commence à paniquer.

— Et si je soufflais sur la clef ?

— Ça ne mènera à rien, maman.

— Et... mercredi, maugrée-t-elle en abattant les paumes sur le volant. Il fallait que ça tombe aujourd'hui.

— Ah non, tu ne vas pas dire « mercredi ».

Elle m'adresse un petit regard gêné.

— Je croyais qu'on aimait jurer, dans cette famille.

— C'est vrai. Mais on ne fait pas les choses à moitié. Je ne veux pas de ces ersatz ridicules, maman.

— J'y crois pas, dit-elle.

J'acquiesce.

— C'est un signe.

— De quoi ?

— Que je ferais mieux de rester à la maison.

Maintenant, c'est elle qui lève les yeux au ciel.

— Tu vas manquer le bal à cause d'un soutif ?

Je rectifie :

— Ou plutôt de son absence. Et parce que je n'ai aucun moyen de mettre la main dessus.

Sans répondre, elle fouille son sac, en quête de son téléphone. Puis fait défiler ses contacts favoris.

— Qui tu appelles ?

Elle m'ignore.

— Non mais ça va pas ? (J'essaie de lui arracher l'appareil, mais elle s'écarte.) Pas Wells, quand même ?

Toujours pas de réponse. Elle appuie sur « envoi ».

— Par pitié, dis-moi que tu n'as pas demandé à Wells de m'acheter un putain de soutif.

— Pourquoi pas ?

Son téléphone sonne.

— Parce que c'est de la lingerie.

— Et alors ?

— Alors, c'est dégueu.

— Quoi, un soutien-gorge, ça suffit à te dégoûter ? Mince alors, si tu as peur des soutifs, attends de rencontrer les nichons… Salut, chéri.

Son attitude tout entière se métamorphose. J'imagine Wells à l'autre bout de la ligne, le téléphone collé contre son oreille microscopique.

Je lui donne une tape sur le bras. Elle m'adresse un clin d'œil.

— Leah et moi aurions une faveur à te demander.

Je secoue frénétiquement la tête. Rien à faire.

— Voilà, la voiture m'a lâchée, or on vient seulement de s'apercevoir qu'il manquait à Leah…

Je serre les bras sur ma poitrine.

— … quelque chose d'important, poursuit maman avant de s'arrêter.

C'est tout juste si j'entends la voix de Wells dans le haut-parleur.

— Voilà. Pas avant 17 heures. (Nouvelle pause. Elle rit.) Oui, complètement à plat. (Puis elle acquiesce et m'adresse un sourire.) Merci, mon cœur. Je t'adore.

Bon, alors déjà : beurk. Ensuite : oh, punaise. Maman et Wells en sont à se dire *je t'adore*. Il y a de quoi gerber.

Elle raccroche et se tourne vers moi.

— Il sera là dans un quart d'heure pour faire démarrer la voiture.

— Génial.

Elle hausse les sourcils.

— Euh, je t'en prie.

Je rougis.

— Merci.

C'est bizarre. On ne quitte pas le véhicule. On ne défait même pas nos ceintures. À croire qu'on a mis l'univers sur pause. L'habitacle empeste la laque. De nouveau, ce sentiment d'être à contretemps, en pleine modulation. Ce petit pincement dans mes tripes. Maman martèle le volant en fredonnant un air.

— Alors, vous vous êtes fiancés en secret, Wells et toi ?

Ses mains se figent.

— Quoi ? D'où ça vient ?

— Simple question.

Elle soupire.

— Leah, non. Je ne suis pas fiancée.

— Est-ce que c'est prévu ?

— Euh… (Elle sourit.) Pas que je sache.

— S'il te le demandait, tu dirais oui ?

— Leah, attends une minute. Qu'est-ce que tu me fais ?

— Simple hypothèse.

Je remonte les pieds sur le siège et me tourne vers la vitre. Tout est vert et baigné de soleil. Parfaite journée de printemps à la con.

— S'il me le demandait aujourd'hui ? Je n'en sais rien, dit-elle. C'est un gros morceau, le mariage. Je sais que je l'aime beaucoup.

Je la regarde.

— Pourquoi ?

— Pourquoi j'aime Wells ?

— Bon, il y a l'argent, bien sûr.

— Pardon ? (Ses yeux lancent des éclairs.) Tu veux que je te dise ? C'est terriblement blessant, en plus d'être faux.

— Dans ce cas, je ne comprends plus.

— Qu'est-ce que tu ne comprends pas ?

— Enfin, tu ne l'épouses pas pour son physique !

Je regrette ma phrase avant même d'être arrivée au bout. Je sens le rouge me monter aux joues. Je ne sais pas pourquoi je me montre aussi garce.

— Non, mais sérieux ?

— Je regrette.

— Figure-toi que je le trouve très beau.

— Je sais. J'ai compris. Je suis une ordure.

— Tu ne trouves pas qu'il a un petit air de prince William ?

— Wells a pas genre cinquante ans ?

— Quarante-deux.

— Quand même.

— Le prince William, en un peu plus âgé et un peu plus chauve. Je parle de son visage, bien sûr. (Elle me tapote le genou.) Mais si, avoue.

Merde. Elle a raison. Même son nom s'en rapproche.

— Alors cette relation est uniquement née de ta vieille obsession pour le prince William ?

— Ce n'est pas une obsession, voyons. Je le trouve sexy, c'est tout.

— Je rêve. Tu ne viens pas de décrire le prince William comme sexy.

— Eh si. Ça mérite d'être dit. (Elle esquisse un sourire mélancolique.) Tu sais, je suis sûre que tu l'apprécierais si tu lui laissais une chance.

— Je n'ai pas besoin de l'apprécier. Puisque je finis le lycée dans cinq minutes, tu te rappelles ?

— Ça, je ne risque pas de l'oublier.

Quelque chose dans son expression me serre le cœur. Je fixe la boîte à gants, les genoux serrés contre ma poitrine.

— Désolée.

— Chérie, ce n'est pas grave, tu sais. C'est juste…

Elle s'interrompt en apercevant le véhicule de Wells. Il fait particulièrement golfeur aujourd'hui, avec son polo rentré dans son pantalon. Impossible de ne plus voir le prince William. Un peu perturbant, tout ça. Il soulève le capot de sa voiture, maman fait de même de notre côté. Préliminaires pour un coup tiré entre bagnoles. Maman se glisse hors de son siège pour aller chercher des câbles dans le coffre.

Je les regarde clipper les pinces alligator dans les profondeurs de leurs moteurs. Un instant plus tard, Wells démarre sa voiture et maman se penche par la portière côté conducteur.

— Lee, essaie de mettre le contact.

Je m'exécute. Aussitôt, la voiture reprend vie. Je m'étonne.

— Quoi, c'est tout ? C'est réparé ?

— Elle démarre, c'est un bon début, mais il va falloir faire tourner la batterie un moment. Tu ne veux pas passer à l'arrière ?

— Pourquoi ?

— Parce que Wells va nous conduire à Target, pour garder le moteur en marche pendant qu'on fait les courses.

— Oh. OK.

Eh bien. Courses de bal avec Wells. Même si, techniquement, il vient de nous sauver la mise si bien que, techniquement, je devrais lui être reconnaissante. Ou quelque chose dans ce goût-là.

Maman passe tout le trajet à lui raconter les derniers potins du bahut. Elle retient tout ce que je lui raconte.

— Donc, Abby a plaqué Nick, c'est le plus important, mais il y a aussi Morgan qui fait des histoires, explique-t-elle. Et Garrett en pince pour Leah.

Je me penche vers eux.

— Ce n'est que du ouï-dire.

— Mais, poursuit-elle en se retournant avec un sourire. Je crois que Leah craque pour quelqu'un d'autre.

— Maman !

Merde. Elle n'a pas intérêt à sous-entendre ce que je crois.

— Je dis ça, je dis rien. Mais la soirée promet d'être intéressante.

À peine sommes-nous arrivés sur le parking que le téléphone de maman sonne.

— Oh, zut. Il faut que je réponde.

Ce qu'elle fait, avec une grimace embarrassée, en me chuchotant *c'est le travail.*

Tu parles d'un timing parfait.

Pendant une minute, on reste assis là, Wells et moi, pendant que maman hoche la tête avec des « hmm-hmm. OK. D'accord. Hmm-hmm ». Elle cherche un stylo dans son sac, pour prendre quelques notes au dos d'un ticket de caisse.

— C'est-à-dire que je dois vraiment… oh. *Oh.* OK. Non, non.

Elle me jette un coup d'œil mi-coupable, mi-paniqué dans le rétroviseur avant de murmurer un énième

« hmm-hmm ». Puis de défaire sa ceinture de sécurité et de se retourner pour chercher mon regard.

Je hausse les sourcils.

— Oui. Absolument, dit-elle dans le combiné.

Tout en m'adressant un signe de tête lourd de sens. Avant de me passer sa carte de crédit.

À voix basse, je lui demande :

— Je dois y aller toute seule, c'est ça ?

Elle hausse les épaules, pointe son téléphone, puis l'horloge sur le tableau de bord. Laquelle est cassée depuis des lustres, mais je comprends ce qu'elle veut dire. Garrett passe chez nous dans deux heures, or je porte toujours un jean et zéro trace de maquillage.

— Je t'accompagne, décrète Wells.

— Ça ne sera pas nécessaire, merci.

— Si, ça tombe bien. J'ai besoin d'acheter une carte d'anniversaire, de toute façon.

Je jette à maman un regard façon *c'est une blague, bordel*. Elle répond d'un haussement d'épaules, les mains levées, les yeux luisants.

Magique. Je vais m'acheter un soutif avec Wells.

On traverse le parking. Il marche les mains dans les poches.

— De quoi as-tu besoin, au fait ?

Putain.

— Un vêtement.

— Lequel ? (Il m'adresse un regard confus.) C'est à moi de deviner ?

— Non. (VDM.) C'est juste… un soutien-gorge. Pour mes nibards, Wells.

— Ah.

Je n'arrive même plus à réfléchir, maintenant. Mon cerveau est en train de cuire je crois. C'est peut-être ce qui arrive quand on atteint le summum de l'humiliation.

On passe les portes automatiques, et la première chose que je remarque, c'est un présentoir de maroquinerie : fourre-tout en toile, sacs à main en simili cuir et, déjà, un assortiment de sacs de plage tissés.

— Oh zut.

Je me tape le front.

— Tout va bien ? demande Wells.

— Je n'ai pas de pochette.

Enfin, techniquement, si, j'en ai une et une seule. Un petit machin en toile miteux acheté chez Old Navy il y a trois ans. Je ne peux pas apporter cette merde au bal.

— OK, ça va aller. (Il acquiesce énergiquement.) Est-ce qu'un de ces modèles pourrait te convenir ?

— Et les chaussures, non plus. Je n'ai pas de chaussures.

Bon, sérieusement, je suis à deux doigts de paniquer, parce que ça commence à faire beaucoup, niveau signes. Pas de soutif, pas de pompes, pas de sac, la batterie de la bagnole à plat, maman débordée. Cher univers, j'ai bien reçu le message. Je n'aurais même pas dû envisager d'aller au bal. Je devrais rentrer à la maison, regarder des émissions de déco et rapporter la robe au centre commercial dès l'ouverture demain matin.

Si seulement… Je ne sais pas. Si seulement je n'étais pas du genre à oublier tous ces détails. À croire qu'il existe un gène du bal, absent de mon ADN. Ce qui semble logique, après tout. C'est à peine si je me fais confiance pour m'habiller en temps normal. Tu m'étonnes que je sois en totale détresse arrivée à ce niveau !

— Il est sympa, celui-là, dit Wells en me montrant une petite pochette.

Simili cuir doré, en forme de tête de chat. C'est vrai, elle est trop chou.

Je me mords la lèvre.

— Combien ?

Il consulte l'étiquette.

— Oh, vingt dollars. Pas cher.

— Zut. Laisse tomber.

— Leah, je peux te le payer.

— Haha, non merci.

— Je suis sérieux. Ne t'en fais pas pour ça.

Bon sang, ce que je déteste cette situation. Wells est littéralement la dernière personne dont je veux recevoir des cadeaux. Ce n'est pas mon beau-père. Encore moins mon père. Ça me met mal à l'aise. J'ai l'impression de me laisser acheter.

Mais. Je ne sais pas. Je ne vais quand même pas aller au bal avec un sac en toile.

— Je vais voir les sous-vêtements, dis-je, les yeux brûlants.

Tout ça est tellement ridicule. Honnêtement, je ne sais pas comment m'y prendre sans maman. Je n'y connais rien en soutifs sans bretelles. Je ne sais même pas comment les choisir. Ni si j'ai le droit de les essayer. Je me retrouve à tourner en rond entre les portants du rayon lingerie, telle une petite tortue égarée. Je finis par attraper le modèle le moins cher dans ma taille. Quand même, vingt-cinq dollars. Pour un article que je porterai une fois dans ma vie. Et en mettant vingt-cinq balles dans un soutif, jamais je ne vais pouvoir me payer des pompes. Je devrais y aller en baskets. Juste une grosse paire de tennis bien immondes. Ça, c'est ce que j'appelle une esthétique.

Oui, je suis peut-être en train de virer hystérique. Rien qu'un peu.

Wells serre déjà un sac Target dans sa main quand je le retrouve aux caisses automatiques. Il se frotte la nuque avec un sourire.

— Bon, je sais que tu ne voulais pas, mais je t'ai pris le sac en forme de chat.

— Sérieux ?

— Disons que je me suis dit que tu allais sans doute protester, et moi insister, et ainsi de suite, or je sais qu'on n'a pas beaucoup de temps. Voilà. (Il se mord la lèvre.) Tu n'es pas obligée de l'utiliser si tu n'en veux pas.

— Oh. Hmm.

Je regarde la pochette.

— Je t'aurais bien pris des chaussures pour aller avec, mais je ne connaissais pas ta pointure.

— C'est… pas grave. C'est vraiment cool de ta part, Wells.

Étrange. Je suis tellement habituée à prononcer son nom avec une espèce d'emphase sarcastique, l'équivalent oral d'un roulement d'yeux excédé. Sans cette scansion, *Wells* sonne bizarrement incomplet.

Je paie le soutien-gorge avec la carte de maman avant de retourner à la voiture. Elle est toujours au téléphone. Du coup, on s'adosse contre le coffre, côte à côte, Wells et moi.

— Alors, tu as hâte ? me demande-t-il.

— D'être au bal ?

— Oui. (Il hausse les épaules.) Je ne suis jamais allé au mien.

— Jamais je n'aurais cru y aller.

— N'oublie pas de prendre un appareil photo. Ta mère voudra des souvenirs.

— Mon appareil photo ?

C'est tellement Wells, une telle suggestion. Comme si j'allais me rendre au bal avec mon énorme boîtier argentique et un trépied. Je devrais peut-être oublier l'appareil et carrément apporter des tubes de peinture à l'huile et un putain de chevalet.

— Enfin, tu vas plutôt utiliser ton téléphone pour ça, hein ?

Je confirme avec un sourire.

— Tout juste.

Sourire qu'il me renvoie. On reste là sans rien dire une minute.

— Merci pour le sac, au fait, dis-je finalement en grattant l'asphalte du pied. Tu n'étais pas obligé.

— Ça me fait plaisir.

— J'apprécie le geste.

Je rougis un peu. Parce que apparemment je suis incapable de remercier les gens sans que ça vire à la gêne. Wells doit me trouver ridicule, à me prendre la tête pour un sac à vingt dollars. Je parie que c'est rien, pour lui. Les billets de vingt, il doit se torcher avec.

Mais il secoue la tête.

— Je sais combien ça peut être gênant, comme situation. Plus jeune, je détestais recevoir des cadeaux.

— Moi aussi.

— Même si je savais que la personne en avait les moyens. C'est juste que je n'aimais pas qu'on me fasse la charité. (Il me dévisage. On dirait qu'il lit dans mes pensées.) Ma famille n'était pas très riche.

— Vraiment ?

Il hoche la tête.

— J'étais le petit prolo dans le quartier des riches. Mes amis vivaient tous dans des pavillons, et nous dans un minuscule appartement. Je crois que certains ne se rendent même pas compte qu'on trouve des immeubles d'habitation en banlieue.

— Waouh.

— Pourquoi ?

— Je ne sais pas. J'ai toujours cru que tu étais du genre à avoir grandi dans un country-club.

— C'est le cas, dans un sens. (Il sourit.) J'étais caddy.

— Encore un truc en rapport avec le golf ?

— Tout juste.

C'est étrange. Je me sens plus légère. Peut-être que cette tête de nœud peut rester dans le coin, après tout. Peut-être que maman mérite de se distraire avec son prince William du pauvre. Ça vaut toujours mieux que de hanter les allées du Publix pour alerter les jeunes mères sur la fuite du temps.

Sauf qu'il y a un hic : personne n'alerte jamais les enfants.

CHAPITRE TRENTE

Garrett arrive pile à l'heure. Je sors sur le perron pour l'accueillir. Il me regarde, ouvre la bouche, et la referme. Je crois bien que c'est la première fois que je vois les mots lui faire défaut.

— Mince alors, Burke, dit-il finalement.

— Mince alors, Laughlin.

Je tiraille une mèche de mes cheveux.

J'avoue, je me sens plutôt jolie. Maintenant que je suis habillée, la coiffure fait son effet, et le combo joues roses, regard de braise et épaules tachetées de rousseur joue à plein. Et il se trouve que mes rangers sont exactement de la même teinte dorée que ma pochette en forme de chat. Du coup, ça le fait. Je vais au bal chaussée pour le combat.

Garrett fixe mes lèvres. Ça vaut toujours mieux que mes seins.

Il me tend un petit bouquet blanc comme neige pour mon poignet, et maman l'aide à épingler une boutonnière au revers de son smoking. Avant de nous faire subir la séance de photo de l'enfer devant la maison. Il faut dire que Garrett ne sait pas quoi faire de ses mains, ce qui n'arrange rien. Il m'attrape d'abord par la taille, puis les épaules, avant de retenter les hanches. Je m'attends presque à le voir sortir son téléphone pour interroger Google sur cet épineux problème.

Lorsque vient enfin l'heure de partir, il ouvre la portière pour moi – et, franchement, c'est ultra bizarre de monter dans le mini-van de la maman de Garrett en tenue de soirée. Sans compter qu'il reste exceptionnellement mutique. Je ne peux m'empêcher de lui jeter des regards furtifs.

— T'es plutôt beau gosse, Garrett, dis-je finalement.

Ce qui est vrai. La moitié du temps, il se montre si agaçant que j'en oublie à quel point il est joli garçon. Mais il n'est vraiment pas mal. La mâchoire bien dessinée, les cheveux épais, sans parler de ces yeux d'un bleu éclatant.

— Toi aussi, dit-il. Vraiment. (Il garde le silence un moment.) Alors, hâte d'être au bal ?

— Je suppose ?

— Cache ta joie, Burke.

— Attends, je recommence. (Je me racle la gorge.) Je suppose, point d'exclamation.

Il s'esclaffe.

— J'aime mieux ça.

Je le regarde avec un sourire, sans pouvoir étouffer un sentiment de culpabilité. Parce que Garrett est véritablement drôle et gentil. Il ferait un super petit copain. Il n'est juste pas pour moi.

Ce que je devrais lui dire tout de suite. *Au fait, Garrett, j'aime mieux te prévenir ! Toutes ces scènes de bal de fin d'année qu'on voit dans les films ? Tu peux faire une croix dessus. Il n'y aura pas de numéro de danse synchronisée. Pas de regards langoureux. Encore moins de gros baiser de la mort qui tue.*

Parce que tu sais quoi, Garrett ? Je suis plus ou moins en train de me languir d'amour pour une autre.

Au moins, je comprends enfin l'attrait des smokings : ils rendent les mecs soixante-quinze pour cent plus mignons. Et je ne parle pas que de Garrett – tous, sans exception. Je manque de m'évanouir en apercevant Nick, Simon et Bram.

Pour l'heure, Simon, Bram, Nora et Cal essuient une séance de photos épique avec leurs parents. Assis sur le perron, esseulé, Nick martèle les briques du bout des doigts en patientant. Mais voilà qu'Anna se précipite vers moi, Morgan sur les talons. Et comme je suis devenue un véritable cliché ambulant, je me laisse embarquer dans le rituel qui va bien. *Oh mon Dieu, j'adore ta robe ! C'est pas trop excitant ?!*

Anna est à croquer, vraiment, avec sa robe deux-pièces qui laisse juste deviner son ventre et ses cheveux tressés. Elle et Morgan sont toutes menues. Parfois, à côté d'elles, je passerais pour Hulk.

Sauf que non.

Mon cerveau peut aller se faire cuire un œuf avec ses suggestions à la con. Cher inconscient, merci de me laisser me sentir belle, pour une fois.

Je crois que c'est déjà le cas. Oui, je me sens belle.

Morgan m'adresse un sourire hésitant.

— Tu es vraiment magnifique, Leah.

Je me fige. J'aurais dû me préparer psychologiquement. Je savais qu'elle serait là. Mais j'avais balayé cette idée. Après tout, elle a demandé pardon à Abby, qui le lui a accordé. C'est un début.

— Merci, dis-je. Toi aussi.

— On peut se parler ? demande-t-elle à voix basse.

Étrange. Je n'arrête pas de revenir aux propos d'Anna – comme quoi j'aurais empiré la situation dans le seul but de ne pas avoir à faire des adieux. Je suis à peu près sûre que ce sont des foutaises. C'est Morgan qui a merdé, toute seule comme une grande. Je ne lui ai pas demandé de se montrer raciste pour qu'elle me manque moins.

Mais j'acquiesce et jette un regard vers le cornouiller, où le père de Simon zoome maladroitement pour prendre Nora et Cal en gros plan. Je désigne vaguement la route.

— Par là ?

— Ça me va.

Un drôle de silence tendu s'installe tandis que nous descendons l'allée. Je tire sur ma jupe avant de m'asseoir sur le trottoir. Morgan n'arrête pas de me lancer de brefs regards, comme si elle s'attendait à ce que je prenne la parole. Mais je ne sais pas quoi dire. Je ne sais même pas quoi ressentir.

Penchée en arrière, en appui sur ses mains, elle soupire.

— Bon, j'ai demandé pardon à Abby.

— Je suis au courant.

L'espace d'une minute, on reste assises là, en évitant de se regarder.

— J'ai merdé, concède-t-elle finalement. Je n'en reviens pas d'avoir dit un truc pareil. Je me sens vraiment nulle.

— Tu devrais.

— Je sais. (Elle baisse les paupières.) Bien sûr. Mais, ouais, j'étais bouleversée. J'étais si… bon sang, je ne saurais même pas t'expliquer ce que ça m'a fait. D'être rejetée.

— Ce n'est pas une raison, Morgan.

— Oh, j'en ai conscience. Absolument. Ça n'excuse rien. D'autant que je me considère comme une alliée. (Elle souffle.) Mais dès l'instant où ça m'affecte personnellement, mes principes me lâchent. Jamais je n'oublierai cet incident.

— J'espère.

— Et tu n'as pas à me pardonner. Je le sais bien. Tout ce que je veux, c'est que tu saches combien je regrette. Je vais tâcher de faire mieux.

Je la regarde en biais. Elle a les lèvres serrées, les sourcils froncés. Elle transpire la sincérité. C'est écrit sur son visage.

Il n'y a rien de plus compliqué que le pardon au nom des autres. Je ne sais jamais où me placer. Si Abby a tourné la page, dois-je le faire également ? Si Simon pardonne à Martin, devrais-je lui pardonner, moi aussi ?

J'ouvre la bouche pour parler. Je ne sais même pas ce que je m'apprête à dire.

Avant que j'aie pu prononcer un mot, Garrett apparaît.

— Coucou ! La limousine ne va pas tarder. Vous avez des nouvelles d'Abby ?

— Oh, elle n'est pas encore là ?

Je me mords aussitôt la langue. Je suis encore pire que Taylor. *Abby n'est pas là ? Ça alors, je ne m'en étais pas aperçue ! Ce n'est pas comme si j'avais passé tout mon temps à scruter la route, à l'affût de sa voiture !*

Nom d'un chien. Et si elle séchait le bal ? Et si c'était trop gênant pour elle ? Je devrais lui envoyer un texto. Juste pour savoir. Je fais mine de sortir mon téléphone de mon sac. Avant de me dégonfler. Que lui dire, au juste ?

Simon finit par nous rejoindre et me passe un bras autour des épaules.

— Bon, Abby est presque arrivée, elle est coincée dans les embouteillages. On devrait commencer à prendre les photos de groupe en attendant. On n'a qu'à commencer par les mecs.

Puis il se penche pour me murmurer à l'oreille :

— Tu es absolument divine.

— Pfff.

— Je dis ça, je dis rien.

— Toi aussi.

Il me triture les cheveux avec un sourire, avant d'embarquer Garrett pour une séance photos. Cal est déjà reparti avec Nora, mais les autres garçons se mettent en rang sous le cornouiller. Sacrée équipe, je dois avouer. On dirait un *boys band*. Garrett est le plus grand, de loin, si bien que M. Spier le place au milieu, avec Bram et Simon d'un côté et Nick de l'autre. Ils prennent la pose virile typique, les mains jointes devant l'entrejambe, pendant que la mère de Simon les mitraille. C'est assez magique.

Sauf que je garde un œil sur la route. Chaque voiture à l'approche affole mon cœur. J'ai beau savoir qu'elle sera bientôt là, il me semble que ce moment n'arrivera jamais. Le temps traîne à un point… tout semble flou, onirique. J'essaie de me concentrer sur la chaleur du soleil sur mes épaules. N'importe quoi pour me recentrer. J'ai l'impression d'avoir avalé un ballon d'hélium.

Dès l'instant où apparaît la voiture d'Abby, mon cerveau s'enclenche. Sa mère se gare dans l'allée de Simon, et la miss sort du côté passager, la traîne de sa jupe dans une main, sa pochette dans l'autre.

Elle laisse retomber l'étoffe.

Et c'en est fini de moi.

On dirait un nuage. Ou une ballerine. Sa robe est en tulle bleu pâle, légère comme l'air, avec des bretelles impeccablement croisées entre ses omoplates. Elle a les cheveux attachés librement, sa frange balayée sur le côté, les lèvres et les joues roses et douces. C'en est trop. Je vous le jure. Cette fille est *too much*, et je suis beaucoup trop mordue.

Elle me regarde, les yeux écarquillés. *Waouh*, murmure-t-elle silencieusement.

Je me contente de la contempler un moment. Dire qu'il y a vingt-quatre heures je lui gueulais dessus au milieu d'un terrain de football, et maintenant elle m'adresse, le plus naturellement du monde, un sourire radieux. Je n'arrive pas à décider si j'en suis verte ou soulagée. Non mais sérieux : tu ne vas pas faire preuve de la moindre gêne ? Pas même un tout petit peu ?

Je suis ramenée sur terre par l'intervention de la mère de Simon, qui tape dans ses mains.

— Vos paparazzi attendent.

Elle porte un T-shirt rouge trop grand, avec un avertissement en lettres noires : *FEAR THE SQUIRREL.* Je demande :

— Pourquoi doit-on craindre l'écureuil ?

— Parce que.

Elle se retourne pour exhiber son dos, lequel affiche le rongeur en question, suivi de la mention *HAVERFORD MOM.*

— C'est ça, leur mascotte ? demande Abby.

Je croise le regard de Simon, de l'autre côté de l'allée. Mes lèvres bougent. *Bram est au courant ?*

Il penche la tête, perplexe.

Je sors mon téléphone et réitère par texto. *Bram est au courant pour Haverford ?*

Il sort son portable de sa poche arrière, consulte l'écran et sourit. Avant de me répondre : *Il sait.* Emoji radieux.

On rejoint le cornouiller, où M. Spier nous dispose pour les photos. Le summum de la gêne. Je ne sais pas si les parents de Simon tentent de me rendre chèvre ou s'ils sont juste aveugles, mais ils semblent déterminés à me coincer entre Abby et Garrett sur chaque putain de cliché. Sauf quand je dois me coltiner Morgan.

— Resserrez-vous un peu, les enfants. Faites comme si vous vous adoriez.

C'est quoi, le truc des parents ? Comment font-ils pour toujours dire la vérité sans s'en apercevoir ?

M. Spier est sur le point de mettre les pieds dans le plat en réclamant un portrait de couple de Nick et Abby, mais Simon l'interrompt *in extremis*. La limousine arrive à cet instant. Je me glisse entre Garrett et Nick pendant que la mère de Simon passe la tête à l'intérieur pour prendre quelques photos supplémentaires.

L'intérieur du véhicule a tout du club de strip-tease. Je ne suis jamais entrée dans ce genre d'établissement, d'accord, mais il y a des sièges de part et d'autre de l'habitacle dont les parois sont parcourues d'une fine guirlande fluorescente, pareille à un bâton lumineux multicolore. Sans parler du minibar – certes rempli de bouteilles d'eau, et non d'alcool. Mais quand même. J'ai l'impression d'avoir basculé dans une autre vie. Celle d'une Kardashian, par exemple, ou de Beyoncé. Je n'ai pas envie de regarder par la fenêtre, de peur de me rappeler qu'on est à Shady Creek.

— Je parie qu'on va nous prendre pour des célébrités, déclare Simon.

— Oh, bien sûr, c'est ce que je me dirais tout de suite en apercevant une limousine remplie de lycéens sur les routes de banlieue en avril, rétorque Abby. Forcément une avant-première de film.

— Ou les Oscars, renchérit Bram.

— Jamais un bal de lycée.

— La ferme, proteste Simon en leur donnant des coups de coude avec un sourire.

Puis Garrett s'étire et – je vous jure que je ne plaisante pas – passe le bras derrière mes épaules. Le champion de la subtilité. Je m'avance un tout petit peu sur mon siège. Juste assez pour mettre un semblant d'espace entre nous, mais pas assez pour que ça se remarque.

Sauf qu'Abby n'en perd pas une miette. Les sourcils haussés presque imperceptiblement, elle m'adresse un minuscule sourire en secret.

Et, ouais.

Putain de bordel de merde.

Une sacrée soirée nous attend.

CHAPITRE TRENTE ET UN

Le chauffeur ne trouve pas le restaurant. Il abaisse la vitre de séparation et nous jette un regard dans le rétroviseur.

— L'American Grill ?

— L'American Grill Bistro, répond Garrett.

— Et vous êtes sûrs que c'est dans ce centre commercial ?

— Certain. (Garrett ramène son bras pour se pencher en avant sur son siège.) North Point Mall, l'American Grill Bistro.

On tourne en rond quelques minutes, jusqu'à ce que le chauffeur abandonne et nous dépose devant Macy's. Traverser le centre en tenue de soirée a quelque chose de surréaliste. Des dames âgées nous sourient, des gamins nous fixent, ébahis, et un type va jusqu'à nous « immortaliser ».

— Pervers, maugrée Morgan.

Garrett prend la tête de la procession pour nous mener devant le Forever 21, l'Apple Store et Francesca's. On a beau avancer jusqu'au Sears, pas le moindre restau. Garrett semble perplexe.

— C'était par ici, je vous assure. Je le sais.

— Veux-tu que je vérifie sur le plan ? propose Anna.

— Ça devrait être juste ici.

On reste plantés là une minute dans nos robes et nos smokings. C'est un peu déstabilisant. Parce que bon, en tant que banlieusarde, les centres commerciaux, je connais. Mais ce n'est pas celui que je fréquente habituellement ; autant dire que je viens de pénétrer dans une dimension parallèle. Je regarde Simon qui se mordille la lèvre pendant que Garrett épluche la liste des commerces.

— On n'a qu'à manger dans la zone de restauration, suggère Anna.

— Non, attendez, lance Abby en portant une main à sa bouche.

— Tout va bien ?

Elle acquiesce lentement.

— Bougez pas… Je reviens tout de suite, promet-elle, le front plissé.

Avant de disparaître au coin d'une allée.

Garrett se rapproche de moi, l'air perdu.

— Je te jure que j'ai réservé une table. J'ai parlé à quelqu'un. Au téléphone, insiste-t-il.

— T'inquiète, Garrett.

— Mais je t'assure. Promis.

— Je te crois, dis-je en balayant les lieux du regard.

Il y a un Starbucks, un ensemble d'escalators, des dizaines et des dizaines de passants. Mais pas d'Abby.

— Je veux un fauteuil massant, dit Simon en regardant la vitrine du Brookstone.

— Je serai ton fauteuil massant, répond Bram.

Je bougonne :

— Je refuse d'en croire mes oreilles.

Mais il se contente de presser les épaules de Simon avant de l'attirer à lui. Simon se laisse faire avec un sourire.

— Re, lance Abby, le souffle court.

Je lève la tête en sursautant. Cette fille est un authentique rayon de soleil. Sourire jusqu'aux oreilles, regard clair et plein de malice.

— Garrett, mon pote, dit-elle.

— Suso.

Elle lui prend les deux mains.

— On a bien une réservation.

— C'est vrai ? (Il se ragaillardit.) Où est passé le restaurant ?

— Ce n'est pas un restaurant, explique-t-elle.

Je la regarde.

— Comment ça ?

— Enfin, c'est un genre de restaurant… (Elle a l'air à deux doigts de se rouler par terre de rire.) Mais c'est là-dedans.

Elle désigne un point derrière son épaule.

— La boutique American Girl, constate Simon.

— Tout juste.

— Un magasin de poupées.

— Exactement.

Les yeux d'Abby n'en finissent pas de pétiller.

— Je ne comprends pas.

Simon, lui, semble médusé.

— Eh bien, dit-elle, il semblerait que notre ami Garrett ait réservé pour un dîner de bal à l'American Girl Bistro.

L'intéressé secoue la tête.

— Non, à l'American *Grill* Bistro.

— Si tu le dis. (Abby hoche la tête.) Sauf que l'American Girl Bistro a noté une réservation pour huit, à ton nom, donc…

— Oh. (Garrett écarquille les yeux.) Merde.

Simon pique du nez dans mon épaule, en proie à une crise de fou rire.

L'endroit est tout rose. D'un rose bonbon aveuglant. Tout : les murs, les tables, jusqu'aux décorations florales en plastique.

— J'adore, souffle Abby.

Je lui adresse un sourire.

— Trop prévisible, dis-je.

Une antique fontaine à soda se dresse contre un mur, sous un plafond illuminé de petites loupiotes. Les appliques murales sont en forme de fleurs géantes. Partout où je pose les yeux se trouvent des poupées. Je crois qu'on doit être les seuls à ne pas avoir amené nos petites compagnes. On ne pourrait imaginer tableau plus mignon, cependant. Toutes ces poupées assises sur leurs rehausseurs, et les serveurs qui leur apportent de minuscules tasses de thé pour poupée.

— Je me rappelle quand cette boutique a ouvert, dit Morgan. Je faisais une vraie fixette sur les poupées American Girl.

Anna hausse les sourcils.

— Ça n'a pas changé.

— Pas sur toutes, rétorque Morgan avec un revers de main. Juste Rebecca. Mais bon, elle est juive, elle fait partie de la famille.

— Je crois qu'on peut louer des poupées, fait remarquer Bram. Pour le repas.

— Je vais en louer une, annonce Simon.

— Je suis vraiment désolé, gémit Garrett en se couvrant la face.

Abby sourit.

— Tu rigoles ? C'est le meilleur dîner de bal qu'on puisse imaginer !

— Je suis bien d'accord, déclare Morgan en joignant les mains.

L'hôtesse nous installe autour d'une longue table devant le comptoir à soda, avec des chaises roses à pois blancs et des serviettes en tissu expertement pliées. Le premier réflexe de Simon est de l'interroger sur les modalités de location – avant de la suivre, en compagnie d'Abby et de Bram, à la réception. Les garçons reviennent quelques instants plus tard avec des rehausseurs roses et un duo de poupées blondes qui ressemblent étrangement à Taylor Metternich.

— Abby n'arrive pas à se décider, explique Simon.

Je jette un regard à la réception. Abby m'adresse un clin d'œil.

Lorsqu'elle revient, elle serre dans ses bras une poupée noire coiffée de couettes.

— Je vais l'appeler Hermione, décrète-t-elle.

Simon laisse échapper un soupir de surprise.

— Ça y est, enfin… Abby est devenue fan de *Harry Potter* !

— Quelque chose comme ça.

Elle me regarde droit dans les yeux.

Je me retrouve coincée entre Petite Hermione et Garrett, en face de Simon et Bram – tandis que Nick regarde fixement le menu, la mine crispée et désespérée. Mon regard se perd du côté d'Abby, qui pose le menton au creux de sa main avec un sourire.

— Et si on parlait de Simon et de sa nouvelle mascotte, l'écureuil ?

— Un écureuil noir.

— Un écureuil quand même.

— J'adore les écureuils, dit Simon, ravi. Oh, et devinez quoi. L'Amtrak propose un tarif étudiant.

— Voilà qui n'est pas tombé dans l'oreille d'un sourd, remarque Abby.

— Je crois qu'on va se rendre mutuellement visite le week-end, à tour de rôle, déclare Bram.

— Et puis il y aura Skype, ajoute Simon. Et Jacques et Blue vont reprendre leur correspondance.

— J'adore. C'est génial.

— Oui, on gère. Les relations à distance, ça peut marcher sans probl… (Simon s'interrompt et regarde Abby et Nick tour à tour.) Enfin, pour certains, en tout cas, ajoute-t-il maladroitement.

— J'ai entendu dire que c'était un facteur non négociable, dit Nick d'une voix forte.

Le silence se fait. Ce sont les premiers mots qu'il prononce de toute la soirée. Je me tourne vers Abby, qui affiche un sourire éclatant – mais cligne rapidement des paupières.

Nick hausse les épaules.

— C'est peut-être juste un prétexte utilisé par certaines pour rompre juste avant le bal.

Abby repousse sa chaise et quitte la table.

— Excusez-moi.

— Nick… soupire Simon.

Les garçons remuent sur leurs chaises. Morgan et Anna échangent un regard abasourdi. Un millénaire passe, sans que personne dise un traître mot.

Finalement, je me lève.

— Je vais lui parler.

Puis, après avoir respiré un grand coup, je la suis dans les toilettes.

Abby est assise sur le rebord, à côté des lavabos, les pieds en éventail comme une danseuse. Ses ballerines pointent sous sa robe. Elle lève la tête, surprise.

— Qu'est-ce que tu fais là ?

— Je suis venue te chercher. (Je me frotte la nuque.) Pour m'assurer que tu allais bien.

Elle hausse les épaules.

— Ça va.

— Si tu le dis.

On garde le silence un moment. Puis je l'interroge :

— Qu'est-ce que tu fais dans les toilettes ?

— Tu savais qu'il y avait des porte-poupée dans les cabinets ?

Je cligne des yeux.

— Pardon ?

— Il y a un genre de petit crochet où installer ta poupée. Je te jure. Va voir.

— Mais pourquoi ?

— Pour qu'elle puisse admirer ces toilettes avec toi, répond Abby.

— C'est… étrange.

— N'est-ce pas ?

Son éclat de rire se mue en soupir.

J'étudie ses traits.

— Sérieusement, ça va ?

— C'est plutôt à Nick qu'il faudrait poser la question.

— Peut-être. Mais c'est à toi que je la pose.

Elle m'adresse un regard curieux, tout en sourcils. Un regard que je ne parviens pas à déchiffrer tout à fait. Je sens mes joues, ma poitrine et mon dos se réchauffer.

— En tout cas, dit-elle au bout d'un moment en se prenant le menton dans les mains, je suis officiellement un monstre.

— Mais non.

— J'ai mis tout le monde mal à l'aise.

— Crois-moi, les mecs n'ont besoin de personne pour ça.

Elle rit.

— S'il n'y avait que les mecs.

Mon cœur s'affole à ces mots. Je ne sais même pas pourquoi. Je ressens pourtant un besoin urgent de me hisser sur le rebord à mon tour, dans le minuscule espace disponible près d'elle. Je serais prête à m'asseoir dans le lavabo s'il le fallait. J'aimerais regarder dans le miroir pour y voir nos reflets, côte à côte.

Mais je reste figée.

— Je n'aime pas ça.

— Moi non plus. (Elle rejette la tête en arrière et laisse échapper un soupir.) Le bal, ça craint.

— C'est infernal, oui.

À peine ai-je prononcé cette phrase que je repense à maman et à sa détermination à passer une soirée d'enfer. Mais ça devait être différent pour elle. Parce qu'elle avait beau être la seule fille enceinte au bal, au moins, elle pouvait embrasser qui elle voulait. Alors qu'embrasser Abby Suso reviendrait à mettre le feu à mon cercle d'amis. Qu'elle me rende mon baiser, et on provoquerait l'Apocalypse.

Alors je reste plantée là, à la regarder, jusqu'à ce que la commissure de ses lèvres se relève. Ce qui n'arrange rien, au contraire. Parce que chacun de ses sourires est comme un coup de poignard.

CHAPITRE TRENTE-DEUX

À peine réinstallé dans la limousine, Nick sort une flasque d'une poche dissimulée dans son smoking. Tu parles d'une surprise.

Il en prend une gorgée avant de la passer à Anna. En le voyant faire, je me dis, les épaules tendues, que c'est exactement pour ça que j'évite les bals de lycée. Je connais par cœur le déroulement de la soirée. Tout le monde va se bourrer vaguement la gueule, parler jusqu'à plus soif de leur ébriété, et m'implorer de boire, moi aussi. Parce que c'est *le baaaaaal*. Parce que je devrais *juste essayer, rien qu'une gorgée*. Les gens saouls, c'est comme les zombies. Une fois infectés, ils insistent pour vous entraîner dans leur déchéance. Sérieux, même mes amis sont comme ça, alors qu'on est censés être des intellos. Merde à la fin.

— Leah ?

Garrett agite le flacon dans ma direction.

Je le passe directement à Bram, qui le passe directement à Simon, qui le passe à Abby, puis à Morgan, et je me rends compte avec surprise que personne ne boit, en fait. Bon, je me suis peut-être trompée. C'est peut-être juste un truc à la Nick.

La flasque retrouve son propriétaire, qui s'empresse de renverser la tête pour écluser le reste de son contenu. Avant de sourire comme un zouave à tout le monde, à l'exception d'Abby. Simon croise mon regard et hausse les sourcils. Je secoue discrètement la tête. J'adore Nick, vraiment, mais c'est le festival du malaise. Et le bal n'a même pas commencé.

Le soleil entame tout juste son déclin quand on arrive au Centre Nature Chattahoochee, mais les convives inondent déjà le parking par groupes de deux, ou trois, ou dix. Les limousines sont alignées le long du trottoir. C'est tellement Shady Creek, tout ce cirque. Mon regard part si violemment de biais que je devrais marcher en crabe pour compenser.

Bien sûr, la première personne que j'aperçois n'est autre que Martin Addison, vêtu d'un smoking bleu layette, les cheveux casqués par le gel. Il marche à côté de Maddie, ancienne membre du conseil des élèves et présentement mieux connue sous le sobriquet de Casse-Noisettes, depuis qu'elle a donné à David Silvera un coup de poing à l'entrejambe pour l'avoir battue aux dernières élections. Je n'aurais pu rêver meilleure partenaire pour Martin. Je m'apprête à en faire la remarque sarcastique à Simon quand j'aperçois le pavillon – et mon cœur me saute dans la gorge.

Bon, on est d'accord : le bal, c'est débile.

Mais l'endroit est entièrement éclairé par des guirlandes, et les rideaux blancs semblent luire dans le couchant. D'immenses haut-parleurs crachent un morceau que je ne reconnais pas. La ligne de basse, puissante, est parfaite, comme un cœur qui bat. L'effet est saisissant. L'endroit a l'air aussi détaché du lycée Creekwood que possible, et pourtant il grouille d'élèves de Creekwood – dans les allées, près de la volière, assis à des tables de jardin sur la pelouse.

Un escalier descend directement jusqu'au pavillon, mais je lui préfère un chemin de traverse. Je ne m'y fais toujours pas, à cette robe. Elle bruisse autour de mes pieds à chaque pas. Heureusement, je ne trébuche pas. Vive les rangers.

— Coucou.

Je sens une petite poussée.

Évidemment, c'est Abby, qui se matérialise si près de moi que nos bras s'effleurent. Double explosion dans mes tripes : papillons et *boing*. Je pourrais lui prendre la main, facile. Je pourrais glisser mes doigts entre les siens sans que personne ne bronche, parce que les filles hétéros passent leur temps à marcher main dans la main. Surtout au bal. Elles se tiennent la main et prennent des selfies-bisou sur la joue et s'assoient de côté sur les bancs, leurs pieds sur les genoux l'une de l'autre. Honnêtement, je pourrais juste…

— C'est vraiment cool, constate Abby, me ramenant sur terre.

Les yeux écarquillés, elle contemple les alentours, admirative. Le sentier est bordé d'enclos grillagés qui, pour la plupart, abritent des oiseaux de proie. Elle s'arrête devant l'un d'entre eux.

— C'est une chouette ? Je rêve ou il y a une chouette à notre bal ?

En effet. C'est une authentique chouette, qui nous observe sans ciller, parfaitement immobile, tandis que nous coupons à travers le sentier. Comme si ce n'était pas déjà le bal le plus bizarre qu'on puisse imaginer.

— Insérez une référence à *Harry Potter*, dis-je.

Elle sourit.

— Tu lis dans mes pensées.

On finit par atteindre le bout du sentier au moment précis où Simon et Bram quittent l'escalier.

— Tiens, qui voilà ? lance Abby.

Je me rends compte avec surprise qu'ils se tiennent la main. Et vraiment, hein, pas légèrement, prêts à se séparer d'un bond à tout moment. Tous deux semblent adorablement embarrassés par le geste, même si, à l'évidence, ils jouent les blasés.

— Alors, on entre, comme ça, c'est tout ? demande Bram.

Abby hausse les épaules.

— Je crois, oui.

La piste de danse est déjà noire de monde, même si personne ne danse encore. Un annonceur tente de chauffer la salle, le poing tendu.

— EST-CE QUE LES TERMINALES SONT DANS LA PLACE ? beugle-t-il.

— C'est littéralement le bal des premières et des terminales, fait remarquer Simon.

— Je ne vous entends pas. EST-CE QUE LES TERMINAAAAAALES SONT DANS LA PLACE YOOOOO ?

— Il sait qu'il est blanc, au moins ? demande Abby.

Mais tout le monde répond par des cris et des hourras. C'est assez surréaliste. Sous le chapiteau, la lumière tamisée et teintée d'orange fait rayonner les visages. J'aperçois un éclair blanc à la périphérie de mon champ de vision. C'est Taylor, qui plane, tout simplement. À l'évidence, elle a décidé de porter la robe de mariage de Kate Middleton.

— Est-ce qu'elle… ? demande Abby.

— Ouaip.

— Waouh.

On se regarde avec un sourire.

— Taylor, surtout ne change rien, dis-je.

Et, soudain, Garrett apparaît à mes côtés.

— Te voilà ! Je t'ai cherchée partout, Burke.

Ah oui, bien sûr. Mon cavalier.

— Tu veux danser ? Je suis prêt.

— Là, tout de suite ?

— Oui, là, tout de suite. (Il me prend la main.) Allez, viens, j'adore cette chanson.

— Euh… vraiment ?

Le DJ passe un morceau de techno sans paroles. On dirait des bruitages de robots qui s'envoient en l'air.

— Mais oui, les paroles sont géniales.

Je le regarde, et d'un coup ça me tombe dessus : il est nerveux. Je ne sais pas si j'en avais bien conscience jusque-là. Mais il se gratte la nuque, un sourire trop large sur la figure, et quelque part, j'ai juste envie de lui faire un câlin, à ce pauvre gosse. Ou de lui offrir une bière. Il a besoin de se détendre.

Je le laisse me traîner jusqu'à la piste de danse, tout devant, près de l'annonceur.

— YO YO YO. EST-CE QUE LES TERMINALES SONT DANS LA PLAAAAAACE ?

Soudain, on me colle un micro sous le nez.

— Oui, je réponds platement.

— Plus fort pour ceux du fond. JE RÉPÈTE. EST-CE QUE LES TERMINALES SONT DANS LA PLACE ?

— Oui, il a déjà été établi que les terminales étaient dans la place, dis-je dans le micro.

Du coin de l'œil, je surprends Abby en train de glousser.

— Allez, viens. On danse.

Garrett m'attire à lui, ses mains trouvent mes hanches.

— On va vraiment danser un slow sur ce morceau de techno lambda ?

— Oui.

Je secoue la tête d'un air sceptique. Mes mains se posent néanmoins sur ses épaules. Et on commence à tanguer. Presque personne ne danse – la plupart se contentent de faire du surplace sur la piste –, et j'ai du mal à me débarrasser de la sensation que tout le monde m'observe. Je crois que je suis complexée de naissance.

La techno laisse la place à du Nicki Minaj. Apparemment, c'est le signal qu'attendait l'assemblée : soudain, la foule se trémousse comme un seul homme. Je me dégage de Garrett pour me retrouver prise en sandwich entre Simon et Bram. Je crois que je n'ai jamais vu Simon danser en dehors des spectacles du lycée. Un vrai Muppet. Il secoue la tête à la verticale et remue les pieds – mais aussi raide soit-il, Bram est encore plus ridicule. Je leur adresse un sourire à tous les deux. Simon me prend les mains pour me faire tournoyer. J'en perds presque le souffle.

Les comédies pour ados avaient raison, dans le fond : le bal a un petit, tout petit quelque chose de magique. Le fait de se serrer sur le *dance floor* avec tous vos amis, entourés par les loupiotes, habillés comme des stars de ciné, sans doute. Tout sourire, Simon me donne un coup de hanche. Avant d'attraper les mains d'Abby pour faire la toupie avec elle. Bram et Garrett s'essaient à une espèce de jeté d'épaule, et je suis à peu près sûre que Martin Addison a le Casse-Noisettes au bout de sa canne à pêche.

— Y A-T-IL DES TERMINALES DANS LA PLAYAYAYAYACE ?

— OUI, C'EST NOUS LES TERMINALES ! s'époumone Abby.

Avant de croiser mon regard avec un sourire timide.

Nouveau changement de musique : cette fois la rythmique se fait douce et tout le monde se rapproche. Sous l'impulsion de Simon, je brandis les deux bras vers le ciel, les yeux clos, un sourire sur les lèvres. C'est exactement ce que je ressens quand je joue de la batterie. Je me laisse emporter par la musique, corps et âme. Je ne saurais dire depuis quand je ne m'étais sentie aussi légère.

Jusqu'au coup de massue : tout ceci touche à sa fin.

Putain. On termine le lycée. Il nous reste, quoi, cinq semaines de normalité, après quoi on repart de zéro. Intellectuellement, j'ai toujours su que les choses changeraient après le diplôme. C'est la vie.

Mais je crois que ce n'est que maintenant que je prends conscience de la magnitude de ce bouleversement. Jusque-là, j'avais évité de le regarder en face.

— Tu me manques, dis-je à Simon.

— QUOI ?

— TU ME MANQUES !

C'est vrai, quoi. Merde à la fin. Ils me manquent déjà. Simon et Bram et Nick et Garrett et Nora et Anna et même Morgan. Ça fait vraiment mal.

— PUNAISE, TU ME MANQUES AUSSI, beugle Simon avec un sourire.

Et alors même que je me dis qu'il n'a rien compris, il se jette à mon cou pour me serrer fort et murmurer à mon oreille :

— Tu sais que je vais perdre la tête sans toi ?

Blottie contre sa poitrine, je réponds d'une voix douce :

— Moi aussi.

CHAPITRE TRENTE-TROIS

Mais il y a un détail qui cloche : c'est à peine si j'ai aperçu Nick de la soirée. En temps normal, je ne m'en inquiéterais pas plus que ça, mais Nick n'est pas dans son état normal – c'est de Nick au Vin Triste dont on parle. J'en déduis qu'il doit être en train de vomir dans la volière aux papillons ou de comater à proximité de l'enclos aux vautours.

Ou peut-être qu'il va bien. C'est sans doute le cas. Même s'il ne répond pas à mes textos. Peut-être qu'il va bien et que c'est juste qu'il me déteste. À sa place, je me détesterais. Peut-être que Abby lui a parlé. À moins que mes sentiments pathétiques pour Abby ne soient écrits en lettres immenses sur mon visage.

J'essaie de balayer cette pensée, même si je ne peux m'empêcher de scruter les abords de la piste de danse. Pour info, localiser un garçon bien précis dans un pavillon sombre et plein à craquer est une tâche presque impossible. Ce mec porte un smoking noir dans un océan de smokings noirs. L'espace d'un instant, je saisis mieux la logique tordue qui sous-tend les choix vestimentaires de Martin Addison.

Mais voilà Nick qui surgit de nulle part, radieux, enjoué. Je m'apprête à le saluer, sauf qu'il me surprend avec un câlin avant de déposer un baiser baveux sur ma joue.

— Euh. Est-ce que tu…

Il me tapote le nez.

— Leah Burke, prépare-toi au choc de ta vie.

OK, je commence à paniquer légèrement.

Nick traverse la piste de danse avec aplomb. Jamais, durant toutes mes années d'amitié avec Nick Eisner, je n'avais vu pareille scène. Arrivé devant la console du DJ, il se penche pour lui parler. Le DJ acquiesce, et tous deux échangent un coup de poing complice.

— Tu as vu ça ? demande Simon au creux de mon oreille.

— Nick, tu veux dire ?

Il acquiesce.

— Qu'est-ce qu'il mijote, à ton avis ?

— Aucune idée.

À peine ai-je prononcé ces mots que j'aperçois Abby, dont la jupe bleue vole tandis qu'elle danse avec Nora.

— À moins que…

Simon suit mon regard.

— Oh, nom d'un chien. Tu crois qu'il prépare une espèce de numéro pour la reconquérir ?

— Peut-être. Je ne sais pas. (Je serre les lèvres.) À moins qu'il ne veuille se venger.

— Nick, se venger d'Abby ? s'esclaffe Simon, incrédule.

— Il veut peut-être l'humilier.

Il secoue la tête.

— Jamais il ne ferait ça.

— Je n'en suis pas si sûre. Il a un comportement vraiment étrange.

— D'accord, mais c'est de Nick dont on parle, insiste Simon, les yeux pourtant traversés d'un éclair d'incertitude. J'en doute.

On se contente de se regarder un moment. Je suggère :

— Je crois qu'on devrait aller lui parler.

— Oui. Allons juste… voir à quoi il joue.

Main dans la main, nous nous frayons un passage à travers la foule des danseurs. Nick se trouve au milieu des footballeurs, à l'extrême bord du chapiteau, les bras autour des épaules de Garrett et de Bram. Ce qui est plutôt rassurant, je crois. Si Bram – ou même Garrett – est dans le coup, c'est qu'il n'y a rien de méchant à attendre de Nick. Sauf si Bram et Garrett ne sont pas au courant des détails, bien sûr.

Bon sang, comment s'y prendre, au juste ? *Eh, Nick. Je te trouve extraordinaire et je t'adore, et je voulais juste m'assurer vite fait que tu n'étais pas qu'un phallus géant.*

Simon me presse les doigts et m'entraîne avec lui en prenant une profonde inspiration.

— Coucou, les mecs, dit-il.

Bonjour, je m'appelle Simon Spier et je suis tellement relax que c'est à peine si ma voix couine.

— Euh, Nick, on peut te parler une seconde ?

— Bien sûr, qu'est-ce qu'il y a ? demande Nick, plein d'espoir.

Derrière son épaule, j'aperçois une douzaine de sportifs, tous aussi impatients que lui. Je précise :

— En privé.

— Oh oh, Eisner. (Un footeux lambda lui ébouriffe les cheveux.) Elle a l'air en pétard.

Je lève les yeux au ciel – mais Nick s'extrait du groupe pour nous suivre, Simon et moi, sur la terrasse. Ce qui me calme aussitôt, même si la terrasse est solidaire du pavillon, que la musique est toujours aussi forte et qu'il y a autant de monde partout. En tout cas, c'est sympa de trouver la terrasse entièrement découverte, à l'exception de quelques guirlandes lumineuses. De l'autre côté de la rambarde s'étire un lac bordé d'arbres. Accoudée à la rampe, je respire un grand coup.

— Nick, qu'est-ce qu'il se passe ?

— Comment ça ?

Il sourit.

— Tu es bizarre.

— Pourquoi es-tu allé parler au DJ ? veut savoir Simon.

— Aha ! (Le sourire de Nick s'élargit.) Tout sera bientôt clair.

Simon me jette un coup d'œil nerveux.

Je toise Nick.

— Dis-moi juste une chose. Est-ce que c'est en rapport avec Abby ?

Il ouvre la bouche pour répondre – mais c'est alors qu'un nouveau morceau retentit. Il change radicalement d'attitude et nous donne à chacun une tape sur l'épaule avant de courir rejoindre les footeux sous nos regards médusés.

— Merde, marmonne Simon.

Le juron flotte un instant entre nous.

Je regarde les garçons se rassembler pour former un triangle, Nick en tête, flanqué de Bram et de Garrett, et le reste de leurs coéquipiers en éventail derrière eux. Dans les haut-parleurs, la musique explose.

CH-ch-ch-ch, ch-ch-CH-ch-ch BAM. CH-ch-ch-ch, ch-ch-CH-ch-ch BAM.

À l'unisson, ils se trémoussent en rythme, d'un côté et de l'autre, avant de se figer. Puis Nick secoue les hanches, les autres l'imitent. Un jeté, et c'est parti.

Oh, putain.

C'est le numéro de danse synchronisée, tout droit sorti d'une comédie pour ados.

Soudain, la foule se presse pour les acclamer et reprendre les paroles d'une chanson que je ne connais ni d'Ève ni d'Adam, au sujet d'une fille qui serait poison.

Je me penche vers Simon.

— Est-ce que c'est… au sujet d'Abby ?

— Ben, c'est une chanson qui existe…

Il s'interrompt, les yeux rivés sur Bram. Difficile de lui en vouloir. Tous ces corps qui tournoient sous notre nez. Je ne me doutais même pas que les garçons savaient qu'ils avaient des hanches. Certainement pas Bram et Nick, en tout cas.

— Y A-T-IL DES TERMINALES DANS LA PLACE ? hurle l'annonceur.

Nick se jette à genoux, la tête en arrière, pour le grand finale. Ébahie, je me tourne vers Simon – qui a disparu, pour laisser soudain la place à Abby. Laquelle sourit faiblement. Je murmure :

— Bon, c'est un peu gênant.

— Tu l'as dit.

— Je suppose qu'il essaie d'envoyer un message.

Elle se penche vers moi.

— Le plus drôle, c'est que ça fait des mois qu'ils travaillent à cette chorégraphie. J'étais au courant, d'ailleurs.

— Sérieux ? Avec un morceau pareil ?

Elle laisse échapper un rire morne.

— Simple coïncidence. Ils ne savaient pas encore que j'étais poison.

— C'est faux…

Mes yeux sont irrésistiblement attirés par le *dance floor*.

— Oh, merde.

C'est la bande des théâtreux – Simon, Martin, Cal et quelques autres –, qui se lancent dans ce qui ressemble à une danse *country*. Toujours sur le même morceau.

Abby secoue lentement la tête.

— OK, ça, c'est clairement une danse issue de la pièce.

— Bon sang de bonsoir.

— Et ils font ça sur *Poison*.

Simon et Martin effectuent un dos-à-dos dans leurs smokings.

— Oui. En effet. Je…

— Ouais.

— Je suis complètement perdue.

Abby me prend la main.

— Je crois qu'on assiste à une *dance battle*, murmure-t-elle au creux de mon oreille en glissant ses doigts entre les miens.

Mon cœur cogne dans ma poitrine. Ce n'est pas possible, ce n'est pas réel. Je suis debout à côté d'Abby, dans sa robe de Cendrillon, sa main dans la mienne, littéralement. En train de regarder un duel dansé, le plus naturellement du monde. Je crois que je ne sais plus respirer.

— Ça va ? me demande-t-elle avec un regard inquisiteur.

Je m'empresse d'acquiescer.

Elle continue de me scruter. Je me creuse la cervelle en quête d'une réponse adéquate. Ne pas parler des mains. Ne pas parler du baiser. Ne pas parler de Nick…

— Nick devrait danser avec eux. Lui aussi fait partie de la troupe à présent, fais-je remarquer.

Génial. Mon cerveau me déteste, c'est pas possible.

Mais Abby se contente de sourire.

— C'est-à-dire que son personnage est mort dans cette strophe. Plus ou moins.

— Oh, alors c'est un numéro pour lui dire de se faire foutre ?

— En gros, oui.

Mais Nick rit si fort que c'est à peine s'il tient encore debout. Il s'appuie sur l'épaule de Bram, la tête enfouie dans le revers de sa veste. Pendant ce temps, les théâtreux soignent leur pose finale, avec mains qui vibrent et tout le tralala.

Quelques applaudissements retentissent. Abby me lâche la main pour s'y joindre. Je ressens comme un pincement de déception. Mes doigts ne me sont plus d'aucune utilité.

— C'était incroyable, dit-elle lorsque Simon approche. Dix sur dix, chaudement recommandé.

— Évidemment, répond-il, radieux. Je me devais de défendre ton honneur.

— Parce que je suis la poison.

— Mais pas du tout ! Enfin, si, un peu. Sauf que non.

Elle hausse les sourcils.

— Tu veux danser ? bredouille-t-il.

Le hip-hop a laissé la place à une chanson lente – Ed Sheeran, je crois. Simon taquine mes cheveux avant de prendre la main d'Abby. Elle m'adresse un sourire pardessus son épaule tandis qu'il l'entraîne vers la piste.

Je reste plantée là une minute, à les regarder. Simon se débrouille pas mal en slow. Il pense même à lui tenir la main en hauteur, comme le font les grands-parents. Il a dû s'entraîner avec sa mère. C'est drôle, il y a dix secondes, c'était le petit Simon Spier dans ses T-shirts loup – soudain transformé en beau gosse en smoking. Comment avons-nous pu vieillir si vite ?

— Tiens, salut, Burke.

Je lève le nez. C'est Garrett, les mains dans le dos.

— Salut. (Je détache à contrecœur mes yeux d'Abby et de Simon.) Ça alors, qui eût cru que tu dansais comme un dieu ?

Il esquisse un minuscule sourire.

— Tu le penses vraiment ?

— Disons que ce n'était pas la cata.

— Oh mon Dieu. Tu as adoré. Qu'est-ce que tu as préféré ? Ce mouvement ?

Il jette son pelvis en avant trois fois, rapidement.

— Totalement.

— Ou celui-là, peut-être ?

Il brandit les mains, comme pour s'agripper à une barre invisible, avant de faire tournoyer ses hanches.

— Aussi. Je coche toutes les cases.

— Mince alors. Il faut au moins ça pour t'impressionner, hein ?

Je hausse les épaules avec un sourire vague. Punaise, quelle connasse je fais. Je devrais le rembarrer. Là, tout de suite. Je vais mettre les points sur les i, gentiment, afin qu'on soit tous d'accord et que personne ne se monte le bourrichon pour rien. Les yeux clos, je prends une profonde inspiration.

On parle en même temps, tous les deux. Ce qui donne du charabia. Je reprends :

— Toi d'abord.

— D'accord. (Il inspire.) Tu veux danser ?

Et… merde.

Je reste figée.

— D'accord.

Main dans la main, on rejoint la piste. Garrett me fait face.

— Est-ce qu'on…

Ses mains se posent sur ma taille, je passe les miennes autour de ses épaules. Et on se balance. Il m'attire plus près – au point que nos poitrines s'écrasent l'une contre l'autre, ce qui est assez perturbant. Je dois irradier la gêne, comme une substance gazeuse qui s'échapperait de moi par vagues.

Et le pire dans tout ça, c'est que Garrett n'a pas dit un mot. Il se contente de me contempler avec son air gentiment idiot, ce qui fait de moi la plus grosse ordure de la terre.

Je ne suis absolument pas amoureuse de Garrett Laughlin. Lequel mérite sans doute d'être mis au courant. Mais lorsque j'ouvre la bouche, tout ce qui en sort, c'est :

— Qu'est-ce qui se passe à leurs soixante-dix ans ?

— Pardon ?

— Dans la chanson. Il dit qu'il va aimer cette fille jusqu'à leurs soixante-dix ans. Mais ensuite ? Il va juste lui dire *salut, je me casse* ?

— Waouh, s'esclaffe Garrett. En fait, tu es la personne la moins romantique de la planète.

C'est faux, me dis-je. La preuve : en cet instant précis, je dois déployer des trésors de volonté et d'abnégation pour ne pas contempler Abby d'un air langoureux.

Au lieu de quoi, je jette un regard par-dessus l'épaule de Garrett. Et je m'étrangle.

— C'est une blague ?

Garrett fronce les sourcils.

— Tourne-toi.

Parce que, putain de merde. C'est Nick. Qui danse. Avec Taylor Metternich. Sauf qu'ils ne se contentent pas de danser. Leurs mains sont partout. Les doigts de Nick parcourent le dos du bustier à la Kate Middleton de Taylor pour s'arrêter beaucoup trop près de ses fesses, et il ne reste pas le moindre millimètre de libre entre eux deux.

Sauf au niveau de la bouche. Leurs lèvres doivent être à deux centimètres.

Mes yeux se posent aussitôt sur Abby, deux mètres plus loin, qui observe ce désastre en direct. Évidemment qu'elle les regarde. Simon aussi, d'ailleurs. Tous deux sont figés, les sourcils dans la stratosphère.

— Il vient de l'embrasser. Ils se roulent des pelles, murmure Garrett. Meeeeeerde.

Qu'est-ce que c'est que ce bordel, au juste ? Nick embrasse une fille sur la piste de danse, juste sous les yeux d'Abby, une fille qui s'appelle Taylor Metternich. Et, certes, s'ils se reproduisent un jour, leurs enfants auront des voix à tomber par terre, mais en attendant : QUOI ?!

Je me tourne une nouvelle fois vers Abby, qui me regarde droit dans les yeux à présent. Son expression est indéchiffrable. Elle m'adresse un demi-sourire triste.

Grands dieux. Elle est tellement… Je ne sais même pas quoi.

Je ne devrais pas la fixer.

Encore moins la fixer d'un regard languissant. Non mais sérieux, Leah. Calme tes ardeurs. On n'est pas dans un film.

Je me détourne précipitamment pour me rebrancher sur la chaîne de porno *light* diffusant le numéro de Taylor et Nick. Et, waouh. Jamais vu des baisers pareils. Est-ce que tous les surveillants sont défoncés ? Pire, morts ? Parce que je suis à peu près sûre que dans une minute, Nick va mettre Taylor enceinte, là, sur le *dance floor*.

Juste devant son ex.

Sauf que.

Quand je détache mon regard des tourtereaux une ou deux minutes plus tard, Simon se trouve à l'orée du pavillon, tout seul. Et Abby a disparu.

CHAPITRE TRENTE-QUATRE

Dès la chanson finie, je mets le cap sur Simon. Lequel a entretemps investi une table avec Bram. Tous deux ont drapé leurs vestes sur leurs chaises. En m'installant près de Bram, je demande :

— Abby est partie ?

Simon acquiesce.

— Oui, en plein milieu du morceau, dit-il sur le ton de la confidence. Elle disait vouloir être seule.

— Vraiment ?

— C'est bizarre, tu ne trouves pas ? Enfin, bizarre de sa part, je veux dire.

— Est-ce qu'elle est fâchée ?

— Je ne sais pas. (Simon semble quelque peu désemparé.) Je suppose. On ne peut pas lui en vouloir.

— Bon sang. (Je ferme les yeux.) Tu m'étonnes.

Bram hoche la tête en se mordant la lèvre.

— J'aurais dû l'accompagner, gémit Simon en se massant le front. Maintenant elle doit croire qu'elle est virée de la bande. Et qu'on va la remplacer par Taylor.

— Mais non, jamais elle ne croira ça, déclare Bram.

— Je devrais peut-être lui envoyer un texto.

En prononçant ces mots, je m'empourpre. Bonjour la subtilité, Leah. Autant m'arracher le cœur et le poser sur la table pour que les garçons l'examinent.

Mais Simon acquiesce avec enthousiasme.

— Oui, bonne idée.

C'est vrai. C'est une excellente idée, je devrais totalement la textoter. Rien d'étrange à ça. Je suis une amie. Je prends de ses nouvelles.

Coucou, tout va bien ?

Je fixe l'écran un moment. Rien. Pas de points qui clignotent. Elle ne tape pas. J'ajoute :

Nick est un connard.

— Elle t'a répondu ? s'enquiert Simon.

Je secoue lentement la tête. Punaise. Je ne sais pas pourquoi je suis aussi angoissée. Je doute qu'elle prête attention à son téléphone en ce moment. Ou peut-être veut-elle un peu d'air, pour une fois. Je devrais la laisser tranquille. Je ne devrais pas me prendre la tête. Sérieux.

Sauf que… OK. Ça me titille. La seule idée qu'elle puisse être quelque part en train de pleurer à cause de Nick. Non parce que je comprends. Je vous assure. Je sais exactement ce que ça fait, d'être éperdument amoureuse de quelqu'un. Et je sais exactement ce que ça fait de voir ce quelqu'un embrasser quelqu'un d'autre.

Mon cœur se retourne dans ma poitrine. D'un horrible côté, je ne puis m'empêcher de penser qu'elle le mérite. Pour lui donner un aperçu de ce que j'ai enduré l'année dernière. De l'autre, j'ai envie de frapper Nick.

Lequel se matérialise à notre table, comme invoqué par mes soins. Seul – Taylor a, semble-t-il, disparu. Mais ce n'est pas Taylor qu'il cherche.

— Abby est partie.

Il se laisse glisser sur le siège voisin de Simon, les lèvres enflées, les yeux vitreux.

— Putain. J'ai merdé. Je n'aurais pas dû…

— Rouler des pelles à Taylor juste sous son nez ?

Je hausse les sourcils.

— Est-ce que ça fait de moi une ordure ? (Il gémit, la tête dans les mains.) Elle doit me détester. Merde. Il faut que je la retrouve.

— Je doute que ce soit une bonne idée.

— Savez-vous où elle est partie ?

Il scrute l'horizon par-dessus mon épaule.

Simon plisse le front.

— Je ne suis pas sûr. Je crois qu'elle a pris à gauche.

— Vers la volière ?

— L'autre gauche, rectifie Simon.

— D'accord. (Nick hoche la tête d'un air résolu.) Je vais juste…

Il tente de se lever.

— Non. Très mauvaise idée.

Je le retiens par la manche.

— Je veux m'assurer qu'elle va bien.

— Je te garantis qu'elle n'a pas envie de te parler en ce moment.

Il pose les mains sur la table.

— Il faut bien que quelqu'un aille la voir.

— Très bien. J'y vais.

Les garçons me dévisagent comme un seul homme. Je me sens rougir.

— Je vais vérifier qu'elle va bien, d'accord ?

Puis je quitte mon siège.

Le pavillon est entouré de sentiers qui partent dans toutes les directions. Je reste un moment pétrifiée. Je ne sais même pas par où commencer. Simon a dit à gauche, mais ça peut vouloir dire du côté des tables de jardin, ou à travers le bois, à moins qu'elle n'ait fait le tour derrière la volière. Je dois me mettre dans sa tête. Si je venais de voir mon ex embrasser Taylor Metternich, quel chemin prendrais-je ?

Sans doute celui qui mène aux toilettes, pour y passer le restant de mes jours à vomir.

Mais, OK, inutile de me prendre la tête.

Je choisis le sentier entre les arbres. On se croirait dans un conte de fées. Une fille en robe de bal qui s'aventure dans la forêt. Étrange, cette impression de réclusion, alors que le chapiteau est juste derrière moi. Les arbres sont si épais qu'ils forment comme un rideau. La musique semble résonner depuis une autre galaxie.

Une brindille craque sous mon pied. Je hurle comme si j'avais marché sur un os.

Puis, venue de nulle part…

— Qui est là ?

Je me fige.

C'est la voix d'Abby, un peu nerveuse.

— Hello ?

Comme c'est charmant : mon corps a décidé de se rebeller. Mes pieds pèsent des tonnes, ma voix est inexistante, mes poumons totalement hors service. Mais mon cœur bat comme les ailes d'un colibri. Je reste plantée là, le regard perdu dans le feuillage.

— Bon, je sais qu'il y a quelqu'un.

— Abby ? parviens-je à bredouiller.

— Oh, Dieu merci.

— Pourquoi est-ce que je ne te vois pas ?

Je balaie les lieux du regard.

— Je suis derrière toi.

Je fais volte-face. Comment ai-je pu la manquer : une courte rampe mène à une plate-forme d'observation en bois qui surplombe le lac. Au milieu, un banc sur lequel siège Abby, de profil, les jambes repliées. Elle me fait signe de la main. Je gravis la rampe pour la rejoindre.

— Tu m'as foutu une de ces frousses, dit-elle en me faisant de la place sur le banc.

Mais je préfère m'adosser à la rambarde, dos au lac. Je scrute son visage.

— Qu'est-ce que tu fais là ?

— Je ne sais pas.

— Tu ne sais pas ?

Je la revois sur le comptoir des toilettes d'American Girl. Je n'arrive pas à croire que c'était ce soir. Des siècles semblent s'être écoulés depuis.

— Tu n'arrêtes pas de prendre la fuite.

— Et toi, de me retrouver.

Un ange passe.

— Tu as reçu mes textos ?

— Tu m'as écrit ?

— J'étais inquiète.

Elle sort son téléphone de sa pochette et consulte sa messagerie. Avant de relever le nez.

— Enfin, oui, bien sûr, Nick est un connard. (Une pause.) Mais ce n'est pas lui, le problème.

Soubresaut dans ma poitrine.

— Quel est le problème, alors ?

— Nom d'un chien, Leah. (Elle secoue la tête avec un minuscule sourire.) Et c'est moi que tu traites de débile.

— Qu'est-ce que ça veut dire ?

Elle me fixe avec cette expression que je ne parviens pas à déchiffrer. Puis détourne le regard et tapote sur son téléphone.

Ça me met mal à l'aise de la regarder écrire, alors je me tourne vers le lac, les bras sur la rambarde. L'endroit est paisible, et le feuillage des arbres si fourni que c'est à peine si on aperçoit le minuscule bassin d'eau noire comme de l'encre. Qui prend pourtant des allures de lagon sauvage et indompté. Au loin, sous le chapiteau, la musique change de tempo. Un air différent, quoique familier. Les yeux clos, je tente de l'identifier.

— Consulte ton Tumblr, m'ordonne soudain Abby.

Je rouvre les yeux précipitamment.

— Pardon ?

— Va voir.

Elle enfouit son visage au creux de son coude.

J'ouvre mon téléphone et scrute l'écran illuminé. L'application est toujours connectée à mon blog de dessins. J'ai un nouveau message. Comment Abby peut-elle être au courant ? À moins que…

J'ouvre la missive, le sol soudain instable sous mes pieds. Je dois m'y reprendre à trois fois avant d'enregistrer le sens de la phrase.

Commande :
deux filles qui s'embrassent au bal du lycée.

Le monde entier semble se figer. Mes poumons se vident comme des baudruches. *Deux filles qui s'embrassent. Au bal du lycée.* Je me tourne vers Abby. Elle a le visage toujours caché.

— Est-ce que… (Ma voix tremble.) Tu plaisantes ?

Elle lève la tête pour me toiser.

— Comment peux-tu dire ça ?

— Parce que. Je ne sais pas.

— Leah, je suis juste… Je perds la tête.

Son corps est tendu et immobile. Sa jupe traîne sur le plancher de la plate-forme. Et je jurerais que j'ai cessé de respirer. Abby Suso veut m'embrasser. Au bal. Là, tout de suite. Mon organisme est traversé d'électricité – dans la poitrine, le ventre, partout en dessous. Comme une envie de pisser des éclairs de foudre.

Elle rit nerveusement.

— Dis quelque chose, je t'en supplie.

Je laisse retomber mes mains.

— Enfin, évidemment. (Je déglutis.) Évidemment, que je t'aime.

Son visage se décompose.

— Mais ?

— C'est le *timing*, dis-je.

— Je sais.

— Genre, tu n'as pas idée. (Je ferme les yeux.) Vraiment. Je t'aime tellement.

— C'est réciproque. Punaise. Je crois que je suis…

— Moi aussi.

On se regarde, toutes les deux. Mon cœur tente de s'évader de ma poitrine. Finalement, je réussis à articuler :

— Enfin, la bonne nouvelle, c'est qu'on ira dans la même fac.

— On sera colocs.

Un reniflement, puis un sourire.

— Mouais. Sans doute pas une bonne idée.

— Je m'en tape.

Elle se lève, époussette sa jupe et me rejoint devant la rambarde.

Je penche la tête vers elle.

— Je pense juste qu'on devrait laisser passer un peu de temps.

Elle inspire.

— Si tu le dis.

— Je suis désolée.

— Non, tu as raison. Tu es très pragmatique, Leah.

— Je sais. (J'avale ma salive.) Mais ça vaudra mieux, tu verras. Nick aura tourné la page…

— Attends, tu parles de qui, la sangsue collée au visage de Taylor Metternich ? me demande Abby. Parce que je suis à peu près sûre que ce Nick-là a déjà tourné la page.

J'esquisse un sourire triste.

— Justement, je ne crois pas, non. Loin de là.

Je me tourne pour la regarder, mais elle contemple le lac.

Alors je poursuis mon laïus.

— C'est un tel bazar, tu comprends ? Entre le bal, le diplôme… et tu as raison, mieux vaut éviter les prises de tête. Nick serait tellement…

— Je sais, s'empresse-t-elle de dire. Oui. Nick flipperait un max. C'est déjà le cas. Garrett aussi, sans doute.

— Oh, bon sang.

Garrett.

— Ça craint. (Elle soupire.) Enfin, je comprends, bien sûr. Totalement. Et je n'aurais même pas dû… Ce n'est pas… (Elle se couvre le visage.) Je ne sais pas. Je suis une idiote.

— Absolument pas.

Elle laisse échapper un rire.

— Merci, mais si. C'est juste tellement… J'ai complètement merdé, dès le début. On aurait pu être…

Mais elle s'interrompt.

On garde le silence un moment. Mes yeux commencent à me piquer. Je hasarde :

— Qu'est-ce qu'on aurait pu être ?

— On aurait pu être comme Simon et Bram, dit-elle, un tremblement imperceptible dans la voix. J'étais si… Tout ce temps, on aurait pu être comme eux, tu vois ce que je veux dire ? Le couple le plus adorable de la Terre, à s'embrasser et à dégoûter tout le monde avec notre amour débordant.

Et la voilà, cette foutue larme solitaire. Je m'empresse de la sécher, mais elle se régénère. Je déteste pleurer. Plus que tout au monde.

Abby renifle.

— Ce qu'il nous faudrait, c'est un retourneur de temps.

Je m'esclaffe. On dirait un hoquet.

— Mince alors. Serais-tu tout à coup devenue la plus grande fan de *Harry Potter* ?

— Pas vraiment, sourit-elle derrière ses larmes. J'essaie juste d'impressionner une fille.

— Oh…

Mon cœur cogne.

— Alors, voilà. Ça craint.

— Grave.

— À l'évidence, je ne veux blesser personne.

— Moi non plus. On ne peut pas se le permettre. On ne peut pas faire ça à Nick.

— Je sais. (Sa voix se brise.) Je le sais bien.

Sa seule vue me torture.

— Abby, je suis vraiment…

— Arrête. OK ? Ça va aller. Tout va bien se passer.

Elle a beau avoir les yeux humides, son sourire illumine son visage.

— C'est ma faute, je le vois bien, c'est juste…

Elle se retourne et s'adosse à la rambarde.

— Je ne sais pas, Leah. Tu devrais peut-être aller retrouver ton cavalier.

— Abby…

— Ça va ! Pas de souci. J'ai juste besoin d'une minute pour moi. (Elle se tamponne le coin des yeux.) Je te suis dans un instant, promis.

Je hoche la tête. Putain de merde. Je suis à deux doigts des sanglots. Je n'arrive même pas à m'exprimer. Alors je me contente de dévaler la rampe, puis le sentier, sans me retourner.

Bien sûr, j'atteins le pavillon dix secondes plus tard à tout casser, alors que je suis tout sauf prête. C'est à peine si j'arrive à respirer, encore moins à parler. Bizarrement, je n'ai qu'une envie : m'allonger à même le sol. Dormir dans la terre. Rien à foutre de la robe.

Ça craint, ça craint à un niveau atomique, parce qu'on était si près de vivre quelque chose de merveilleux. Mettons que le baiser échangé à Athens n'ait pas été une erreur maladroite. Que je me sois montrée un peu moins têtue. Et Abby un peu moins aveugle. Et si elle n'était jamais sortie avec Nick ? Et si on était *out*, heureuses, amoureuses, comme n'importe lequel de tous ces insupportables couples à Creekwood ?

Abby m'aurait peut-être convaincue d'auditionner pour le spectacle. Peut-être aurais-je passé moins de temps à observer tout ça depuis le fond de l'auditorium. Peut-être aurais-je passé plus de temps à lui rouler des pelles dans l'allée des bécots.

Au lieu de quoi, je suis plantée là, à regarder le bal se dérouler à six mètres de moi.

Je repère Simon et Bram à l'orée du pavillon, toujours sans leurs vestes, adossés contre la rambarde. Ils ne dansent pas. Le bras de Simon entoure la taille de Bram, leurs corps si proches qu'ils menacent de se confondre. Et la main de Bram caresse doucement la nuque de Simon.

Parfois, j'ai mal à la gorge rien qu'à les observer.

Nouveau changement de morceau. Je reconnais d'entrée les premières mesures. Stevie Wonder. La chanson de maman. Génial. C'est exactement ce qu'il me manquait, la sensation que ma mère veille au grain, penchée sur mon épaule.

Sauf que. Je ne sais pas. On dirait un signe. Comme un message secret murmuré à ma seule intention : *ne te prends pas la tête.*

Arrête de ressasser. De tout analyser. Et ne pleure pas.

Mais c'est sans espoir.

Je porte les mains à mon visage, en vain : les sanglots me secouent. C'est à peine si j'arrive à reprendre mon souffle. Parce que Simon et Bram, dans les bras l'un de l'autre, font preuve d'un courage que je ne comprendrai jamais. On s'apprête à quitter le lycée, et tout ce que j'emporterai comme trophée, c'est le béguin le plus triste du siècle.

Ce serait tellement plus raisonnable d'attendre la fac. De laisser Nick tourner la page. De repousser gentiment Garrett. De laisser retomber le soufflé. D'expliquer la situation à nos amis. De prendre la température d'abord, de tout laisser se dérouler de façon organique. On pourrait commencer à se fréquenter dans quelques mois, si on le veut toujours.

Sauf que je n'ai pas envie d'attendre des mois. Je n'ai pas envie de me montrer raisonnable.

Ne te prends pas la tête.

Soudain, je suis en train de courir, manquant de trébucher sur ma robe, les cheveux dans la figure. C'est stupide, imprudent, probablement vain – parce que je doute même qu'elle soit encore là où je l'ai laissée. Je parie qu'elle a disparu, point barre. Je parie qu'elle…

— Leah ? s'étonne Abby.

Et je la percute de plein fouet.

— Ouf !

— Waouh. (Elle me retient par les épaules.) Est-ce que tu… (Elle s'interrompt.) Leah, tu pleures.

— Même pas vrai.

— Tu comptes rester plantée là, à m'arroser de tes larmes, en me soutenant que tu ne pleures pas ?

— Oui, dis-je.

Avant de prendre une profonde inspiration.

— Non.

— D'accord…

— Parce que je ne vais pas me contenter de rester plantée là.

Le monde s'arrête de tourner. C'est à peine si j'entends la musique. Je ne perçois que mon pouls battant. Je porte les mains à ses joues.

— Je vais faire ceci, dis-je doucement.

Avant de l'embrasser.

Furtivement.

Voilà qu'elle me regarde, ébahie, les yeux écarquillés.

Mes mains retombent.

— Oh, punaise. Tu allais…

— Non, me coupe-t-elle. Je t'interdis de flipper.

— Je ne suis pas en train de flipper.

— Bien. (Elle sourit et prend une profonde inspiration.) Recommençons depuis le début.

J'acquiesce. Aussitôt, elle m'attire à elle et glisse ses doigts dans ma chevelure.

Mon cœur cogne comme un malade.

— Je suis complètement décoiffée.

— Ça, oui. Et ça ne va pas s'arranger. (Son pouce caresse mon oreille.) Pas du tout, même.

Et soudain, ses lèvres sont sur les miennes, mes mains sur sa taille, et je lui rends son baiser avec une telle fougue que j'en oublie comment respirer. Je suis un feu de camp, prêt à brûler des jours durant. Parce que le truc, avec Abby, c'est qu'elle embrasse comme elle danse. De toute son âme. Comme si elle remettait son cœur entre vos mains.

Elle s'écarte et appuie son front contre le mien.

— Bon, on dirait que c'est parti, dit-elle.

— Je crois bien.

Elle exhale.

— Waouh.

— Waouh je suis trop heureuse, ou waouh bordel de merde ?

— Les deux. Bordel de merde, je suis tellement heureuse.

Elle m'embrasse de nouveau. Je ferme les paupières. Je ressens tout à la fois : son pouce qui effleure mes pommettes, la douce pression de ses lèvres. Mes genoux virent coton. Je ne sais même pas comment je tiens encore debout. Je glisse mes mains sur ses omoplates pour l'attirer plus près encore.

Je suis juste… Putain. J'embrasse l'élue de mon cœur.

— Tu glousses, fait-elle remarquer, les lèvres encore rougies par le contact des miennes.

— N'importe quoi. Je ne glousse jamais.

Je sens son sourire.

— Quelle menteuse.

— Peut-être qu'il n'y a qu'en ta présence que je glousse.

— Oh, vraiment ?

Elle recule, les mains sur mes épaules.

— Bon sang, Leah. Regarde-toi.

— Je ressemble à… rien ?

— Tu es magnifique, murmure-t-elle. J'espère que tu le sais.

Le regard qu'elle pose sur moi me coupe le souffle. J'effleure ma bouche du bout des doigts. Je jurerais que mes lèvres battent comme un cœur.

— À quoi tu penses ? demande-t-elle.

— À toi.

C'est sorti tout seul. La vache. Jamais je ne suis aussi spontanée. Mais je me sens enivrée, déchaînée, vingt fois plus courageuse qu'à l'accoutumée. Je l'embrasse de nouveau, avec tendresse.

— Tu irradies.

— Tu perds les pédales, proteste-t-elle avec un sourire.

— Clairement.

Je suis à bout de souffle, au bord de la syncope. Je porte la main à ma joue.

Soudain, mes yeux s'arrêtent sur le petit bouquet de Garrett, à mon poignet.

— Ah, ça, non, dit Abby en suivant mon regard. Je t'interdis de remettre les choses en question.

Elle me prend les deux mains, qu'elle serre entre les siennes.

— Ce n'est pas le cas !

Mon estomac fait un soubresaut, pourtant. Je viens d'embrasser quelqu'un qui n'est pas mon cavalier. Je viens juste… Bordel. Je viens d'embrasser l'ex de Nick.

— Leah… gronde Abby.

— D'accord, mais.

— Non. Pas de mais. Embrasse-moi. Tout de suite.

— Là, comme ça ? Sur commande ?

— Leah ! répète-t-elle en levant les yeux au ciel.

Et elle m'embrasse avec une telle ardeur que je me délite.

Le temps s'arrête.

Et quelque chose en moi se débloque.

— D'accord ? dit-elle d'une voix légèrement éraillée. Arrête de penser à Nick, arrête de penser à Garrett, et arrête surtout de te demander si c'est oui ou non un cliché de s'embrasser au bal du lycée.

Je renifle.

— Mais *c'est* un cliché.

— Et alors. Les clichés, c'est de la balle.

Je la regarde. Je n'arrive pas à croire que je puisse me le permettre. Que je puisse contempler son visage sans que ce soit craignos. J'aimerais mémoriser chaque millimètre de cette Abby – le brillant de ses pommettes, l'éclat de ses prunelles. Des larmes sont suspendues à ses cils, ses lèvres un peu gonflées. Je ne sais pas comment fait cette fille pour passer du rire aux larmes au roulage de pelles et vice versa, et toujours s'en sortir fraîche comme un rayon de lune.

Je suis perdue. Complètement, viscéralement, irréversiblement perdue.

— Je sens que ça va me plaire, d'avoir une petite amie batteuse, déclare-t-elle.

— Petite amie.

Mon cœur fait un salto.

Elle paraît soudain nerveuse.

— Ou pas ?

— Accorde-moi juste une seconde pour digérer ça. (Je lui presse les mains.) Petite amie, hein ?

— Et coloc.

Je m'esclaffe.

— C'est littéralement la pire idée du monde.

— Pour ce que j'en ai à foutre.

Elle sourit.

— Tu es dangereuse, Suso.

— Tu n'as pas idée.

Je n'arrive même plus à former de phrases. Alors je me tais et je l'embrasse. La vie de ma mère, je pourrais en faire mon métier. Embrasseuse professionnelle d'Abby Suso. Elle m'attire contre elle, les mains sur mes hanches. Je n'arrive toujours pas à y croire. Vêtue d'une robe de bal, sur un sentier poussiéreux, par une nuit d'avril constellée d'étoiles, j'embrasse la pom-pom girl la plus intello de ce putain de monde. C'est trop beau pour être vrai.

C'est alors que le bruit me parvient : un craquement de brindilles. Abby se crispe. Et recule. Moi aussi.

Quelqu'un, posté juste derrière moi, nous observe. Je me retourne lentement, l'estomac noué par l'appréhension. Putain, mais qu'est-ce que c'est que cette journée ? Est-ce que l'univers pourrait s'expliquer, au moins ? J'oublie de m'acheter un soutif. La voiture rend les armes. On atterrit dans un restau rose bonbon. Martin Addison se pointe en smoking bleu layette, image à jamais gravée dans ma tête. Tout part en cacahuète. Abby et moi les premières.

Je ne sais même pas où on avait la tête, toutes les deux, à se rouler des pelles si près du chapiteau. N'importe quel connard de Creekwood aurait pu emprunter la piste et nous surprendre. N'importe qui.

Sauf que.

Peut-être que l'univers ne me déteste pas, après tout.

Car quand je lève les yeux, deux personnes nous fixent, Abby et moi, bouche bée.

Simon porte les mains à son visage.

— Minute, murmure-t-il.

Il ouvre la bouche comme pour continuer, avant de la refermer aussitôt. Bram, lui, ne pipe mot.

Abby laisse échapper un rire nerveux.

— Surprise.

Simon nous regarde tour à tour comme s'il attendait la chute de la blague.

— Bon. (On respire un grand coup.) Je suppose que tu me croyais hétéro.

Il penche la tête sur le côté. Je n'attends pas sa réponse.

— Eh bien, figure-toi que non. Je ne le suis pas. Mais alors, vraiment pas. Je suis vraiment, vraiment bi.

— Moi aussi, renchérit Abby. Super bi.

Je ne peux retenir un sourire.

— Attends, je croyais que tu étais vaguement bi ?

— Je viens d'être reclassée.

— Je me demande ce qui a pu se passer.

— Nom d'un chien. (Simon cligne des yeux.) Vraiment ?

— Vraiment.

— Waouh. Oh mon Dieu. J'ai tellement de questions à vous poser. (Il secoue lentement la tête.) Est-ce que Nick est au courant ?

— Nick s'en remettra, déclare Bram avec un sourire. Je suis tellement heureux pour vous, les filles.

— Oh, bon sang, moi aussi ! (Simon se donne une claque sur le front.) Mais vous le saviez, n'est-ce pas ? Putain. Ouais. Nick va… Enfin, on s'en fiche, pas vrai ? Je suis extatique. OK. OK, répète-t-il comme un petit robot cassé. OK. Waouh. Ça fait longtemps que vous êtes… ?

— Bi ?

— Non. Je veux dire. (Il agite vaguement la main entre Abby et moi.) Ça fait combien de temps que ça dure ?

— Quinze minutes, dis-je.

Abby sourit.

— À deux semaines près.

— Ou un an et demi.

— La vache, dit Simon.

Abby me prend la main et entrelace nos doigts.

— Vous ne savez pas à quel point ça me réjouit. Sérieux. Tout ce que je voulais, c'était que vous soyez amies, mais *là*.

Il contemple nos mains, ses yeux grands comme des soucoupes.

— Eh oui, répond Abby. Pour toi, Simon, on a battu tous les records.

— Tu peux nous remercier.

— Je n'en reviens pas, dit-il.

Bram lui tapote le bras.

Et c'est ainsi que je remonte un sentier bordé d'arbres, main dans la main avec Abby Suso.

Main dans la main avec ma petite amie. Ma petite amie qui a pour nom Abby Suso. Mon cerveau est obnubilé par cette info. Sérieux, je crois que ma carrière académique est terminée, et que les dieux me viennent en aide pour les examens de la section renforcée, parce que comment voulez-vous que je me concentre sur l'arithmétique ALORS QU'ABBY SUSO EST MA PETITE AMIE ?

On a presque atteint le pavillon. J'ai le cœur au bord des lèvres.

Car sous ce chapiteau se trouve mon cavalier. Et mon amie potentiellement raciste. Et l'ex d'Abby. Et la fille dont il vient de sucer les amygdales. Ainsi, sans doute, qu'une belle brochette d'homophobes ordinaires.

Ce n'est pas la soirée de bal parfaite, ni le *happy end* que je m'imaginais. Ce n'est même pas une fin du tout.

Mais ça m'appartient.

Ce moment tout entier m'appartient. Ce pavillon d'une blancheur électrique, avec sa musique si forte que je la ressens dans mes tripes. À moi.

Et peut-être que c'est le bordel. Peut-être que tout est en train de changer. Mon visage doit être un festival de la rougeur et de l'œdème, et j'ai les rangers pleines de boue et les cheveux complètement défaits. Je ne sais même pas si ma voix fonctionne encore. Je continue néanmoins d'avancer à la suite de Simon et de Bram sur le sentier. Je continue de serrer la main d'Abby.

Jusqu'à arriver assez près du chapiteau pour en sentir le parfum. Petits bouquets et sueur. Cette nuit. Mon bal.

Et même si je ne fais que l'observer de l'extérieur, chaque pas m'en rapproche un peu plus.

CHAPITRE TRENTE-CINQ

DE : leahontheoffbeat@gmail.com

À : simonirvinspier@gmail.com

DATE : 21/09 à 01 h 34

OBJET : Re : Tu es née !!!

Bon, je ne peux même pas te dire à quel point j'adore le fait que tu m'aies envoyé un foutu mail d'anniversaire. En Garamond. Plus Simon, tu meurs. Si jamais tu t'avises de changer, je te jure que je te ferai la peau.

Mais l'anniversaire était cool ! Abby est tellement adorable. Elle m'a servi le petit déj au lit, et par petit déj, j'entends des cookies, et par servi, je veux dire qu'elle a traversé le réfectoire en parka militaire avec des poches remplies à craquer de cookies. Et, détrompe-toi, on habite à cinq minutes d'une boulangerie qui livre les cookies. (Je te laisse digérer l'info. Une boulangerie. Qui livre. Les cookies.) Mais bien sûr, certains sacrifices sont inévitables, surtout lorsqu'on économise, soi-même et sa copine, le moindre sou en prévision d'un voyage à New York en avril qui AURA TOTALEMENT LIEU. Alors dis à ton chéri de faire assez de place pour Leah et Abby sur le plancher de sa chambre (comme si Bram était du genre à laisser traîner ses affaires par terre, vas-y, je raconte n'importe quoi).

Alors, je vais ignorer ta première question, car je sais qu'en réalité tu t'en tapes, de l'intro à la sociologie (même si ce cours déchire, pour ton information). Et je n'ignore pas la seconde, mais ça fait dix minutes que je suis assise là à fixer l'écran de l'ordinateur portable d'Abby en quête des mots exacts pour te décrire ce que ça fait, et apparemment ces mots n'existent pas, alors voilà. Oui. C'est cool. Genre, vraiment, vraiment cool. Abby est fidèle à elle-même. Tu vois ? Comme aujourd'hui, par exemple. C'était une de ces journées parfaitement ensoleillées, si bien qu'on a étalé une couverture sur la pelouse du campus nord et elle lisait pendant que je dessinais, et elle n'arrêtait pas de presser sa chaussette contre la mienne, genre nos pieds se faisaient des bisous et MAINTENANT JE SUIS ROUGE COMME UNE PIVOINE, T'ES CONTENT ?

Parce que moi oui. Je suis heureuse. Honnêtement. C'est un peu bizarre.

Et oui, j'ai parlé à Nick, mais NON, il s'est bien gardé de mentionner le dossier Taylor ! T'es sérieux ? Bon sang, un de ces jours il risque de découvrir à son réveil qu'il s'est laissé épouser par cette meuf. Elle en est capable. Mais tant mieux pour elle, je suppose ? Enfin, tant mieux pour... eux ? On ne va pas se mentir, ça me fait un peu flipper de savoir que je sors avec quelqu'un qui est sorti avec quelqu'un qui sort avec Taylor Metternich.

Oups.

OK, mais Garrett et Morgan - QUOI ? Je compte sur Bram pour récolter tous les détails (salut, Bram !). Tu vas toujours le voir à New York ce week-end ? Tu as intérêt à me bombarder de photos. Je t'adore, Simon Spier. Mais tu le sais, pas vrai ?

Je t'embrasse,

Leah (ton âme sœur platonique pour toute la durée de l'éternité – et je m'en fous si ça fait cucul, parce que c'est ce que je suis à présent, je suis en train de devenir ma mère, VOILÀ JE L'AI DIT !) (Je t'adore !).

REMERCIEMENTS

Ce livre n'existerait pas sans les pouvoirs combinés d'une ribambelle d'humains incroyables. Gratitude infinie à :

Donna Bray, alias la maman de Leah, alias éditrice rock star, alias je suis l'autrice la plus heureuse au monde.

Brooks Sherman, mon avocat le plus véhément, le meilleur et le plus badass des agents.

Mes équipes brillantes et passionnées chez HarperCollins, Janklow & Nesbit, la Bent Agency, Penguin UK, et tous mes incroyables éditeurs à l'international – Caroline Sun, Alessandra Balzer, Patty Rosati, Nellie Kurtzman, Viana Siniscalchi, Tiara Kittrel, Molly Motch, Stephanie Macy, Bess Braswell, Audrey Diestelkamp, Jane Lee, Tyler Breitfeller, Alison Donalty, David Curtis, Chris Bilheimer, Margot Wood, Bethany Reis, Ronnie Ambrose, Andrew Eliopulos, Kate Morgan Jackson, Suzanne Murphy, Andrea Pappenheimer, Kerry Moynagh, Kathleen Faber, Suman Seewat, Maeve O'Regan, Kaiti Vincent, Cory Beatty, Molly Ker Hawn, Anthea Townsend, Ben Horslen, Vicky Photiou, Clare Kelly, Tina Gumnior, et tant d'autres.

Mon équipe ciné pour Simon, qui a su donner vie au lycée Creekwood : Greg Berlanti, Isaac Klausner, Wyck Godfrey, Marty Bowen, Elizabeth Gabler, Erin Siminoff, Fox 2000 Studios, Mary Pender, David Mortimer, Pouya Shahbazian, Chris McEwan, Tim Bourne, Elizabeth Berger, Isaac Aptaker, Aaron Osborne, John Guleserian, Harry Jierjian, Denise Chamian, Jimmy Gibbons, Nick Robinson et le reste de la distribution – en particulier ma Leah, Katherine Langford. Je suis tellement reconnaissante à tous ces faiseurs de miracles, devant et derrière la caméra.

Mon amie et héroïne, Shannon Purser, qui a rendu possibles tous mes rêves d'audiobook.

Mes tout premiers lecteurs, qui ont rendu ce roman un million de fois meilleur – David Arnold, Nic Stone, Weezie Wood, Mason Deaver, Cody Roecker, Camryn Garrett, Ava Mortier, Alex Davison, Kevin Savoie, Angie Thomas, Adam Silvera, et Matthew Eppard.

Les documentalistes, libraires, bloggeurs, professionnels de l'édition, enseignants, auteurs de fanfiction, artistes, membres de Discord et de groupes de chat, et lecteurs qui me rendent ce métier aussi exceptionnellement merveilleux.

Aux amis qui m'ont soutenue dans les moments les plus difficiles : Adam Silvera, David Arnold, Angie Thomas, Aisha Saeed, Jasmine Warga, Nic Stone, Laura Silverman, Julie Murphy, Kimberly Ito, Raquel Dominguez, Jaime Hensel, Diane Blumenfeld, Lauren Starks, Jaime Semensohn, Amy Austin, Emily Carpenter,

Manda Turetsky (qui a soufflé à Garrett l'idée pour son épique dîner de bal), Chris Negron, George Weinstein, Jen Gaska, Emily Townsend, Nicola Yoon, Heidi Schulz, Lianne Oelke, Stefani Sloma, Mark O'Brien, Shelumiel Delos Santos, Kevin Savoie, Matthew Eppard, Katy-Lynn Cook, Brandie Rendon, Kate Goud, Anderson Rothwell, Tom-Erik Fure, Sarah Cannon, Jenn Dugan, Arvin Ahmadi, Mackenzi Lee, et un gazillion d'autres.

À Caroline Goldstein, Sam Goldstein, Eileen Thomas, Jim and Candy Goldstein, Cameron Klein, William Cotton, Curt and Gini Albertalli, Jim Albertalli, Cyris and Lulu Albertalli, Gail McLaurin, Adele Thomas, et tout le reste du clan Albertalli/Goldstein/Thomas/Berman/Overholts/Wechsler/Levine/Witchel.

À Brian, Owen et Henry, mes chouchous à jamais.

Ainsi qu'à vous. Ne lâchez rien.

« Pour l'éditeur, le principe est d'utiliser des papiers composés de fibres naturelles, renouvelables, recyclables et fabriquées à partir de bois issus de forêts qui adoptent un système d'aménagement durable. En outre, l'éditeur attend de ses fournisseurs de papier qu'ils s'inscrivent dans une démarche de certification environnementale reconnue. »

Composition et mise en pages : Nord Compo

PAPIER À BASE DE FIBRES CERTIFIÉES

hachette s'engage pour l'environnement en réduisant l'empreinte carbone de ses livres. Celle de cet exemplaire est de : 500 g éq. CO_2 Rendez-vous sur www.hachette-durable.fr

Achevé d'imprimer en Espagne par Industria Grafica Cayfosa
Dépôt légal 1ère publication : juin 2018
67.3474.8 – ISBN : 978-2-01-626968-8
Édition : 01 – Dépôt légal : juin 2018

Loi n° 49-956 du 16 juillet 1949 sur les publications destinées à la jeunesse